老街的生命

抗戰三部曲

之一

林家品——著

老街的生命

——最美麗的風景，最善良的百姓，最殘忍的罪行

獻給——
在偏僻的山區
被屠殺的
為人們所遺忘的
人們——

作者的話

《老街的生命》是小說，但書中的主要人物和事件，都是真實的。只是事件發生的某些鄉下地點，因小說結構的需要，做了一些調整而已。那些慘死在日本兵手裡的生命，用他們生前的話來說，是「既沒撩日本人，也沒惹日本人」，幾乎沒有被屠殺的起因。但他們就是被集體屠殺了。而集體屠殺的手段，比德寇將猶太人滅絕於毒氣室內有過之而無不及。因為這些被屠殺的鄉民生活在偏僻山區，死了也就死了，沒有人再去提起。不但連墓碑（哪怕是空塚的集體無名墓碑）都找不到一塊，就連新修的家譜中，也最多只有一句：歿於某年某月。

……

目次

現在的白沙老街，曾被日寇燒成廢墟

當年被屠殺的屍體將江水堵塞之處

上篇

第一章

湘西南邊陲的扶夷江，從廣西資源縣流出，過了新寧縣城二十里，江畔有一條老街，名曰白沙街。街道是一色的青石板，嶄齊的一塊連著一塊；街道兩旁的鋪子均為二三米高的鵝卵石基腳，黛色的、黃色的、灰色的、白色的鵝卵石，堆砌出一條條彩帶，將前有堂屋、鋪房，後有天井、灶屋的房子緊緊箍住，不但煞是好看，且防水防潮，堅固異常，為他地所罕見；鵝卵石基腳上為兩層樓高的青磚，最上面一截方蓋土磚，為的是日後向高空發展便於拆卸加砌。鋪門皆為一色的桐油木板門，立於頗高的門檻上。

每天都有從鄉下進街來買貨的鄉民，無論走進誰家鋪子，必先雙手打拱。

「發財，你老人家。」

「你老人家，發財發財。」

鋪子裡見來了客人，不管是不是要買貨，也不管是不是比自己年輕，忙喊你老人家請坐，吃煙，吃茶[1]。如果是夏天，捎帶著會遞過來一把蒲扇；若在冬日，便喊快進火櫃裡暖和暖和。

1 吃煙吃茶為當地口語。另如「走人家」，即走親戚。文中使用的一些口語，凡是意思明白的，均省略了注釋。

火櫃就在賣貨的櫃檯下，形似無蓋的長木挑箱。裡面用瓦鉢子盛著碎木炭火，木炭火上焙著灰，中層以木格踏板隔開，可踏腳，也可全身捲伏於內，蓋上床蓋腳被，暖烘烘的好講白話。端上茶，端上切得極細極細的柳絲煙，遞過水煙筒，點燃長紙煤，「噗」地一吹，吹燃火，替客人點著煙，再將紙煤交與客人，便相互講白話。

白話多講的是街上見聞，四鄉逸事，今年的收成，欄裡的豬餵得有多大……間或說到某某女兒竟與某某男子私通，待到那女兒的肚子日漸隆起，那男的卻跑得不知了去向。於是俱對那男子表示憤慨。儘管這某某女兒和某某男子私通的故事，早已各自和他人說過多次，但依然在憤慨後表現出些許惜歎，惜歎的是那女子著實漂亮，遭孽了這麼一朵上好的花。末了鋪子的主人才問一聲，你老人家要辦些什麼貨？是自家用還是做人情，走人家？

倘若是自家用，那分量就稱得足而又足；倘若是走人家，則少個二錢三錢，將紙包子包得又大又好看。

待到又來了客人，火櫃裡的這位便起身，說得走了走了，得回家去了，讓新來的客人進火櫃暖和。提著貨，往外走，鋪子的主人必送出鋪門，送到街上，喊：「你老人家好走，好走，下次再來，再來講白話。」

走出横街，走到臨江的吊腳樓下。吊腳樓上常有漂亮女子，抑或阿嫂，伏於木欄杆上，看江上的風景，看一群群白鵝在綠波上游划，看江中渡船上的年輕後生。猛低頭，看著了提貨的鄉人。倘若見這鄉人也還標緻，或木訥得很有幾分可愛，便端起腳旁蓄滿水的銅盆，往下一潑，卻決不會潑到鄉人身上，只是嚇他一跳。爾後格格地笑得滿足。引得鄉人仰頭，再仰頭，朝她看。鄉人看著了後，大抵只會說一句，你老人家，差點將水潑到我身上。說完，勾著頭，像怕吊腳樓上的女子追下來似的，迅疾往江邊走。

走到江邊石碼頭。江水澄淨如練，靜靜地悄無聲息地蜿蜒。水很深，但一眼能望到河底溜圓的鵝卵石。江中間或有些樹枝蒺藜，那是捉魚者所為。捉魚的其實很少，數得出的幾個青皮頑者。街上人不准隨意打撈江中的生靈。

踏到石碼頭的腳步震動了江水，便有一群游魚迅疾趕來，以為來到石碼頭的人又會扔下些許食物。未見動靜，卻不游開，反而相互嬉戲，嬉戲著泛起無數細碎的漣漪，似向那水中的人影邀寵。

河對岸，寬闊的沙灘泛著銀光，銀光中綴有草地，草地多為馬鞭子草，生命極其頑強，不論春夏秋冬，總是一個勁地在沙地裡拓展。相互並不依靠的老樹則各自在沙地裡兀然而立，夏日裡，一棵老樹就遮掩出一片綠蔭的天地；冬日裡，則向蒼天展示著虯龍般的枝椏。

銀光邊沿處，聳立出一片褐色的山崖，山崖重疊起伏，搖曳著長青的灌木。灌木叢中，隱伏著一個岩洞。無論街上人、鄉里人，皆稱它做神仙岩。

趕到碼頭上的鄉人看著那渡船已經起篙，已經離開岸邊，但只須喊一聲，「等一下」，那渡船便又往岸邊駛來。船上必有人伸出手，助上船者一臂之力。若是年老的，必有人讓座，讓其坐於船艙邊。若非年老者，則將手中的貨交與另一人，抓過船夫手中的篙杆，說：「你老人家歇一歇，待我來。」一篙撐開渡船，打一聲「喔呵」、「開船嘍！」，船便緩緩地往對岸駛去。

船上人在渡河的時間裡，又會相互講些白話。間或也會講到那神秘莫測的神仙岩。

第二章

老街整日裡透著祥和與繁華。

在祥和的日子裡，在淳樸的民風中，在開口必稱「你老人家」的禮性中，在永遠美麗不改本色的自然風光中，老街沒有員警，更沒有駐兵。只有在二十里之外的縣城，才有為數不多的治安維持者。據說也有幾條槍，但街上的人似乎從未見過。「丘八」自然是識得的，但那是過兵，過一陣也就沒了，完了。

隔個十天半月甚或一月兩月的，街上會來個管事模樣的人，手裡抓一個撮箕，進了鋪子後，即使是冬日也不進火櫃，而是坐於可隨手提動的火箱上。這火箱是一個小巧的半圓桶，冬天在半圓桶底部放一燃著木爐火的瓦缽，既能烤熱腳也能烤熱臀部。其餘季節則將瓦缽抽掉，成了凳子。管事模樣的人不講多少白話，只吸完遞過來的一袋柳絲煙，或喝完泡好的一碗穀雨茶，便開口：

「你老人家，上頭要收稅了哩。」

鋪子的主人忙回答：

「曉得，曉得，你老人家。」

便領了來人往樓上走，打開穀倉，撮些穀子放撮箕裡，也不用稱，估摸著差不多便行。

這一日，位於上街寫有「盛興齋」三個大字的南貨鋪裡，進來了本街的街長——之所以稱為街長，因為他既是管事的頭兒，卻又無其他頭銜可稱。

街長也是手抓一個撮箕。

「只怕要遭劫難呢！」街長放下手裡的撮箕，捏一撮極細的柳絲煙，塞入水煙筒，就著紙煤火，吸得水煙筒「咕嚕咕嚕」響，噴出長長的煙霧後，對「盛興齋」的主人說出這麼一句話。

「是過兵吧？又是像往常一樣過兵吧？」

「盛興齋」的主人，也就是我的父親，趕忙小心翼翼地問。那小心翼翼裡，是希望街長的回答很隨便，很輕鬆，真的是像往常那樣來一隊兵，路過，最多在街上吃一餐飯而已。

「按理說也應該是過兵，不過這回過的只怕是日本兵。」街長放下水煙筒，話語裡不無憂慮。

街長一說出日本兵三個字，正在忙活的女主人——我的母親，忙放下手裡的活計，急匆匆趕了過來，問：

「那日本兵，該不會殺人放火吧？」

街長說：

「誰知道，我也沒見過。」

街長說的是實話，他不唯沒見過日本兵，就連日本人已經佔領了寶慶府都不知。那寶慶府離白沙有多遠呢？其實不過三百來里。但若從白沙坐船順扶夷江而下，需五六日；若從寶慶溯江而來，得要十來日。且灘多險急，常有船隻被打翻。如若是走旱路，盡為山嶺，小路崎嶇，兼有虎豹，行人甚少。故逃難的人到了新寧縣界，便往東安方向去了。

因為無難民而來的消息證實，街長自然不知。可街長又聽上面有人發了一句話，說這次的稅糧得快點繳上來，恐防日本人要來。街長沒有細問，即算細問，人家也不會給他個究竟。因為本街的街長既無俸祿可拿，也無甚人任命，純由街上人在晚飯後聚集到一起扯白話，扯到該有個管事的頭時，有人說：「他大爺，你老人家就來當這個頭吧！」這位大爺就當了這個管事的頭。當了管事的頭後，亦無人叫街長，仍是叫「他大爺」，或者連「他大爺」也不用叫，就叫你老人家。

我父親聽得街長也不知道日本兵會不會殺人放火，便忙說：

「該不會哩，日本兵也是些人哩。」

我母親緊接著說：

「是呀是呀，他們也是人哩！」

我父親和母親都極想從街長的嘴裡得出日本兵也是些人，該不會殺人放火的資訊。可街長已離開火箱，抓起了撮箕。街長說：「撮些穀子吧，撮些穀子好交差呢。」

因為街長沒有給出個日本兵到底會不會殺人放火的明確答案，我父親和母親便皆有些惶惶了。按照街上人的思路，凡是對於疑問未給予徹底否定的，那就是有著可能。也就是說，日本兵可能會殺人，也可能會放火。如果真的殺人放火，那又怎麼辦呢？

我父親如同所有的街上人一樣，當恐懼的事情即將來臨時，寧願去想那不可能，寧願去想那些「僥倖」。於是我父親說：

「我們這地方的人和日本人毫不相干，我們種田的安安分分種田，做生意的安安份份做生意，我們一沒惹他們，二沒撩他們，就算他們來了，也不會怎麼樣吧？」

我母親則喃喃地說：

「菩薩保佑，菩薩保佑，他們不會從這兒過……」

我母親比父親似乎更現實一點，她雖然是祈求菩薩保佑，但是要菩薩保佑日本兵不從這兒過，而不是希冀日本兵來了後不會怎麼樣。她似乎已經有所預感，日本兵如果真來了，那就只怕是在劫難逃。

於惶惶之中，我父親和母親一時竟忘了該領著街長去撮穀。這時從貨櫃後走出一個少年，對街長說，我領你老人家去撮谷。

這個少年，就是我那剛滿十歲的大姐。

我之所以稱我大姐為少年，是因為母親只准我喊大姐喊哥，而不准喊姐。而我大姐從上到下，又全都是一身男孩裝束。

我母親為什麼要將我大姐「變」為我的大哥呢？在後面另有交代。

我大姐領著街長撮完穀後不到一個月，就落入了日本人手中。

第三章

街長走了後，「盛興齋」如同籠罩了一層不祥的雲靄。

我父親不停地嘀咕著：

「那日本兵該不會來吧，不會來吧。」

我父親是個駝背。他這駝背倒不是先天的，而是在人家鋪子裡當學徒時累駝，或者叫因學徒而不能不駝的。那時當個鋪子裡學做生意的學徒也得學三年，頭兩年全是打雜，不能上櫃檯，必須學會的就是彎腰點頭應允一切招呼，和彎腰點頭向一切人打招呼。禮性，是做生意當學徒必備的基本課，不但要逢人彎腰點頭，更重要的，是要達到內心修煉，領略到「和氣生財」的真諦。待到能上櫃檯時，那背越彎，反倒越顯得「和氣」。

我母親平時和父親是沒有什麼話說的，這不僅是因為母親長得漂亮，和父親站到一起時，誰都會覺得母親的這位夫君和她極不相配，而且因為母親的能幹在街上，在鄉里，都是出了名的。父親非常清楚他相對於母親的劣勢，故而有什麼家政，總是他去問母親，裡裡外外的大事，都是聽憑母親拿主意。可這一回，父親在嘀咕著日本兵到底會不會來時，母親卻主動湊到了他面前。

我母親對父親說：

「那日本人怎麼要到我們這裡來呢？」

母親竟然要父親來回答她的疑惑了。

這個疑惑，其實就是街上所有人百思不得其解，而又希望能得到解答的問題。他們明明相信日本人很快就會到這個他們生息繁衍了一代又一代的地方來，但因為在祥和的日子裡過了一年又一年，所遭受的最大恐慌也莫過於「過兵」——倘若過的是中央軍，就連恐慌也不必；倘若過的是「潰兵」，則會被搶去幾隻雞或幾隻鵝。偶爾也會響幾聲槍炮。而殺老百姓的兵，他們還從未碰上過。就算有大戶人家的人被土匪吊了羊，只要按照條件送去大洋或物品，土匪也是不會撕票的。可這回，來的竟是日本兵！日本兵究竟會怎樣呢？誰的心裡也沒有底。正因為心裡沒有底，便都要找出個日本兵為什麼要來這裡的原因。就如同我父親所說，這地方的人和日本人毫不相干，種田的安安份份種田，做生意的安安份份做生意，一沒惹他們，二沒撩他們……

街上人就是這麼誠實得天真，以為一沒惹日本人，二沒撩日本人，那麼日本人就不應該來這裡，即算來了後，也不應該怎麼樣他們。而彷彿只有在知道了日本人為什麼要來這裡的答案後，他們才能得出來了的日本人，究竟會不會比他們見過的潰兵更可怕。倘若就是跟那些潰兵差不多的話，那又有什麼可怕呢？充其量是，那些雞啊，鵝啊，就讓他們拿幾隻去罷。

在這逢人便喊你老人家的禮性之地，所有的人都和我父親一樣，抱著僥倖的心理，希冀一切都平安地過去，什麼也不要發生。

他們為自己這種僥倖心理找到的唯一理由，就是日本人也是人，是人就不應當把人怎樣！

關於日本兵為什麼要來這個湘西南、接壤廣西的偏僻之地——用街上人的話說「我們這裡一不當交通要道，二無城市，三是接近兩不管的地方，他們為什麼要來，來幹什麼」的答案，等到我長大後，在翻閱了日本《大本營陸軍部》一書後，才得到了真正的解答。

這本《大本營陸軍部》是由日本防衛廳戰史室編撰的，為其戰後編撰的「戰史叢書」壓卷巨著，它系統、詳盡地記載了日本從一八七一年明治建軍到一九四五年戰敗投降這七十餘年間的興亡歷程。書中所引用的資料，包括上自明治到昭和歷代天皇的主要敕諭、御前會議記錄和陸海軍機密檔案，下至各級軍政部門發佈的命令、訓示以及權貴人士和直接策劃、執行者的筆記、日記、備忘錄等。

我在這裡先摘錄一段有關日本國內一件大事的記載，可以說明白沙老街這個偏僻之地，也照樣逃脫不了日本帝國的政策。

（日本）政界屬望的人物樞密院近衛議長提倡確立「新政治體制」，風靡於政界，各原有政黨相繼自動解散，出現了集合在近衛公傘下的趨勢。與此同時，經濟、思想上的新體制運動，也逐漸在社會上傳播開來。

「新政治體制」的內容有：解散一切政黨，創建大政翼贊會；解散工會，組成大日本產業報國會；成立農業報國聯盟、商業、言論等各領域的報國會；青年組織統一於大日本青年團；婦女組織統一於大日本婦人會……所有民眾都在居住地和工作崗位被編入官辦的國民運動組織。

「新經濟體制」主要為：在工業、金融各部門中，成立了單一的統制機構「統制會」，掌握分配生產任務、分配資金和原料、動員勞力、解散和合併企業，以及決定價格和利潤等大權。所有中小企業、民需生產都被改編到軍需生產中。

（一九四〇）七月二十二日，第二次近衛內閣宣告成立。外相兼拓相為松岡洋右，陸相為東條英機中將，海相為吉田善吾大將。

七月二十三日，近衛首相通過廣播以「拜受大命」為題，向國民發出要點如下的號召：最近世界形勢急轉直下，出現了驚人的變化。舊的世界秩序，已在歐洲開始崩潰，即將波及世界其他地域。

從來政黨有兩大弊端：其一，立黨宗旨，採取自由主義、民主主義，或社會主義，其根本的世界觀、人生觀，與國體不能相容……其二，結成黨派的目的在於爭奪政權，如此立法機關，決非輔弼大政之道。上述兩弊端務期剷除，以恢復日本真正姿態。不僅政黨，即文武、海陸軍、朝野上下，均須一心遵照陛下旨意輔弼大政。

其方針，首先在外交上必須堅持帝國獨自的立場，走帝國獨自的道路……不僅僅是應付世界的變局，而必須指導世界的變化，決心以自己的力量創建世界新秩序。……其次在經濟方面，與滿洲和中國的經濟提攜以及對南洋方面的發展，其必要性日益提高。

七月二十六日，新內閣「基本國策綱要」正式確立。

「國策綱要」是立足於對世界歷史性大轉變中國家群生成和發展形勢的分析，由原來「建設東亞新秩序」更進一步以「建設大東亞新秩序」為根本方針的。這個在日滿華的新秩序上，又包括南方各地域，擴大到大東亞，去建設新秩序的基本國策，實可謂歷史性的國策。

這個「歷史性的國策綱要」，老街人如果知道，亦然會驚訝不已，它這個什麼綱要，怎麼會使我們這個與世無爭的老街傾於覆滅呢？因為老街及其四鄉，包括八十里山、扶夷江等等，也在它的「建設大東亞新秩序」的版圖內。它才不管你偏僻不偏僻，有無城市，是否兩不管之地！而它在解散一切政黨，將所有的民眾都在居住地和工作崗位被編入官辦的國民運動組織，所有的中小企業、民需生產都被改編到軍需生產中，整個日本國成了一架統一運轉的戰爭機器時，老街上的人卻都還生活在「你老人家」的禮性之中。

第四章

老街上的日子在人們內心的惶惶不安中過去了一天，又一天。雖然未見有什麼大的動靜，卻也發生了一些變化。

平常早起的人也不早起了，還起那麼早幹什麼呢？反正日本兵要來了！累死累活說不定全白累了。儘管天剛濛濛亮，便因早已養成的習慣而睡不著，卻只是將門閂拉開，又躺到床上，睜著眼，諦聽外面的動靜。待日光從那撥開一條縫的房門裡照到床前，方爬起來，哈幾個長呵欠，揉揉眼，拼掉眼角上的硬粒粒，真像才睡醒，才睡了個安穩的好覺一樣，站到青石板街道中，望望天，似乎要從像被柴灰捂住了眼的太陽光中，得知日本人到底會不會來一樣。沒望出個什麼名堂，便又縮回屋裡，看街上的行人有什麼異樣。

行人自然不會多。偶爾有幾個小孩趕著鵝往江邊走。那鵝昂著蛇腦殼一般的頭，一扭一扭踱著八字步。鵝們不慌，依舊得意得很，任怎麼趕，反正不加速。趕急了，忽地轉過長脖子，貼著街面，「哈——哧」一聲，要叉人。

看街上的行人沒看出什麼異樣，方慢騰騰起身，去灶屋裡燒燃樅毛須火，煮了飯吃。灶屋裡空蕩得很，就連鍋碗瓢盆也大部分轉移了。

這些轉移，多是在夜深人靜時。老街上的人愛面子，怕萬一日本人沒來，而自家卻將東西轉移，被人見著了會遭恥笑。可將東西裝上木板獨輪車，打開鋪門，往外推時，偏遇見鄰家的人也正推著車子出來，便相互一笑，幾乎同時說：「你老人家，也走親戚啊！」

說出走親戚這麼一句，便彷彿因害怕遭劫難而轉移家產的事，有了冠冕堂皇的理由：是走親戚哩！不是害怕那什麼日本人哩！

於是皆心照不宣，均默默地推了獨輪木板車，碾在青石板街道上，「吱格吱格」往街外走。走出街，似乎要分道揚鑣，各自使勁兒推著跑。可到了渡口，幾乎上的是同一條船。下了船，又幾乎是往同一個方向走，這時才會有一個人先開口：

「你老人家，也是去神仙岩啊！」

「是哩，你老人家，還是那神仙岩保險呢！」

為了將包括鍋碗瓢盆在內的東西轉移到哪兒去的問題，我父親和母親發生了一場爭執。平常總是以我母親的話為準繩的父親，在關於將東西轉移到哪兒的問題上，卻表現出了少見的固執。

「神仙岩！」我父親說，「只有把東西藏到神仙岩去！」。

「神仙岩?!」我母親搖了搖頭。

「哎呀，神仙岩還不保險嘛？」父親因母親的搖頭而忽地激怒起來，激怒得彎著背要跳起來。其實他即使往上一跳，也不會比站著不動的母親高。

「是跟你商量嘛，你急成這副樣子幹什麼？」母親表現得很冷靜，話語不溫不火。

「人家把東西都藏到那裡去了，可你這個女人，還不拿定主意！你要等到日本人來搶光搶盡啊！」父親又吼起來。

「你別起高腔好不好，你想要讓街坊人都聽見啊？又不是跟你吵架。」

母親這麼一說，父親的話語才低下來。

父親說：

「那就快往神仙岩搬啊！」

母親說：

「我總覺得，那神仙岩也不保險。」

父親說：

「神仙岩還不保險？當年，當年走長毛時，街上的人，四鄉的人，也都是躲在那裡！……」

父親說當年走長毛的事，是聽老輩人講的。當年長毛從廣西桂林出發，經全州，往新寧開。老街人聽說長毛要打新寧，那新寧倘若一被打下，長毛就會沿扶夷江直下，遂紛紛連人帶家當躲進神仙岩，可長毛只是在蓑衣渡和江忠源率領的團練打了一仗，死了個南王，便改道，沒來了。老街的人因而到底沒見到長毛，也沒見到打仗。

父親說神仙岩最保險時，母親卻說：

「躲進個岩洞裡，萬一那洞口被人家封了，往哪裡跑？往哪裡走？豈不是死路一條啊?!」

「哎呀呀，你就是不明事理。那神仙岩，你知道有多大，有多深，藏得幾千人馬哩！」

「藏得幾千人馬？哼！」母親冷笑了一聲，「藏得幾萬又能怎樣？」

母親這麼冷笑著說時，已經顯示出她的女人豪氣。此時如果父親又起高腔和她爭，或者想顯示男人的氣概炫耀武力的話，那麼等待父親的，必將是狼狽不堪的逃離。

父親果然就把聲音壓得很低很低，且做出神秘樣，湊近母親的耳邊，說：

「那神仙岩，有出路的哩。萬一洞口被封了，可以從後山出去哩！」

母親說：

「你怎麼知道有出路？」

父親仍是不無神秘地說：

「是隔壁五爺他老人家悄悄告訴我的哩。」

母親說：

「五爺進神仙岩探過路嗎？」

父親回答：

「想必探過吧，要不他老人家怎麼會告訴我呢？」

母親緊逼一句：

「他告訴你，你就進去探過路吧？」

「沒有，沒有。你天天看見我的，我怎麼會進去過哩。」父親嘿嘿地笑起來。他這一笑，便是被問得理屈了。

父親彎著背摸著腦殼嘿嘿地笑時，母親的口氣已陡然嚴厲起來。母親說：

「我告訴你，駝四爺，我不許你拿著全家人的性命和家產去跟一個不可靠的出口下賭注。自打走長毛後，有誰進過那神仙岩？有誰去親自探過路？」

我母親之所以喊我父親「駝四爺」，是因為父親在他這一輩中排行第四。街上人喊三爺四爺五爺六爺……絕不是像揭露舊社會黑暗的小說或電影電視那樣是對有錢或有權勢人的稱呼，而是按輩分排行所叫，哪怕是窮得討米的人，只要他排行第一，晚輩見了就得喊大爺，同輩人見了則喊「他大爺」。至於那排行到第十三或第十四的，亦統稱三爺或四爺。我父親是正宗的排行第四，自然是正宗的四爺，我母親平時喊他時，就喊「他四爺」。我父親則喊「她四娘」。倘若雙方言語不順時，母親口裡的「他四爺」就變成了「駝四爺」。因為父親的確是個駝背。

我母親對神仙岩的安全提出措辭嚴厲的質問後，不等我父親回答，又說：「你知道馬謖失街亭嗎？」

「知道，知道，看過大戲。」父親連連點頭回答。他大概以為母親轉移話題了，便為自己看過大戲《失街亭》而不無自得。

「看過大戲，哼！」母親這回全是鄙夷不屑的神氣了，「馬謖就是自作聰明，不依諸葛亮的話當路紮寨，而移營小山，要來個什麼居高臨下，置之死地而後生，結果山包被司馬懿團團圍困，斷水斷糧，全軍覆滅。我們這雖是逃難而不是打仗，但跟打仗是一個理，進神仙岩，就跟馬謖上山是一樣，自絕退路！」

我母親雖然沒正式上過學，填學歷只能是文盲，但她自幼跟著我那當家塾先生的外祖父從旁偷學，不但很識得一些字，看過《三國》、《水滸》、《西廂》之類的「野書」，知道許多戲文故事，且論起理來能引經據典。加之她天生聰穎，就連思想，也與眾不同，看問題總是先人一著，譬如說纏足，她也是被纏了的，可是當她得知她自幼被許配的夫家，也就是我父親家裡日益破落，已是田無一丘，房無一間時，她當著我外祖父的面就將纏腳布幾剪刀剪開，我外祖父大訝，喝道：「你這是幹什麼幹什麼？竟敢壞祖輩的規矩？」她慨然而曰：「到我出嫁時，父親你有田產給我嗎？有房子給我嗎？沒有吧，不可能吧，你老人家也就是靠著教書收幾個束脩過活吧。可我嫁過去後，要吃飯，要持家，要盤活兒女，我得靠自己的腳和手，我不將這纏腳布撕了，以後你能替我幹活養家啊！」我外祖父說：「你有男人哪，靠你男人啊！」母親說：「靠男人靠得住嗎？靠得住的是我自己！如今只有兩條路，要麼你給我田產，給我房屋，要麼你讓我放腳！」就這樣，母親掙得了一雙雖然已經有些畸形，但還算正常的天足。就是幸虧有了這雙天足，她嫁給一無所有的我父親後，什麼事都能做，什麼苦都能吃。她幫人犁田，成為第一個執掌犁杖的女人；她與人合夥打豆腐、釀甜酒，掙來了租賃鋪面做生意的本錢……她果斷決策，要謀發展，必須從鄉下向街鎮進軍，終於在老街占得了一席之地。

我母親在以令我外祖父無法辯駁的道理中將纏腳布扔掉後，還偷偷地學了一些武藝。她這武藝是跟我父親的叔叔，也就是我的叔祖父偷學的。我祖父有七兄弟，其中有一位文秀才，一位武秀才。這位武秀才能舞八十斤的大刀，能開十石的硬弓，一柄鑲銅嵌鐵的長旱煙桿，就是他隨身攜帶的武器，那柄長旱煙桿一舞動起來時，就連土匪都奈何不得。然而，我叔祖父們這文武秀才的遺傳因數，在我父親身上卻蕩然無存。相反，和叔祖父們沒有絲毫血緣關係的我的母親，卻稱得上文武皆備。她以偷學識了字，又想到要偷學武藝以防身。於是她這未過門的媳婦去我父親家走人家時，就總要纏著我那武秀才叔祖父表演功夫，叔祖父的一招一式，她都牢記在心，爾後便自個兒偷偷地練，竟練到了一個武高武大的男人若向她出手，也只能自討苦吃。至於我那窩囊的父親，就算喊兩個人來幫忙也打她不贏。我父親有一次高興時，哼著哼著《趙子龍大戰長阪坡》的戲文，突然笑著對我說，你母親，是有功夫哩，也不知在哪裡學的，她不動手便罷，一動手，風一樣的快，有次我要打她，還沒看清楚是怎麼回事，她就把我打到地上了。還算好，出手不是很重。

實在說，在我母親年輕時，如果有人指點她參加革命，不管是國民革命也好，共產革命也好，她絕對會成為一個婦女領袖，抑或是女兵女將。可惜的是，革命的人從未來過這偏僻之地，或者曾來過，沒發現她這個可以成為革命的苗子。她也就只能是個養家持業、生兒育女的家庭婦女而已。更為要緊的是，在她和我父親商議如何轉移東西、如何避難的時候，如果她的話能讓全街乃至四鄉的人接受，那麼神仙岩的慘劇便有可能避免，至少不會讓慘劇集中於一處。可在當時，即使她到街上大呼，甚或於以演講的形式慷慨陳詞，力訴進神仙岩避難的弊端，也是沒有任何作用的，沒有一個男人會聽她的。因為她在人們的眼裡，始終只能是一個在大事面前沒有發言權的女人，始終只能是「盛興齋鋪子裡那個四娘」而已。她只能在家裡讓我父親不情願地聽令。

果然，父親極不情願地說：

「那你說，你說怎麼辦？神仙岩去不得，到底去哪裡？」

母親說：

「去八十里山！先把東西藏到大山裡去！」

「藏到山裡？誰去看守？」父親仍在找不進山的理由，仍在說進神仙岩的好處。父親說把東西藏進神仙岩，人也可以藏在那裡，守著東西，日本兵人生地不熟，根本就找不到。等他們走了，我們就出來，東西一點也不會丟⋯⋯

母親不理會父親的念叨，說：

「不要再提神仙岩了，東西放到我妹妹家裡去，就算日本人進山搜，一則難以搜到，二則就算搜到了，不過失掉些東西，人還是有地方跑⋯⋯」

母親的話還未說完，父親那傻犟勁兒又上來了，他說：

「是放到你那個白毛妹妹家裡去吧，好讓她全得了去吧，到時候日本人沒怎樣，你妹妹倒會將我的家產全占光！」

父親說的那個白毛妹妹，也就是我的姨媽，生下來就是一頭白髮，故被稱作白毛。外祖父給她服用了不少黑髮的偏方，但絲毫不見成效。因了那頭白髮，很被人看不起，就連外祖父最後也說她是一個孽障，早早地就把她嫁進了八十里山，希望見到的人少，不知道她是誰家的姑娘，以免壞了外祖父的名聲。我白毛姨媽嫁到八十山後，不到幾年，她丈夫又一病不起，死了。白毛姨媽便又被認定是剋夫，更為人所不齒。

父親一說白毛姨媽會將他的家產全占光，母親可就真的生氣了。

「白毛怎麼哪？白毛就不是人哪！白毛就會占了你的家產去？這家產到底是你掙下來的還是我掙下來的？」

「好，好，是你掙下來的，你掙得多些，我掙得少些，行了吧。」

見母親真的一生氣，父親又軟了下來，可嘴裡仍在嘀咕：

「放到白毛那裡，她不吞了才有鬼。我把話說到前頭囉，到時候東西沒了可別怪我⋯⋯」

「到底是東西重要還是人重要?!你說，你說！你是想要我們都死在日本人手裡吧！」

母親已經真正地說到了問題的實質處，父親卻像大多數街上人、鄉下人那樣，依然對日本人抱有幻想。他不敢再和母親頂，只是輕聲地咕嚕：

「日本人也不見得來了就殺人哩，就連街長也沒見他們殺過人哩。耳聽為虛，眼見才為實哩……」

父親儘管說得輕，母親還是聽得清清楚楚，她立即回敬說：

「街長是你那麼說的嗎？街長只是說他也沒見過日本兵。你還要耳聽為虛，眼見才為實，對不對？等到你眼見時，日本人的槍炮早將你打得變成灰，你就為實去吧！」

「烏鴉嘴，烏鴉嘴！」父親「呸呸」著走開了。

究竟是將東西藏進神仙岩，還是藏進八十里大山，雖然以母親的意見形成了「決議」，並迅速實施。父親卻依然不服氣。當然，他的不服氣只停留在口頭，行動上還是服從了「決議」。當一些要緊的東西都轉移到我白毛姨媽那裡去後，父親悄悄地跟街坊鄰居談起了母親的「婦人之見」。

「你老人家說說，說說，哪有這麼個女人，硬說神仙岩靠不住，硬要進那大山裡去，那山裡有神仙岩穩靠？」

父親剛一開口，立即有人附和。

「女人嘛，曉得個什麼！再說了，那日本人到底來不來還不知道，別弄得個勞命傷財。」

「凡事還是要從最壞處著想囉，就算日本人來了，就算日本人搶東西，那神仙岩也是最好的去處。其一嘛，離這兒不太遠，不必太費力；其二嘛，等到日本人走了，回來也容易；其三嘛，那神仙岩，神仙岩，名字也吉利。」

「是啊是啊，神仙岩有神仙保佑呢！當年長毛要打縣城，那城牆上，就有楊令婆顯聖，她坐在城牆上，一雙腳伸進了江裡，長毛就給嚇跑了……何況這是神仙岩哩，我就不信日本人能上神仙岩。」

這人說的楊令婆，指的是那金刀令公楊業的夫人，百歲掛帥的佘賽花。這楊家將的先祖，怎麼又能到這新寧來顯聖了呢？老街人說的卻不無依據，因為楊家將的後裔，抗金名將楊再興，的的確確就是新寧人，且為瑤族，縣誌有載。至於楊再興為何又成了瑤族，則有一段非凡的傳奇故事。因為有了楊再興，所以有了楊令婆顯聖。而一說到楊令婆顯聖，便立即有人說：

「是有神仙保佑哩！你看看，你看看，你在這裡能看見神仙岩麼？我都看不見，那日本人能看見？」

「神仙岩既在山崖上，又在江岸峭壁處；既有樹木遮掩，又無他路可上。日本人找不到，找不到的！」

「就算日本人封鎖了洞口，我們不出來，他也沒卵辦法。我們在裡面可以煮飯吃，還可以唱大戲。他們敢進去嗎？不敢進去的！」

「實在不行了，朝後山跑哩，神仙岩後山的出口，誰知道，沒人知道。你知道不？不知道吧？」

「不知道，不知道，那硬是不知道。」

「你家那個四娘，硬是跟別的女人不一樣，這號由男子漢思謀的事，她多操了好多空心。」

「四娘那人，別的都好，就是管事管得太寬，管事一管得寬嘛，還能不操空心?!」

「操心操多了容易老呢。」

……

於是俱嘲笑我母親沒事找事，把日本人想得太可怕了。雖然到目前為止，街上還沒人見過日本人，但日本人不也就是一張嘴巴、兩個鼻孔嗎？這些嘲笑讓我父親覺得拾回了一些男人的尊嚴，於是滿意地回家了。

在街上人時而恐慌，時而莫名尊大的氣氛裡，半個多月過去了，老街並沒有什麼異樣，四鄉也沒有什麼異樣。就連那些愛在夜間亂叫的狗，也沒有比平常多叫幾聲。

一天到晚勞累慣了的人們在歇息了幾天後，覺得這歇息也實在不是個味兒，實在比幹活還乏勁，於是又恢復了正常的勞作。可是這一重新勞作起來，卻感到很不方便，要拿這樣物什時沒有，要找那樣物什時不見，於是又從神仙岩將一些東西往回搬。往回搬時照樣有理由：那日本人或許不會來了哩，是嚇人的哩。日本人來我們這裡幹什麼喲？

瞧著有人往家搬東西，父親來了神氣，對母親說：

「你看見了吧，看見了吧，人家都在往回搬了，人家往回搬可不遠，下了神仙岩，就是扶夷江，有船。你呢，你硬要放進大山裡，那麼遠，這下可好，你去把東西搬回來啊，我是不去了的啊，你有主見，有本事，你不聽我的道理，還要說那什麼馬謖，自絕退路，這下你就去當諸葛亮，變出木牛流馬來，把東西馱回來啊，別說我不管了哪，誰出的主意誰去……」

父親說的這些話，實在不是一個負責的男人應該說的話。可父親這麼說時，母親卻並未生氣，而是自言自語地說：

「別慌，別慌，再等一陣子，再看看，再看看。再觀觀場面，到時候再將東西搬回來也不遲。」

母親感到事情有些奇怪。

母親的奇怪並不是說日本人怎麼竟然沒來，還是認為這些天太平靜了，平靜得讓人生疑。

母親覺得，日本人若是已經進了新寧縣境，那麼必定會有逃難的蜂擁而來。可是路上不見一個難民。如果說沒有難民來，就說明日本人並沒向這兒進發的話，那麼平常那些來街上買貨的鄉人呢，怎麼也少了許多，特別是那些熟客，一個也不見來。日本人既然沒來，街上就應該恢復了往日的鬧熱……母親以一個聰明女人的直覺和在生活中掙扎積累的經驗，感到這不正常，而不正常就意味著會突然出事。

母親的直覺非常準確。在這過於平靜的日子裡，誰也不會料到，日本人其實已經在老街不遠處設伏，布下了重兵。

第六章

日本兵究竟是如何令老街人在毫不知曉的情況下，進駐白沙，且埋下伏兵的，到今日依然無人能說出個所以然來。我問過很多老人，也問過從事文史工作的，他們的回答都差不多：是那個時代哩，日本人就那麼悄悄地來了哩。誰知道?!但有一點，回答得都非常明確，那就是：日本人進了白沙後，立即封鎖了所有路口，在他們埋伏的區域內，所有的老百姓只准進，不准出！

這也就是我母親感到疑惑的，怎麼連逃難的難民都沒見著一個，怎麼來街上買貨的人那麼少。

日本兵就在老街後面不遠，行人路過必經之地，名為觀瀑橋一帶的山林裡，整整埋伏了六天六夜。觀瀑橋下其實並沒有水，是一座拱形的旱橋。許是哪位信奉「架橋修路」為最大善事的人捐資而建，但那資金本不多，要到河上架橋力不能及，便選一山路造一不需多少資金的橋。站在那橋上，能看得見遠遠的金芝嶺上流下來的一道瀑布，倘陽光好時，還能看得到飛瀑濺玉，橫空裡展現的一道彩虹；若陰雨濛濛，則山色盡在霧氣籠罩之中，風兒拖動霧氣，時而拽出一片片翠綠，時而拽出一座座巉岩……翠綠和巉岩又相互幻化，實為一大景觀。

日本兵選擇的就是這麼好的一個景觀之處，他們大概是要在進行大屠殺之前，利用這麼一處如畫的風景怡心養性。

整整六天六夜，老街人竟全都蒙在鼓裡，無一人察覺。

日本兵要伏擊的，是正在由寶慶府往新寧縣城開來的國軍的一個團。按照常理，寶慶淪陷後，國軍往新寧開來的這個團，只能是撤退的部隊，而且是撤往廣西，因為從寶慶經新寧去廣西，白沙是必經之路。老街人說的不無道理，別說日軍，就算是國軍，也沒有來白沙駐紮的道理，也只能是路過。而國軍撤退，日本兵應該是追趕，只能在後面。可日本兵卻搶先到了白沙，而且非常隱蔽地在白沙等了數日，而且對白沙地形熟悉，知道這兒好打埋伏。若過了白沙，便無險可伏。

而關於這支遭日軍伏擊、全團慘遭覆滅的國軍，到底是哪支部隊，到現在都沒有說明，沒有記載，官兵們更沒有墳墓碑記。記事截至一九八九年的新修縣誌上也僅僅點明一句：

是年，國民軍某部在白沙遭日軍伏擊，全團官兵陣亡。

國軍這個團慘遭覆滅後，凡事先進入日本人埋伏區域內的人，即那些「只准進，不准出」的老百姓，全部被殺光，他們和國軍某部的血，染紅了江水；他們和國軍某部的屍體，將扶夷江堵塞。

在國軍某部正向日本兵的伏擊圈一步步靠近時，在日本兵早已靜候於老街人的身旁時，渾然不覺的人們又開始了「太平日子」。該搬回家的東西搬了回來，該打點禮性問候的打點禮性問候，忙完了活，到要好的人家坐一坐，抽著水煙筒，講著白話，白話裡少了原來那些擔憂和懼怕，多了些某人某人如何如何在外面過夜，不敢回家睡覺的笑話。

我母親就是被笑話的一個。

母親在直覺的警惕中，不但不為將東西往回搬的「潮流」所動，反而一到天黑，就帶著我們姐弟三人在老街對面不遠的山坡上過夜。那時我三弟出生才幾個月，母親用背帶將他背在背上。父親則無論如何也不願跟隨母親行動，說母親是無事多事，自討苦吃。他說他哪裡也不去，他要留下來看家，欄裡還餵著一頭豬哩！

這天晚上雖然沒有月亮，但星星很是燦爛。

我母親坐在老街對面，也就是扶夷江對岸，名喚香爐石的一家農戶的床上。

香爐石這地名，因從江上看來，酷似一香爐而得名。而過得江來，又確有一巨型青石，橫亙於江邊，亦形似香爐。「香爐」的底端浸入江水中，兩邊又連綿著平坦的青石，於是常有漂洗的婦人、女子，穿紅著綠，蹲於青石上，以棒槌槌衣。於是棒槌聲聲，此伏彼起，使得空曠的江野，反越顯得寂靜。稍傾，婦人、女子相互潑水嬉戲，笑聲格格，話語撩人，惹人動心。若一見得有男人路過，那笑聲、話語，倏地收斂，悄然無音，復只有棒槌聲聲……故有「棒打香爐聲聲脆」之語，被列為老街一景。

此時，我母親正透過破爛的紙糊窗櫺看著天上的星星。她懷裡抱著我三弟，腳頭睡著我和我那剛滿十歲的大姐。

當母親帶著我們姐弟三人，來到香爐石，找到這家農戶的主人，說要在他家裡借宿幾天時，這家農戶的主人立即滿口答應。這位男主人因為常到老街我父母開的「盛興齋」買貨，彼此已很熟悉。

「那我們就吵煩了，吵煩了。」我母親說。

男主人趕緊回答：

「吵煩什麼呢？我這裡正好有一間空房，床鋪也是現成的，只是沒有你們街上的爽淨。」

我母親說：

「早先我連你們這樣的房子都沒有哩，在廟裡都安過家哩。」

男主人說：

「只要你不嫌棄，我就是迎來貴客了。你們只管放心到我這裡住，日本人不會到我這裡來的。」

我母親說：

「你老人家怎麼就敢這樣斷言呢？」

男主人說：

「日本人要占也只占你們老街，要住也只會在你們街上住，他到我這個鄉里來幹什麼？」

我母親說：

「他們要是到鄉里來搶糧呢？」

男主人說：

「他們要搶糧也是到人住得多的院落去，才能搶得多一些。你老人家看我這屋子，獨門獨戶，又不打眼，過江來的人看不見我這屋子，站在我這窗戶邊，卻能看見過江走來的人。就連在香爐石上捶衣的女子，我這裡也看得清哩。萬一他們真的來了，我不曉得跑啊！從後門一跑出去，就進了山……」

山，樹林茂密。我母親笑了。我母親看中的，正是這個獨門獨戶，前能看清幾里路外沙灘和江邊的動靜，後靠大

男主人又說：

「你老人家，他四爺怎麼沒跟你們一起來呢？」

我母親說：

「他不肯來，他講我這是沒事找事。」

男主人說：

「小心無大錯，小心無大錯，還是小心點好哩！」

我母親說：

「話又說回來，家裡也是要個人看著，欄裡還有一頭豬要餵潲。」

男主人立即說：

「那是，那是，四爺就是捨不得他那鋪子。可萬一日本人進了街，那豬不就正好成了日本人的下酒菜。」

男主人這麼說時，女主人忙對我母親說：

「四娘，你別聽他那烏鴉嘴亂說。日本人怎麼單單就會搶你老人家的豬呢？不會的，不會的！」

男主人笑了。說：

「我這也是胡亂講講而已。四娘，你最好要四爺將那頭豬趕到我這裡來，我家有豬欄，我那欄裡的豬已經賣了，正好空著。你們一家人都到這裡住著，房舍是差一點，但睡個安穩覺。」

男主人關於豬的建議的確引起了我母親的重視，覺得他講的非常有理。第二天，母親回到老街，就和父親商量，要把豬趕到香爐石借住的農戶家裡去，並要他一同離開老街。父親一聽就跳了起來，對我母親說，什麼事都依著你這個女人了，放到外面的東西一件也沒拿回來，家裡已經完全不像個家了，你還要聽人家的話，把這頭豬也趕出去。人家那是哄你呢，是哄著你將豬趕到他家去，他家好吃過年肉呢！

父親吼著說：

「這個家你已經當了九成，這最後的一成，歸我當！你想把豬趕走，除非你要那個想吃過年肉的傢伙來把我抓走！」

父親的話是這樣的蠻橫不曉事理。母親因為只是一頭豬的問題，便不好再堅持了。而就是這頭留在家裡的豬，幾天後，是導致我大姐被日本人抓住的原因之一。

我母親帶著我們姐弟三人，在香爐石那獨門獨戶的農戶家歇宿的第三個夜晚，女主人告訴我母親，他們第二天要到她娘家去，她父親滿五十，是大壽，不能不去的，得在娘家住一晚，但一定只住一晚，就回來！畢竟家裡有這麼多事，放不下的。我母親說你們只管放心去，夜裡有我幫你們看著家哩。

第二天吃過早飯，農戶的男主人、女主人帶著四個孩子：兩個男孩，兩個女孩，男孩最大的十四歲，女孩最小的剛滿三歲。一家六口人高高興興回娘家祝壽。我母親送他們出門。

「好走啊，你們好走哪！到了娘家記著給我捎上一句話，祝壽星老人家富比南山，壽如東海。」

我母親像送自己的親戚一樣，一邊說，一邊將包有一些錢的紅包封塞到女主人手裡。

「你老人家太講禮性，太講禮性了。」

男主人和女主人同時道謝。

我母親又對那四個孩子說：

「在路上要聽話哪，不要亂跑哪，不要喝生水哪，家裡的生水能喝，外面的就不能喝哪，小妹妹走不動了，你們做哥哥姐姐的要輪流背，別要父母親背哪……」

我母親迎著陽光，微眯著眼睛，不停地叮囑著。後來我母親說，這恐怕就是預兆，我當時怎麼有那麼多話要說呢？

那個三歲的小女孩則蹦跳著對站在母親身邊的我和大姐說：

「哥哥，哥哥，我回來帶好多好吃的東西給你們，你們可要等著我回來，你們可不要走開喲！」

因為我大姐完全是一個男孩子的樣，不僅是這個三歲的小女孩喊她哥哥，就連小女孩的父母親也以為她是男孩。

小女孩蹦跳著，跑到前面去了。

然而，這農戶一家六口去了後就再也沒有回來。他們走進了日本兵控制的埋伏區域。對於老百姓，日本兵在國軍某部沒有走進伏擊圈時，是只准進，不准出，全部扣留。而在將國軍某部消滅後，他們就對被扣留的老百姓實行大屠殺了。大屠殺也許需要理由，也許根本就不需要任何理由。如果說他們需要理由的話，那就是不讓被扣留的老百姓洩露伏擊的情況，或者是不讓老百姓洩露被扣留的悲慘遭遇。但就連這樣的理由，也是不存在的。其一，他們的伏擊戰已經打完，而且是全勝，不存在再洩密不洩密；其二，如果說被扣留的老百姓的悲慘遭遇怕被洩露，那麼，他們隨之而來的對神仙岩的手段，則比用槍炮屠殺更令人髮指。

不需要任何理由便實行大屠殺的事，已經太多太多了。而正因為太多，反而讓人不相信，反而讓人非要去找出個為什麼來，反而能讓屠殺者矢口否認。

後來他們駐紮在老街的一位小隊長說，他們是拿這些老百姓，來試一試繳獲的國軍某部的槍和子彈，到底還能不能用！

我母親在透過破爛的紙糊窗櫺看著外面的星星時，心裡忐忑不安。她想著農戶這一家子怎麼還不回來呢？說好了只住一晚就回來的呀。

母親掐著手指算著他們走了的日子，已經是第四天了，他們難道會在娘家住上這麼多日子？不可能，不可能！如果是做女兒的單獨回娘家，住上十天半個月的也有，但這是他們全家回娘家，即算是女兒硬被留住了，那女婿也會帶著幾個大的孩子回來的，這是鄉下走親戚的不成文的規矩。

這是怎麼回事呢？難道，難道……母親不敢想下去了。

躺在母親懷裡的三弟哼呀哼呀地叫了起來，大概是餓了，要吃奶。母親解開胸襟，將乳頭塞進三弟的嘴裡。璀璨的星光透過破爛的紙糊窗櫺，射在母親飽滿而又白如凝脂的乳房上，也照著端莊美麗而又充滿憂慮的母親的臉龐。

三弟那幾聲哼呀，使得非常警覺的大姐立即醒來了。

大姐一醒來，就把我推醒。我們兩姐弟同時坐了起來。

大姐雖然才剛滿十歲，但她完全繼承了母親的優點，屬於那種特別懂事、能幹的假小子。

我母親生她時，因為是頭胎，我父親守在門外面，寸步不離。他倒不是擔心我母親生頭胎難產、出意外，而是在等著要一個兒子。當房內終於傳出嬰兒的啼哭，我父親衝進房去，第一個動作就是伸手往嬰兒的胯裡一探，當沒探著小雞雞時，父親的臉色立即變了，一句話也不說，轉身就走，將房門「砰」的帶上，震得窗櫺上的紙「沙沙」作響。那時我們家還沒有房子，是租住在鄉里，鐵青著臉的父親竟從鄉里一口氣走到老街，走進老街的一家酒店，賒了一碗酒。從不喝酒的他，在酒店整整坐了大半夜，直至酒店老闆實在是要關門了，再三請他老人家回去，他才離開。

我母親也知道作為一個女人，如果不能給夫家生個兒子的「罪孽」，她當即自己做主，給我大姐起了個男孩的名字，並從此將我大姐做男孩打扮。母親說她要等我大姐到「來紅之年」，再恢復她的女兒本相。母親這樣做的意思有兩層，一是她不願讓人知道她生的是個女孩，她堅信她生第二個、第三個……時，肯定都是男孩！二是她知道女孩的苦處，從小就要低人一等，她要讓她的女兒完全享受與男孩同等的待遇。但她又沒有別的辦法，她就只能將女兒喚做男孩，扮作男孩……

母親的這一招，不但使得我大姐少受了許多歧視，就連她自己，也抬高了不少身價。因為是租房子住，只看哪裡便宜就往哪裡搬。一搬到新地方時，就沒人知道我大姐是個女孩。新地方的人一把我大姐當成男孩，就誇我母親會生，數落某某女人、某某女人全無點用，只會生些個和她一樣的。當母親終於躋身於老街時，老街的人也幾乎全都以為我大姐是個男孩。

父親在這一點上還算配合，也不將他的老大其實是個女孩這事說出去。加之我母親又真的為他生出了男孩，他就更加無話可說了。

然而，父親仍然把我大姐看成以後反正是個「賠錢貨」。只是我大姐也許真的是以男孩自居，在外面敢和野小子打架，在家裡敢當面頂撞父親。當然，她之所以敢於頂撞，一則是頂撞的事她確實有理；二則，也是最主要的，有母親在她後面撐著。她稍微大了一點後，家裡的大事小事都參與，且講得頭頭是道，也幹得有條不紊，終於使得父親都有點怕她。她的地位逐漸上升，上升到了相當於當家的「老二」，除了母親就是她。

我大姐在越來越懂事後，和母親又可以說是結成了「統一戰線」，這個「統一戰線」的形成，首先是母親堅決支持她讀書，從小就教她識字，算數。她考進縣立完小，進校直接就讀三年級，各科成績卻都是第一。當她又跳級念到高小時，父親就不讓她讀了，父親說女兒家識得幾個字就行了，已經登上天了，每年要拿穀子去繳學費，哪裡有那麼多穀子繳！那時家裡還沒能開鋪子，父親要她回來去幫工；母親卻說，她的兒子（母親從來不說女兒）就是要讀書，就是不能一輩子像她父親一樣去幫工，只要兒子讀書得第一，她就是累死也要供兒子上學！父親為此大鬧，且喊來他的兄弟，力訴休學能給家境帶來的好處，力訴繼續讀書是浪費穀子，將會給家裡帶來的種種不利，到時候「家將不家時」可別怪他！父親以為自己大鬧，再加上兄弟的干預，就能迫使母親讓步，最後鬧到幾乎分家，結果還是母親勝利。母親勝利的舉措很簡單，第一，打發我大姐上縣城學校，不要回家，免得心煩，影響學習；第二，上學不就是要學費，要生活費嗎？母親對大姐說，學費、生活費按時由媽托人給你送來。打發大姐走後，母親開始了第三，將憤而在外找人評理的父親喊回，面對面坐下，說，你不是要分家嗎？那麼現在就分，你去把你的兄弟喊來，哪個鍋子該你拿，哪個鼎罐該歸我，分清楚了，若有不公平處，也莫怪我不念夫妻一場！這分家其實就是離婚，但其時還沒有離婚這一說。而分家實在也是簡單得很，因為當時我父母親一無房子，二無田地，就有些煮飯和睡覺的家什而已。而我母親因為與人合夥打豆腐賣，已積攢了幾個錢放在只有她知道之處。母親無論在什麼時候，都是做好了「以防萬一」準備的。

父親見母親真的要分家，慌了神。不惟是父親心裡清楚，倘若真的分了家，他到哪裡再去找一個有母親這麼漂亮能幹的女人？就連當時還只有五歲的我，也覺得父親配不上母親，甚至覺得，母親為什麼不和另一個叔爺或伯爺是一家呢？等我長大一些後，我的親叔爺，也就是我父親的親弟弟，有一次不知是有意還是無意對我說，那個村子裡，有你母親的一個相好哩！他原來也住在街上。我一聽，竟驚訝地脫口而出，說：「啊，我母親真是了不起！」這是我仿照我那讀過書的大姐的口氣說的。緊接著我要他立即陪我去看一看我母親的相好，我認為我母親的相好應該是一個真正的偉丈夫，結果弄得叔爺很是尷尬，連忙說那人早就走了，離開白沙不知去什麼地方了。而我想知道我母親的相好到底是個什麼樣的人物的念頭，反而更加強烈。

分家以父親的再三賠不是而宣告結束。其實母親倒是真的想分家，但她不能分，她知道如若真的分了家，她也許會幸福，但對兒女卻不一定是好事。她為的就是兒女！

十歲的大姐跟著母親借宿在外面，就知道時刻得保持高度的警惕。她一爬起來，就對母親說：

「媽，是日本人來了嗎？」

母親說：

「沒什麼事，你睡你的吧。」

大姐說：

「媽，你到這時候還不睡，肯定有什麼事！」

母親說：

「要說有事，我是想著這一家子怎麼還不回來呢？他們莫非……莫非出了什麼事？」

大姐說：

「是啊，他們怎麼還不回來呢？」

不等母親回答，大姐又說：

「媽，你不用擔心，他們拜完壽，說不定又到別的親戚家裡去了呢！」

母親說：

「我心裡總有種不好的預感，但又說不出究竟是哪方面的……」

大姐說：

「媽，他們不會有事的，不會的，你還是睡一下吧。」

儘管有著我大姐的寬慰，母親依然憂心重重。

江邊，傳來一陣野狗的狂吠。

野狗的狂吠漸漸消失後，有著星光的黑夜顯得更加寂靜。

母親見我三弟噙著乳頭睡著了，便將三弟輕輕地放到床上，她點燃油燈，往堂屋裡走去。

我大姐緊跟著下了床，從母親手裡接過油燈，照著母親，陪著母親。

母親走到堂屋裡。堂屋裡除了設有神龕，還供有一尊觀音菩薩。母親點燃幾根香，插到香爐裡，爾後雙手合十，鞠躬祈禱，求觀音菩薩保佑農戶這一家人平安回來。

祈禱完畢，母親又拿起擺在觀音菩薩旁邊的一副卦，口裡念著：「菩薩顯靈，我雖不是這家的什麼親戚，但這一家子都是好人，求菩薩大發慈悲，送我一個寶卦，他們明天就能平安回來了。」

母親要求的寶卦是一片卦心在上，一片卦心在下，可母親將卦往地上一扔，卻是兩片卦的卦心都撲在地下，是個陰卦。

母親心裡有點急了，喃喃念道：

「這不可能，這不可能，難道真要出事……」

母親正要再打一卦時，驀地，只聽得一片悶雷般的轟響，似從天邊滾滾而來。

「媽，這是什麼聲音?!不是打雷吧。」我大姐問母親。

「是炮聲！」母親手裡的卦掉在了地上。她的聲音有點顫抖。

炮聲越來越密集，夾雜著機關槍和步槍的響聲，還有的炮彈似乎就落在扶夷江裡，好像能聽見江水被炸起的撲騰。

槍炮聲是從老街後面傳來的。

日本兵向進入伏擊圈的國軍某部開火了。

「他們真的來了，真的來了！怎麼就沒有一個人知道呢？」母親不無驚恐地念叨著。

大姐忽地就去開門，要往外走。

「你到哪裡去?!」剛剛還似乎害怕不已的母親見大姐往外走，立即像變了一個人，厲聲喊道。

「我得去看父親，不知道他怎麼樣了？」大姐回答說。

在這危難已經來臨的時候，大姐頭一個想到的人還是父親。可是她這一去，之所以被日本兵抓住，卻是因父親擋住了她逃跑的去路。

第七章

大姐剛要走出門，母親說：

「你現在不能去！」

「為什麼？」大姐不解地問。

「現在情形不明，到處是槍炮亂飛，你先別出去，什麼時候我要你去你再去。」

母親將大姐拉回身邊。

這時候我已經赤著雙腳站在床下，呆呆地聽著那越來越激烈的槍炮聲。七歲的我不知是被嚇壞了，還是被那像鞭炮一樣炸響的槍炮聲吸引住，總之是傻傻地完全不知所以。

母親對我喊道：「快把鞋子穿上，夜裡地上涼。」她一把將我摜到床上，給我穿上鞋，套上罩衣，然後幾下就把該隨身帶的東西捆紮成一個包袱，將仍然在熟睡的三弟用背帶捆到背上，又將通往後山的後門門閂拉開。這一切，母親在片刻便全部做完，利索得像一陣風。

母親坐到床前，她背上背著三弟，左手將我攬在懷裡，右手抱著大姐，開始了她的緊急應對安排。

在槍炮聲掀得房屋都有點簌簌作響的震動中，母親說：

「你們不要害怕啊，災禍反正已經來了，來了就不怕，怕也沒有用。你們都得聽媽的，知道嗎？」

我和大姐同時點了點頭。

母親先對我叮囑道：

「你要時刻不離媽的左右，我往哪裡跑，你就要跟著跑，路上不許哭，不許叫，媽要你躲到哪裡你就躲到哪裡！躲起來的時候不准做聲，這就好比打仗，你要聽命令！」

母親說一句，我就做出懂事的樣子點一下頭。母親說完後，我補了一句：

「媽，我倒是不會哭也不會叫呵，可要是三弟哭起來了怎麼辦呢？不就把日本人招來了嗎?!」

母親說：

「你三弟只要有奶吃，他就不會哭的。」

聽母親這麼一說，我好像才放了心。但心裡卻仍在想，媽，你可要時刻都有奶給三弟吃呵！

母親又對大姐叮囑道：

「你是老大，也是娘最放得心的。娘最不放心的其實還是你那父親，他太弱，可又太倔，他弱起來時沒有絲毫主意，他倔起來時又聽不進任何人的話。所以你要跟他到一起，照應他。你跟他在一起時，又不能和他吵哪，你和他吵起來，他又會什麼都不顧的哪。」

大姐說：

「那我們要分開啊？」

母親說：

「對，都到一起太扎眼，反而不安全。況且現在你父親一個人在街上，也到不了一起。到時候也不知道是個什麼樣。你找到他後，千萬千萬不准他上神仙岩哪！你和他到你白毛姨媽那裡去。我們也到你姨媽那裡去，我們在你姨媽家裡會合。」

母親這麼說著時，真像一個指揮官在下達命令。

聰明的大姐突然說：

「槍炮聲好像是從老街後面的山上打出來的，我們還往住在大山裡的姨媽那裡跑，太冒險了吧！」

母親說：

「這一點我早就想到。按理說，日本兵來了，應該先佔領老街，可他們卻不占，這裡面有名堂，也不知道他們是在打誰？也沒見有中央軍過。莫非是在拿鄉里的老百姓當靶打？這些暫不說，正因為他們先在老街後面打，打完後，肯定會衝進老街，然後就是往這邊來。你想，他們在那裡打完了仗，還會待在那山裡嗎？他們要是不走，那就是紮在老街，再往這邊進發。我們反而往那邊去，不正是沒有了日本人的地方嗎？再說，你姨媽在八十里山，日本人要是在那大山裡，我們這兒能聽見槍炮聲嗎？所以，只要能夠到達你姨媽家，就會沒事！」

大姐覺得母親說得有理。可她又說：

「媽，你要背著三弟，又帶著二弟，還有一個包袱要提，你太累了啊！我在你身邊，就能幫你背三弟，幫你提包袱啊！」

母親說：

「你看你，會說乖巧話了吧。槍炮聲剛一響，你頭一個想到的就是你父親！我說到底是親生的哩！現在卻來說幫我了。你媽不要你擔心，萬一危急了，我不曉得把包袱丟掉啊，丟掉點東西有什麼要緊，只要救得人，留得青山在，不怕沒柴燒！你們也都給我記住了，任何時候，任何情況，都不要先顧東西，而要先顧命！如果命都沒有了，還要那些東西幹什麼？」

母親又特別指著我，說：

「你和你三弟，以後都會長成男子漢的，男子漢就是要拿得起，放得下！頂天立地！」

母親說完，左手把我抱得更緊，右手把大姐也抱得更緊。

後來我想起母親的這幾句話，我覺得這是母親給我上的最好的一堂人生教育課，那就是要做頂天立地的男子漢。後來我又想，母親這句話裡還有許多沒說完的意思，那就是她嫁的男人太弱，太不像個男人樣。她這一輩子，在婚姻上，實在是太委屈了自己。如若依她的性格，她完全可以置父母之命，媒妁之言於不顧，完全能夠將已經建立的家庭打碎，哪怕是陷入如利刃的輿論！她也會將那利刃折斷。可是不知為什麼，母親卻自始至終地當了家庭的「維持會長」。雖然用她自己的話說，是為了孩子，為了我們。但我寧願她不為孩子，不為我們。在我長大成人後，我曾就這個問題專門問過母親，母親笑著說：「要不是為了你們，就算是三個你父親那樣的男人，我也早就將他拋開了！唉，唉，那時候，那時候，那時候，我……」母親抓起衣袖，抹了抹帶著淚花的眼睛。我清楚母親沒說出來的話，那時候，那時候，想著她的男人實在不少，即使是她已經成了母親。

……

星光，終於漸漸消退，代之而起的是一片黑暗；在黑暗中，天，卻終於透出了濛濛亮色，槍炮聲漸漸弱了。

母親毅然地鬆開大姐，把她輕輕地一推，說：「你可以走了，不要從這個石碼頭渡江，要沿著江邊，從香爐石往上跑，再過江。還有，不要讓人知道你是女的！」

大姐應了一聲，機靈地往外一躍，不見了。

第八章

當日本人把陷入埋伏圈、幾乎不可能有還擊之力的國軍某部全部打死後（他們似乎根本就不需要俘虜，也不留下一個活口，因為老街和四鄉倖存下來的老百姓沒有見到一個被俘的穿黃軍裝的人），槍口轉向了被扣留的百姓，槍殺百姓更為快捷，更沒有任何一個人能活著逃出來，包括我們借宿的那家農戶六口，包括那個只有三歲的小女孩。

母親要大姐不要從石碼頭過江的話完全正確。當槍炮聲稍一減弱，街上的人便紛紛往江邊逃來，紛紛掙搶著從石碼頭處過河，亂成一團的人們已經只有一個念頭，那就是趕快渡過江去，趕快藏進那神仙岩。似乎只要一進了那神仙岩，就是進入了安全之處。

然而，過江似乎並未得到神仙岩神仙的庇佑，素講禮性的人們在求生的慾望驅使下，已沒有禮性可講，也不可能講禮性。在無人組織、無人指揮的混亂中，不斷地有人因擁擠而落入江中。

不要以為住在江邊的街上人都識水性，恰恰相反，識水性的不多。街上人大概正因為在江邊住得太久，對從身邊日夜流淌的江水反而有兩大畏懼，老人們對子女的訓誡中便有兩條，一是訓誡不要到江中洗冷水，洗冷水容易得病，而這得病，正是最可怕的事之一，故無論是街上人，鄉下人，都有一句口頭禪：張飛猛子不怕死，只怕病；二是訓誡不要到江中划澡，這划澡就是游泳，說每年都有划澡的被淹死，落水鬼年年找替身！學會撐船一世就包用了！所以街上人會撐船的不少，會划澡的不多。划澡的本事，只有這個時候方能顯出它的用處。可事後即使有人提出為何當初不讓我學划澡的質問，老人們也會振振有辭：「誰知道要逃難哩？誰知道日本人要來哩？」

在不斷有人落入江中的混亂之際，一條平素不大被人瞧得起的漢子——老街人愛說，他有什麼本事哩？他一不會做生意，二不會節省，就會在漲大水時，躍入江中撈些個浮財，捎帶救幾個人上來，得些謝禮，講話沒大沒小的猛子——從岸邊擁擠的人群中衝了出來。

這條漢子，或曰猛子，對著擁擠的人群又是大喊，又是大罵。他大喊的是不要擠，不要擠，再擠下去誰也過不去！他大罵的是街上管事的哪去了？他媽的平常只曉得拿著撮箕來收稅糧，日本人一來他媽的就不見影了！為什麼不多備幾條渡船？他一邊喊一邊罵，要會水的先下水去救人，說完就將幾個會水的人推下江去；他要人將扮禾的扮桶統統拿來做船划，將捆紮在吊腳樓下、大水來時用以護身的划子、木排，統統拿來渡人，誰要是不肯拿他就先放火燒了誰的家！他又要腿腳快的乾脆往上游跑，跑到泥彎碼頭去渡江……他這麼喊著罵著，擁擠的人群開始有了些秩序，然後他將衣褲脫得精光，露出一身緊邦邦的肌肉，幾把將衣褲盤纏到頭上，跳入江中，指揮渡船、扮桶、划子、木排往對岸划……

這條漢子，或曰猛子，倘若與人當面相見時，還是被喊做二爺。

二爺沒去神仙岩，他說他懶得去。他說他就在這江邊遊蕩，日本人奈他不何。但二爺後來被說成通日本，受了幾十年的磨難，最後還是死在這個漢奸的名上。可我在後來卻想，這位二爺，應該就是我母親的相好。

大姐趕回老街，老街上已見不到一個人。有些鋪門上了鎖，有些鋪子卻大敞開著，顯見得走的人已是什麼也不顧了。

大姐想著父親可能已經跟著逃難的人跑了，她心裡反而鬆了一口氣，可是當她走到自己家門口，卻發現鋪門緊關，不過不是從外面上鎖，而是從裡面關著。

父親是關著鋪門把他自己關在裡面。

大姐忙捶門，喊父親。

她使勁捶，使勁喊，裡面卻無人應答，而且連一點聲音都沒有。

大姐急了，慌忙繞到屋後，後門也是從裡面關著。

大姐又捶後門，又使勁喊，仍然沒人應答。

大姐抬腳踹門，想把門踹開，後門雖然沒有前面的鋪門結實，但要憑一個十歲孩子的力氣把它踹開，只能是徒勞而已。

大姐一邊繼續大喊父親快開門，一邊端起一塊石板，朝門砸去。她端著那沉重的石板還沒砸到門上，門卻突然一下開了，反而使得大姐一個踉蹌，差點栽倒在門檻上。

突然將門打開的正是父親。

大姐氣喘吁吁地放下石板，氣極地問：

「你為什麼不開門？為什麼不應答？為什麼不吭一聲？」

父親說：

「我以為是日本人在打門哩。日本人打門我就是不開。」

大姐說：

「連我的聲音你也聽不出嗎？」

父親說：

「聽倒是聽出來了哩！」

「聽出來了你為什麼不開門？」大姐心裡的那股怨氣更大了。

「我是看，看你到底打不打得門開，你要是打不開，那日本人也打不開，就說明我這鋪門結實。日本人來了也不怕。」

父親竟然如此回答。他將一個十歲的孩子和日本人去比，他認為孩子打不開的門那日本人也就打不開。也許，他的確是被日本人的槍炮聲嚇得糊裡糊塗了，也只能用他被日本人的槍炮聲嚇糊塗了來解釋。因為他並不傻，有時候還聰明得過了頭。在我大姐還只有四歲時，有一次，他不知來了什麼雅興，竟主動要求替我母親到河邊去漂洗衣裳。他拿著兩件衣裳，不是就在臨街的江邊洗，而是坐船過江，到香爐石去洗。許是因為香爐石有著捶衣的婦人、女子。他站到江水邊，將一件衣裳踩在腳下，雙手漂洗著另一件衣裳。大概是捶衣的婦人、女子說著的悄悄話吸引住了他，他雙手一鬆，漂洗著的衣裳被江水沖走，他忙抬腳去抓衣裳，那被他踩著的衣裳卻又漂走了。結果他兩手空空地回家，一進家門，便對我母親嚷道：「他四娘，你也別怪我，我也不怪你，咱們兩個就算扯平了。」我母親覺得莫名其妙，問他到底是什麼事算扯平了？我父親說：「昨天老大抓了隻蜻蜓在玩，你說要幫她重新換根拴蜻蜓的繩子，結果蜻蜓跑了，不見了；今天我去洗衣裳，那衣裳被江水沖走了，也不見了，所以你也別怪我掉了衣裳，我也不怪你跑了蜻蜓，咱這就算扯平了！」

我父親就是這麼個人。他的回答使我大姐又氣又火，已顧不得是和父親在說話，用手指著父親：

「那你怎麼又將門打開了？」

父親說：

「我看著你要拿石頭砸，我怕你將門砸壞了，重新做扇門又要好多錢哩！你沒去幫過工的，不曉得掙一個錢有多難。」

原來父親一直在隔著鵝卵石基腳留出的一個用以架竹竿的小口，看著我大姐在喊他，在捶門。父親剛這麼說完，一瞧我大姐那質問的神態，手竟然快指到他的額頭上來了，他便忽地一下跳了起來。

「你是我的女，你還敢用手指著我?!你莫非比日本人還要兇？到時候日本人沒將我怎樣，你這個樣子倒要將我吃了哩……」

面對著這樣的父親，你還有什麼辦法呢？大姐想起了母親叮囑的話，不能和他吵，一吵起來就收不了場。十歲的大姐忙說：

「好，好，是我錯了，是我錯了，我向你賠罪，你不開門是有理的。你快跟我走吧！日本人就要進街了！」

「走？到哪裡去？」父親反而在沒放瓦缽子的火箱上坐下。因為女兒的認錯，他感到了一種滿足。

「滿街的人都逃光了，一個也沒有了，趕快走吧，不然就來不及了！」我大姐焦急地催促著。

「要走就往神仙岩走。」父親似乎有點得意地說，「可我知道，神仙岩你母親又不得准我去。」

「對啊，母親特意交代了我，那神仙岩是萬萬去不得的！」大姐一時還沒明白父親的意思。她沒想到，到了這個緊急時刻，父親竟然還要爭回他自己的理，爭回他自己的面子。

果然，父親不緊不慢地說：

「那神仙岩明明是個最好的去處，既保險，離這裡又近，躲到裡面，飯也有煮的吃，覺也有地方睡，可你母親就是不准去，硬要不聽她的吧，到時候她又跟我鬧死鬧活的……」

大姐打斷他的話，說：

「別講這些了，快走吧，到我姨媽那裡去！」

「你母親那個白毛妹妹那裡，我是不得去的！去了好看她的白眼啊！」父親來了勁，彷彿這是我大姐在求他。

「快走吧，就算我求你了，就算是母親託我來求你了！」大姐只得雙手作揖，真的求起來。

父親卻說：

「我曉得囉，是你母親要你來求我的囉，可凡事要講清個道理，就只准我聽她的，到她那個白毛妹妹那裡去，就不准她聽我的，到神仙岩去啊?!」

「那你到底要怎樣？」我大姐簡直無可奈何了。

父親的回答是：

「崽啊，女啊，你莫逼我，我哪裡也不去，我就守在這裡，守在家裡。我就不信，日本人硬會把我怎麼樣……」

時間，就在我大姐捶門、喊門、砸門，在父女倆的爭吵中，在父親的好歹不動中，在我大姐的無可奈何中，被拖延，一再被拖延。

「嘎嘣、嘎嘣」，幾聲清脆的三八大蓋的響聲，直往鋪子裡傳來。那子彈，彷彿就打在我家後門不遠處。

近在咫尺的槍聲，終於使得父親渾身一震，他站了起來。

大姐上前一把攥著父親的手，拉著就要走。

父親卻掙脫了我大姐的手，使勁一甩，說：

「走，走，你就知道走，欄裡還有一頭豬哩，你就不管了？我天天給它煮潲餵潲，只有我才知道餵頭豬有多辛苦……」

「嘎嘣，嘎嘣！」又是幾聲槍響。

父親依然訴說著他這幾天餵豬的辛苦與功勞。

大姐只能喊天了，到了這個時候，父親還在念叨著那頭豬。

大姐真想甩手就自己走了拉倒，可又不能這麼走，也實在不忍心走啊！大姐那雙小手急得直拍褲腿。

父親大概被我大姐的急窘所感動，這才說：

「這麼好不好，我呢，讓著你一步，還是趕快走；你呢，讓著我一步，幫我趕著這頭豬走。」

我大姐沒有辦法，只得和父親一起，從欄裡往外趕那頭豬，那豬也許因待在豬欄裡太舒適，也許知道走出去後很快就會遭遇不幸，死活也不肯邁出豬欄一步。大姐抓根棍子朝豬抽去，父親不准他抽，說抽得他心痛。父親要大姐抓著豬的耳朵往外拖，他自己卻又不到豬的後面推，而只在旁邊吆喝著「使勁使勁」。一百多斤的大肥豬，大姐那瘦小的身子怎麼也拖不動。

時間，又在與豬的僵持中繼續拖延。

瘦小的大姐雖然沒能將豬拖出豬欄，可她的火氣再一次上來了，她拾起那根被父親搶過去丟在地上的棍子，再也顧不得父親心不心痛，朝著豬狠狠地幾棍，就將豬趕出了豬欄。

大姐用棍子趕著豬，父親在旁邊不停地嘀咕：「要小心點，小心點。」他說的要小心點，是指對豬要小心點，怕的是趕急了，豬一不小心，跌進溝坎，折了豬腳。

正在我大姐無論如何也不可能加快腳步之際，突然發生在鄰家菜園子裡的一幕，使得父親終於捨掉豬而撒開了腳步。

沒有經歷過那種劫難的人，也許認為只有像我父親這樣的人，才會如此地要豬而不要命，或者叫做愚昧的頑固透頂。菜園子裡的那七個女人，卻正說明了像我父親這樣的大有人在。

那七個女人，竟然是在摘辣椒。她們捨不得園子裡那紅透了的、椒尖朝上、遠遠望去、一簇一簇如火紅的鮮花般的朝天辣椒。

她們和我父親的理念一樣，儘管也害怕，但總想著日本人也是人，總不會見著人就殺吧。

這七個女人是姊妹，她們本來已經跟隨著人流跑出了家，可一想到園子裡的辣椒，一想到紅透了的辣椒那股誘人的可愛勁，她們就不想跑也跑不動了。她們看著日本人還沒有出現，便又相邀著跑回來，把園子裡的辣椒摘了，一人分一點，再跑。七個女人結著伴，好壯膽。

她們正在摘著紅透了的辣椒時，從山坡上跑下來了兩個日本兵。這兩個日本兵像逞著性子好玩似的，一邊跑，一邊不時「嘎嘣」地放一槍，製造一些他們來了的氣氛。也許這是他們打了一個大勝仗，屠殺了被扣留在伏擊圈內的所有老百姓後，有意地放鬆放鬆。

兩個日本兵發現了在菜園子裡摘辣椒的女人們。

兩個日本兵朝菜園子衝來。

這兩個日本兵並不像我後來從電影裡看到的那樣，見了女人就喊花姑娘、塞古塞古的幹活。而是衝進菜園子後，什麼也沒說，什麼也沒問，舉起上著刺刀的長槍，就把兩個女人刺倒在菜園子的籬笆上。

另外五個女人哇哇地尖叫，用手捂著臉。日本兵仍然沒喊也沒叫，像在靶場上練刺殺靶子似的，將五個女人全部刺倒。

七個女人，全都是仰倒在菜園子的籬笆上。她們死不瞑目，她們一個個大張著眼睛，她們似乎還有句話沒有說出來，那就是：我們在摘我們自家的辣椒，我們沒撩你們，沒惹你們，你們為什麼連問都不問一句，就這樣下了毒手?!她們的心裡，或許還在惦掛著沒有摘完的辣椒，那紅透了的辣椒，紅得耀眼的辣椒，如果一場秋雨下來，那是全會爛了的喲！

兩個日本兵提著長槍正要離開，其中一個好像看出被她們刺死的女人中，有一個與眾不同，便對另一個招一招手，兩人又走攏去。

日本兵發現其中一個是孕婦。

「哇哇！」他們興奮地叫了起來。

一個日本兵從槍上取下刺刀，另一個日本兵將死了的孕婦從籬笆上一拖，拖到地上；取下刺刀的日本兵彎下腰，「哧」地一刀，劃開了孕婦的肚子……

劃開孕婦肚子的日本兵伸出雙手，將被劃開的孕婦的肚子往兩邊一撕，抓出一個血淋淋的嬰兒，他看了看血淋淋的嬰兒，然後隨手往空中一拋，另一個日本兵舉起長槍，一刺刀將從空中落下來的血淋淋的嬰兒頂個正著。

這個日本兵晃動著被刺刀頂穿的嬰兒，如同晃動著一件戰利品。那個抓出血淋淋嬰兒的日本兵，則將血淋淋的雙手在孕婦的胸襟上擦了擦，而後兩人同時發出興奮不已的嗷叫。

這七個既沒惹日本人，也沒撩日本人，僅僅只是在自家的菜園子裡摘那紅透了的辣椒的女人，如若按修家譜的書寫稱呼，或者要將她們的名字刻到私家墓碑上，我大姐都能喊出來，也知道該如何寫。她們是：張李氏、黃李氏、劉李氏、石李氏、倪李氏、趙李氏、王李氏。

這頭一個字，是她們丈夫的姓；第二個字，是她們的姓。那時的女人，沒有自己的名字，即便有，也沒有人去叫她們的名字，家譜或墓碑上，更不可能寫上、刻上她們的名字。她們只能是某某氏。

而那個還未出世的嬰兒，究竟是男是女，不得而知。

一看到日本人片刻工夫便一連刺死了七個婦女，一看到日本人將孕婦肚子裡的嬰兒挑到刺刀上揮舞，父親這下真的嚇慌了，才真的知道日本兵不管你撩不撩他們，惹不惹他們，總之他們是不需要任何理由便殺人。他什麼也顧不得了，也顧不得那頭豬了，撒腿就跑。我大姐這才能放開手腳，緊緊地跟著他。而那頭沒有主人管了的豬，因為突然間不再挨木棍抽打，感到一陣輕鬆，朝著菜園子跑去，它要去拱豬草了。

「砰」的一槍，豬倒在了泥土裡。

兩個日本兵忙著拖豬。不知從哪裡又來了一個日本兵，叫喊著朝我父親和大姐追去。

父親根本就不是往我姨媽住的那個方向的山上跑，他只是胡亂地、慌不擇路地跑。其實只要跑到山上，躲藏的地方就很多。我大姐喊他，他彷彿根本就聽不著；我大姐想搶到他前面去，卻又無法越過。小路狹窄，只能容一人通過。

追在後面的日本兵為什麼沒開槍，搞不清。也許他是見著一個小孩，和一個駝著背的中年男人，追著好玩，就如同貓逗老鼠，待到逗膩了，玩膩了，再將老鼠咬死。

父親和我大姐終於跑到一個交叉路口，再走幾步，我大姐就能跑到前面領路，這時，迎頭又傳來一個日本兵的叫喊。父親忙折轉身，欲往回跑，正好和緊跟在後面的我大姐面對面，此時前有堵截，後有追兵，只能往斜刺裡的另一條小路跑，父親卻不知道該怎麼跑，只在原地急得跺腳。我大姐必須繞過他，方能跑到另一條小路去，可我大姐往左邊邁步，面對面的他就往右邊邁步，恰好擋住；我大姐忙往右邊邁步，他又往左邊邁步，又把我大姐擋住……

從後面追來的日本兵仍然沒有開槍，在前面攔截的也沒有開槍。

從後面追來的日本兵一把抓住了我大姐。

就在日本兵抓住我大姐的那一瞬間，我父親卻突然靈泛得像隻兔子，轉身朝著斜刺裡那條小路，飛跑著溜進樹叢裡，不見了……

第九章

父親儘管是個駝背，儘管在鋪子裡當掌櫃已當了一段時間，可當學徒，做幫工練出的腳力仍在，他一個人逃命時跑得比誰都快，進了樹叢後，而且知道不跑直路，怕日本兵從後面開槍瞄得準。後來他說他聽見了「嘎嘣」的槍響，但沒傷著他丁點。

父親進了八十里山後，再沒有碰見一個日本兵。他心裡一邊說著母親真是個能掐會算的女人，她怎麼就知道跑到她白毛妹妹這八十里山來就沒有危險了呢？一邊又在心裡犯嘀咕，見到我母親後，怎麼跟她說我大姐呢？

如果說我大姐是因為他不開門，不肯走，硬要趕著那頭豬而耽誤了出走的時間，如果說是他擋住了去路而導致我大姐被抓去的，也就是說，如果實話實說，他怕我母親和他拼命！要他賠崽來。

此時的父親不是因自己的女兒被日本兵抓去了，是如何的著急，該如何的想個什麼辦法能將女兒救出來，而是在想著如何跟我母親說，如何瞞過母親，過母親這一關。就如同他掉了漂洗的衣裳和母親走失了一隻蜻蜓那樣去「扯平」。所以我母親後來一提起這件事，真恨得有點咬牙切齒。

我父親在山裡慢慢地走啊走，邊走邊思謀，到底沒想出個什麼隱瞞的萬全之策，他就索性不想了，管他的呢，見了面再說。隨便說句什麼話，能搪塞過去就搪塞過去，實在搪塞不過去，也只好告訴她了。

我父親完全沒去想母親是否也遇到了危難，沒去想母親背上背著的三弟，和跟在母親身邊的我。他大概只為自己總算沒落入日本人手裡而感到慶幸。後來我父親自我解嘲地說他是心兒放得寬，不操心。他說有些事你老惦掛著也不行，反正沒有辦法哩，還不如隨他去。用句文言來說就是順其自然。所以他身體好，活的壽命也長。

我父親雖然是如此地令人無法理解，甚或可以叫令人憤慨。但我父親從此卻有了一個根本性的理念轉變，那就是他再不說日本兵也是人，是人就該不會亂殺人的話，而是說：日本兵不是人，專殺人！並且只要有人一提到日本，他就會說起他親眼看見的日本人將摘辣椒的女人們全捅死在菜園子籬笆上，將孕婦肚子裡的嬰兒掏出來往上拋，再用刺刀接住的事。

當我大姐回老街找我父親時，我母親背著三弟，左胳膊上挽著包袱，右手牽著我，正從這家永遠不可能回來了的農戶的後門往外走。

我對母親說：

「媽，我不要你牽，我自己會走，保證不落下。」

母親說：

「好孩子，那你就抓著我的衣服。」

我又說：

「媽，我們就這麼走了，這家的小妹妹回來後，怎麼把帶回來的好吃的東西給我呢？」

我還在記著那個三歲的小女孩臨走時說的話。

母親說：

「等日本人走了，我再帶你來。」

母親說著，摸了摸我的小臉蛋。

母親摸著我的小臉蛋時，像想起了一件什麼要緊的事，放下包袱，對我說，你等一下，媽轉去一下就來。她又走進屋去。

母親一離開，我就用雙手緊緊地按住放在地上的包袱，我覺得我也應該像大姐那樣，懂事。只是我按住包袱時，嘴裡卻在嘀咕：那小妹妹怎麼還不回來呢？她一回來，我就可以拿著她帶回來的東西在路上吃啊！我希望她帶回來的是糍粑，大山裡打出的糍粑最好吃。一念到糍粑，我想起這次是去我白毛姨媽家，姨媽家的糍粑也最好吃。

想到姨媽家的糍粑，我來了勁。剛想喊母親快走時，母親已經走了出來。

我一看母親，不覺驚訝地叫了起來：

「媽，你瞧你的臉，你的臉……」

母親的臉和脖子，都變成了黑的，像剛從灶膛裡爬出來。

母親說：

「很難看吧？這是我到灶屋裡，從鍋底抓了兩把鍋末灰，特意塗上去的。」

我不懂母親為什麼要在自己臉上塗鍋末灰，趕忙說：

「媽，你快去洗一下臉，哎呀，好多灰。」

母親說：

「我自己塗上去的，我還去洗掉幹什麼？你只說，媽這樣子醜不醜？難不難看？」

我說：

「媽，是有點醜哩。你怎麼要將自己變醜呢？」

母親說：

「醜了嗎？醜了就好，我就是要讓這張臉變得讓人不願看。不過你放心，到了你姨媽家，媽又會變回原來那樣子的。」

三十出頭的母親，儘管有了三個孩子，但她依然知道自己的漂亮。當年母親出嫁時，儘管父親家裡已是窮得叮噹響，但仍然按照習俗，雇了一輛轎子接母親過門。只是沒有吹打的迎親樂隊。當轎子到了老街的街口，停下來歇息時，母親從轎子裡一走出來，新娘子的漂亮立刻轟動了街上的人。母親很快被圍住，只聽得一片嘖歎聲，說老街怎麼就沒有福氣迎來這麼漂亮的女子。更有人跟她開玩笑，說新娘子你別去鄉里了，我們街上的男人任你挑，你乾脆來拋繡球，你拋中誰便是誰，只要你選中，全街的人來賀喜。母親並不羞怯，而是笑著說，拋繡球的事是沒法做了，以後我把家安到你們街上來囉。圍觀的人齊聲叫好，說你來我們街上安家，我們就天天可以看美人了。結果把父親氣得該死，連聲喊起轎起轎，快走快走，沒見過這種街上人。

母親是怕自己依然美麗的面龐帶來麻煩。她想著萬一遇上日本兵時，這張變髒變醜的臉有助於她脫逃。

母親總是把什麼都想在前面。

母親背著三弟，帶著我，繞道往我白毛姨媽家去。

一路上，不斷地有逃難的人迎著我們而來，這些逃難者都是住在沿江一帶的，他們不光是扶老攜幼，還有的趕著豬，牽著牛，提著雞，抓著鵝。

母親猜著他們都是奔神仙岩而去的，但還是忍不住停下來問一位老人。

「你老人家，是往哪裡去投親戚啊？」

老人回答說：

「還有什麼親戚可投呵，都在各自逃哩。」

母親說：

「那你老人家這是去哪裡？」

老人指了指神仙岩的方向。

母親說：

「那邊怕也不行呢！」

老人不置可否，反問道：

「你這位大嫂，怎麼還往前面走哩？前面更去不得！你還帶著兩個孩子，你家男人呢？不跟你一塊走？唉！」

老人長歎了一口氣。他其實話裡有話，他是揣摩著我父親已經在山裡被日本人殺了，只留下孤兒寡婦在逃難。

母親說：

「老人家，我是到八十里大山去投親戚的，依我看，你們還是跟我一起走，到八十里大山去吧。」

老人連忙搖頭，說：

「去不得，去不得，日本人就是在山裡殺人殺過來的。他們只怕現在還在山裡呢！」

老人說完，匆匆便走。

看著從我們身邊慌慌張張走過的人，我也禁不住對母親說：

「媽，我們是不是也跟著他們往回走算了。」

「不行，還是得往大山裡去！」

母親像回答一個大人的話那樣，說得很堅決。但她接著又說：

「你想，日本人在山裡殺了人，他們肯定要從山裡出來的，現在說不定就已經全出來了。山裡不就沒有日本人了嗎？這個時候如果不進山，他們只要將江邊的所有碼頭一封鎖，想進山也進不成了。」

母親明明知道七歲的我不可能全部聽懂她的意思，但還是把她的道理分析給我聽。

母親說：

「兒啊，咬緊牙關，跟著媽，快步走！躲過這場劫難。」

為了加快速度，母親帶著我又轉向另一條小路，以免要給迎面而來的人讓路。

就這樣，母親硬是憑著她的分析判斷，毫不為難民的潮流所動，逆向而行。如果不是母親這麼堅決，我們肯定也進了神仙岩。

我跟著母親走啊走，前面出現了一片黑松林。黑松林遮天蔽日，此時更加顯得陰森可怕。一條小徑往裡伸去，僅看得丈把遠，就不見了。擋住視線的老松樹幹，斑斑駁駁的樹皮，像一張張猙獰可怖的臉，在對著我獰笑。又似乎在說，你進來吧，進來吧，你一進來就要把你吞噬。

我平常就聽母親和人開玩笑時說過黑松林，但不知道是不是這片黑松林。母親以黑松林開玩笑的對象，往往是唉歎著說這件事難做，那件事也難做的年輕後生，每當有這樣的年輕後生來找母親「訴苦」時，母親先是勸他認認真真地做些正經事，不要怕吃苦，不要怕勞累，吃得苦中苦，方為人上人。當勸說無濟於事時，母親就會笑著說：「那你就只有到黑松林去！」意思是你什麼事也不願做，那就只有到黑松林去做土匪，幹剪徑的行當了。父親嚇唬我時，更是說，你再哭，把你送進黑松林去！

此時真的見著了黑松林，我就不由地緊張起來。

我們剛一沿著那條小徑走進去，只聽得「呱——呱」的幾聲，黑松林發出一陣震動。

我嚇得一把抱住了母親的腿。

母親忙摟住我，說不怕，不怕，這是驚動了老鴰。她指著被松樹遮住、幾乎看不見的天說，老鴰在飛哩，飛出去了。

母親說有老鴰驚飛，就說明黑松林裡沒有可怕的東西，而黑松林離我們要過江的地方很近，這也恰好說明從這兒過江最安全。

母親說的「可怕的東西」，指的是人，是日本人，而不是指土匪。母親不怕土匪。母親曾跟我們說過，有一次街上來了土匪，那是夜裡，土匪打著火把，圍住了距我家很近的鋪子。土匪竟然恐怕嚇了我家，有人大聲喊話，說：「盛興齋的人不要怕啊，我們不是對著你家來的啊！」母親說你們知道這是為什麼嗎？這是平時多做善事的回報。不管是誰，只要來到我們家，母親總是好生招呼，討錢的，給幾個小錢；討米的，給一點點米，和和氣氣地打發人家走。而土匪大抵都沒有槍，只有些木棒棍子，最多有幾把馬葉子刀。來到街上的大多是報復，報復在討錢討米時曾受過的窩囊氣。

母親嘴裡說著要我別怕，右手卻已經抱起了我。母親說，我抱著你出黑松林，你就不怕了吧。這樣，母親背上背著三弟，左手挽著包袱，右手抱著已經七歲的我。我覺得母親的力氣真大。

後來我一想到黑松林的這條小徑，就格外佩服造出「剪徑」這個詞的人。把土匪或綠林行當稱為剪徑，那真是再也確切不過了。試想，當你挑著貨物，或推著貨物，或背著貨物，沿著小徑而入，剛走不多遠，只聽得一聲鑼響，或一聲呼哨，衝出幾個手執鋼刀的蒙面人來，把你的東西給搶了，甚或把你這人也殺了，那不正是把你走的這條小徑給剪斷了嗎？

走出黑松林，很快就到了江邊。江水在這裡分成兩股，既寬又深的那股仍可行船，我們面前這股的江面比較窄，水不深，但水流急，急流中間立有石墩。母親脫下鞋子，露出她自己爭取到的天足，卷起褲腿，正準備再將我抱起，踩著石墩過河時，我突然指著江裡叫起來：

「媽，你看，那是什麼？」

母親一看，渾身竟顫抖起來。

漂下來的，是一具一具的屍體。

屍體越漂越近，越漂越多，互相撞擊著，被急流推湧著，轉著圈兒，捲起旋渦。有的就被石墩擋住，橫陳著；有的撞到石墩上，很快又被後面的屍體擠開，擦著石墩，往下漂去……

河裡奔湧的屍體，全是穿著黃軍裝的人。

這些進入伏擊圈，被日本兵打死的軍人，是被拋到扶夷江中的呢，還是在向江邊逃跑時，直接被打死在扶夷江裡的？逃跑時被打死在江裡的可能性不大，因為日本兵扎緊的口袋不會網開一面，憑藉抵抗殺出條血路幾乎不可能。當時的境況除了投降，有可能乞得一線生還的希望外，別無他路。但顯而易見，即算已經投降，也是被全部殺害。

這就只有兩種情況，一種是對於突圍來說，在毫無實際意義的抵抗中被消滅；另一種就是日本兵將俘虜全部慘殺。

不管是在被抵抗中打死，還是成了俘虜後被慘殺，這麼多的屍體進入扶夷江，都只有一種可能，那就是將屍體從山上往下滾，往下拋，再被江水席捲而來。

然而，這可不是幾具屍體，而是上千啊！日本人自己會動手嗎？肯定不會。剩下的答案，就只有在日本人的刺刀威逼下，被扣留的老百姓來幹這件事。而老百姓幹完這件事後，便又統統被殺掉！

至於日本人為什麼要這樣幹，誰要是想從什麼軍事、什麼戰爭的角度來做出些什麼解釋，恐怕是難上加難；因為集體屠殺俘虜，無論用哪部戰爭的「法典」也不會給出理由；逼迫百姓拋屍，再把百姓集體殺掉，是軍事的需要嗎？而要想從人性的角度來得出點什麼解答，更是徒勞。倒是我那既能說他愚蠢，又能說他頑固，既能說他自私，又能說他傻倔的父親，一句話便給出了個答案。用我父親的原話說是，有什麼可解釋的哩，他們不是人，毫無人性！

當時站在江邊的我，已經嚇得哭了起來。母親蹲到地上，將我緊緊摟在懷裡，嘴裡只是說造孽造孽。恐懼、緊張、憤恨……充滿著她那張被鍋末灰塗黑，而又被汗水沖刷得一道白、一道黑的臉。看著那恐怖的江面，就連母親也不敢從這兒過河了。簡直就怕那河中的屍體將過河的人席捲了去。

我母親猛然站了起來，說：

「走！再繞道走！我就不信今天過不了這條河！」

母親領著我繞道而走，路上，碰到了一些也往大山裡跑的人，當我們結成一隊時，我感到膽子壯了一些。

終於，我們進了八十里大山的邊界。

八十里大山是山連山，嶺連嶺，一眼望去，看見的除了山，還是山；除了樹木，還是樹木。那些樹木又有許多是奇形怪狀，藤纏樹，樹纏藤，或筆挺直指雲天，或橫亙卻不倒下，樹上有花而非樹所開，藤上有果又非藤所結，相互依賴，相互糾纏，編織出了大自然原始生態的植物園。幾十年後，這裡成了植物學家最感興趣的地區，說是有著上百種珍奇的樹木。可當時，我最感興趣的是看見了那條小溪。

汩汩流淌的小溪如同一條銀色的飄帶從樹叢中砉然而來。流過老樹橫亙形成的天然木橋，淌過野草野花，將原本夾帶的些須泥沙盡數濾去，使得溪水透明得像蒙上了一層玻璃紙。又累又渴的我往小溪旁一栽，捧起溪中的水就喝。儘管母親大聲喊不要吃生水，但我還是狠狠地喝了幾口。

我說什麼也不肯走了，我也實在走不動了。我模仿著大姐那常常能將母親打動的口氣說：

「媽，我們已經到了八十里山，沒有什麼危險了，多歇一會也不要緊。」

母親卻打量著四周，說：

「這裡剛剛進山，恐怕還是不行，如果萬一有掉隊的日本人，其他的日本人就會返回來搜尋……」

我不知道母親怎麼會說起掉隊的日本人來。她大概是以凡是吃糧當兵的隊伍，就總有掉隊的人來推論。在我長大後所看到的小說和電影中，對日本兵的描述就幾乎沒見過有掉隊的。但我母親在接下來的那些日子中，沒有少說過「掉隊的日本人」這句話。而後來的事實證明，她所說的「掉隊」，其實是日本人猖狂到無以復加，完全視老街人、鄉里人為不存在的單兵行動。

母親要我站起來繼續走。她說她記得這附近有一座廟，要歇息也到那廟裡去歇，她正好去拜拜菩薩，求菩薩保佑。

「待在這溪水邊不行！」母親對我說，「你知道口乾了要吃水，那日本人說不定也正是口乾了，要來找水吃呢！」

母親的這句話引起了與我們同行的人的哄笑。

「你老人家，連日本人口乾都知道?!」

「日本人還會跑到這裡來吃水？這個地方他們找得到？」

「你老人家，還是別管日本人口不口乾，你老人家也先來吃口水，好好歇一下吧！」

……

母親並不理會對她的哄笑，而只是說：

「萬一有掉隊的呢，他沒有水吃還不到處找？再說這水流的聲音大得很，山林裡靜，隔好遠都能聽得到。」

母親這回的判斷又是對的。可同行的人都已在溪邊坐下，他們都不急著走了，都要在這有水的地方歇息歇息了。他們一邊說我母親太過於小心，盡擔心些不可能的事，一邊脫下鞋子，將腳浸到溪水裡，再撩著水，洗臉，抹脖子。

母親仍堅持繼續走，我卻賴在溪邊不動。母親正要來強行拉我時，三弟在母親的背上哭了。三弟這一哭，母親也只好歇息。她從背上解下我三弟，給他抽了尿，打開包袱，換上一塊乾尿布，再背過身去，解開衣襟，讓我三弟吃奶。

三弟吃飽後，母親將他放到溪邊的草地上，三弟高興地在草地上爬動，母親走到溪水邊，剛要掬水洗臉，又轉回去，將我三弟用背帶背到她背上。她又想到了那個「萬一」，萬一日本人突然出現時，她再去背放在草地上的三弟就會來不及。

母親的這個「萬一」考慮得太及時了，正當她背著我三弟，準備在溪水中洗臉時，突然有人尖叫了一聲。

兩頂閃閃發光的鋼盔，出現在小溪的轉彎處。

「天啊！日本兵！」

所有的人都像被黃蜂螫了一口似的，從原地猛地蹦起，撒開腿，不要命地便跑。

母親一把拉著我，放在地上的包袱她連看都沒看一眼，便也開始不要命地瘋跑。

「掉隊」的兩個日本兵果然是來尋水喝的，他們並不急於追，而是將槍往溪邊的草地上隨便一扔，再取掉鋼盔，也是往草地上隨便一扔，然後撲伏於溪邊，埋下頭去，像牛一樣喝水。

此時，如果有那膽大的藏在附近，那麼只需突然竄出，將丟在草地上的長槍一把抓起，這兩個日本兵就得乖乖地將手舉起。當然，這些自詡為具有武士道精神者不一定會舉手，而是會頑抗，那麼只需像他們對待中國老百姓那樣將扳機一扣，就叫他們見「武士道」去了。可是，暫時還沒有，也不可能有這樣的人出現。而這兩個日本兵正是斷定他們不會遇到任何敢於稍微表示的抵抗，所以根本用不著任何防範。

兩個日本兵像牛一樣喝飽了一肚子水，才重新戴上鋼盔，抓起槍，朝著人群逃跑的方向放了兩槍，開始追趕。

「嘎嘣，嘎嘣」，兩顆子彈打得樹葉刷刷地往下掉，嚇得一些逃跑的人腿桿子立時發顫，心裡喊著快跑快跑，那腳卻發軟，怎麼也走不動了。

本來人群都是沿著一條小路跑，可前面的人一走不動，後面的便只能停頓，喊前面的人快點快點，要不就讓開路。後面的這麼一催，前面的更動不了了。喝飽水的日本兵漸漸近了。

母親一見這情形，拉著我轉身就往另一條小路跑。這一跑，兩個日本兵也分開追，一個直朝我們追來。

母親背著我三弟，又要拉著我，自然跑不快。跑到一個拐彎處，母親突然停下來，將我往路旁的草叢中一推，要我藏到裡面，不管發生什麼事都不要出聲，不要出來。我說：「媽，你怎麼辦？你也快躲起來呀！」母親說：「我如果也躲起來，日本人就會在這兒搜。我就讓日本人追，只要他追得上我。你放心，兔子急了也會咬人！」

我不明白母親為什麼說出「兔子急了也會咬人」這麼句話來，我認為母親是在寬我的心，好讓我不要跑出去。

母親說完就朝我相反的方向跑。

我藏在草叢裡，使勁閉著眼睛。我害怕一睜開眼，就會看見最可怕的事。不一會兒，傳來沉重的「噔噔噔」的腳步聲，我知道那是追趕母親的日本兵來了，我緊張得將頭全埋進草裡。憑我長大後對七歲時的記憶，在這一刻，我完全是擔心自己被日本兵發現，而不是擔心母親被日本兵追上。我為此曾發出過慨歎：母親為了兒子，甘願讓日本兵追，甘願去冒死亡的危險；兒子首先想到的，卻是自己！然而，這僅僅還只是個七歲的孩子，這肯定是受我父親的影響所致。可見自私的遺傳性是個痼疾。

「蹬蹬蹬」的腳步聲從我身邊過去了，朝著和我相反的方向去了，漸漸地離我遠了……

我脫離危險了。被日本兵追著的母親，卻不知是因慌亂，還是下意識，她竟然跑進了那個她不但知道，而且曾經去過的廟。

一個荒廟，能有什麼地方可供藏身的呢？

母親一進入廟中，才彷彿恍然大悟，怎麼跑到這個地方來了呢？但她還是將廟內環視了一番，她也是實在跑不動了，她想找個地方暫時躲一下，可是就連那尊依然高坐在供桌上方的菩薩，也是泥木做的實心菩薩，且不大，想如同電影中那樣藏進菩薩的肚子裡去是不可能的，即使是躲到菩薩身後，也無法將自己全部攔住。母親慌忙又往外跑，可那個追趕的日本兵已經進來了。

面對著雙手端著長槍的日本兵，母親大睜著不能不驚恐的雙眼，一步一步地往後退，日本兵則一步一步地逼上來。

然而，我母親那雙緊緊盯著日本兵的大眼，雖然有著驚恐，但在驚恐中，更多的卻是冷竣；她往後退的腳步，並不是慌亂，而是每一步提前往後挪動的那隻腳，一落到身後，即呈橫形腳掌，也就是說，只要她站定不動時，隨時都能保持著弓步或變成馬步，隨時都能招架攻擊或及時反擊。我母親從我那武秀才叔祖父那裡偷學來的武藝，第一次面對著一個異國侵略者，一頭無惡不作的野獸，展示出應有的功效。只要這個日本兵不是對著我母親，將那三八大蓋的扳機一扣，那麼儘管他有著一桿嚇煞人的鋼槍，真要拼打起來時，誰勝誰負，還難預料。

這個日本兵並不想在這個時候扣動扳機，他如果想扣動的話，早就應該扣了。他從穿在腳上的靴筒子裡抽出了刺刀，他用左手提著槍，右手揚起那把刺刀，說出了一句我母親竟然能夠聽得懂的話。

我母親一聽懂他說的那句話後，就用手指著自己那塗過鍋末灰的臉，再使勁地擺手。我母親說自己不是日本兵說的那個，絕對地不是。可是我母親不知道，她那張塗過鍋末灰的臉，早已經汗水浸淋、沖刷，不時地用衣袖、圍裙擦汗，本來面目全顯現出來了。

日本兵不知是不是能聽懂母親的話，如果他真的聽不懂，那麼從母親的手勢也能明白，於是他吼叫起來，大概是斥責母親在說謊，惡狠狠地說母親就是他說的那個！

我母親忙用手指一指自己的背上，那意思是告訴對方，她已經是好幾個孩子的媽媽，你若不信，背上還正背著一個。可我母親的這些意思卻似乎激怒了這個日本兵，他高揚著刺刀，比劃著我母親明白的意思，越逼越近。

我母親裝作不懂他的意思，一邊往後退，一邊像害怕不已地轉動著她那靈泛的眼珠，尋覓著可以防身的武器。然而，廟裡除了那泥塑木雕的菩薩，什麼可用來抵擋的東西也沒有。菩薩腳下只有一個供桌，供桌上有一隻香爐，爐子裡殘存著不少煙灰。

我母親一步、一步，慢慢地往供桌移去。

日本兵逼得更近了，我母親能清楚地看見他臉上佈滿的疙瘩，那些被稱為青春痣的疙瘩，似乎在他猙獰笑著的臉上不停地跳躍；還有那兩道濃黑濃黑的眉毛，和濃眉下那雙既充滿殺氣，又浸透著淫慾的眼睛。

這也許不是一個職業的「武士道」狂徒，而是在日本近衛內閣新體制下被徵召入伍或自願入伍的一名年輕士兵。他要為建設「大東亞新秩序」而貢獻自己的力量，並向他們的天皇發誓，不惜獻出自己的熱血和生命。他在入伍前，也許是一個農民，也許是一個工人、小商販，甚或就是一個學生！他在自己的故土，在自己的家鄉時，遇見親朋好友、左鄰右舍，也是像老街人一樣非常禮性地打招呼的，作為一個日本人，他當然不會像老街人那樣開口便是「你老人家」，但他和他的同胞們那滿口的敬語，每句話最前面的敬稱，其實比「你老人家」還要顯得尊敬，使用的頻率更高。而且，他和他的同胞們也是信佛的，對菩薩的虔誠信仰，希冀菩薩保佑的心情，甚至比中國人更強烈。他正值青春期，他一定有位可愛的女友，或者已經有了一位溫柔漂亮的妻子，可他此刻，卻要強姦一個中國的母親，而且就在有菩薩看著的廟裡！他強姦了這位母親後，還會就在菩薩的腳下，將這位母親殺死，包括母親背上的嬰兒。他會不會將他所做的這一切，寫信告訴他的女友，或者他的妻子呢？有一點可以肯定，他會告訴他的同夥，會告訴為建設大東亞新秩序而一同向天皇發過誓的家鄉人，他會以此為炫耀，甚至作為他的戰績，那就是他又強姦了一個中國母親，又殺死了一個中國女人，一個中國嬰兒！

當我成為新中國的大齡中學生後，我曾拿著一篇著名作家寫的訪問記，念給我父親聽，那篇散文說的是這位作家訪問日本，親眼看到了美國丟原子彈對日本人民造成的巨大的傷害，那篇訪問記寫得很有感情，厲聲譴責美國丟原子彈的罪行，說日本人民是和中國人民世代友好的……可我還沒有念完，我那位實在有點兒蠢的父親卻跳了起來，他說這是什麼混帳東西，竟然說美國丟原子彈丟得不對?!美國不丟原子彈，日本會在那一年投降?!什麼日本人民？什麼對中國是世代友好的，把我們老街人幾乎全殺光了的（他又說的是老街，他只知道老街！如果他知道全中國有多少人被殺害，那還不知道會怎樣呢！），不是日本人？沒有日本人，哪來的什麼日本人民？人民不是由人組成的，而是由畜生組成的啊?!父親對我說，你不要在老子面前擺知識，老子沒有知識，但老子有眼睛，老子的眼睛親眼看見過，也看得清清楚楚！父親甚至還指著我說，當年那日本人一刀把你給捅死就好了，你就到陰間去說日本人民其實對你是友好的……

父親發完這場令我不能不感到害怕的火後，竟不時偷偷地翻我的書包。他從我的書包裡找出《新華字典》，專門去找「人民」的釋義，可這本字典裡卻沒有「人民」這一條。後來他不知是在誰那裡借到一本詞典，並請那人為他找到了「人民」的釋義。父親指著那一條對我說：「你看，你看，這上面寫著呢！」那本詞典上面的原話是：「人民：以勞動群眾為主體的社會基本成員。」然而從父親口裡念出來，卻成了「人民：是以，勞動群眾，為，主體，的，社會，基本成員」父親自己不會斷句，他以為字典上是沒斷句，便按照他的斷句，將一句話念成了七句。但他抓住了要點，他說：「就是勞動群眾，就是基本成員哩！那些當日本鬼的人，不是勞動群眾啊？他們還會都是些財老闆啊？他們不是基本成員啊?!難道還都是高頭有錢有勢的成員啊?!高頭有錢有勢的成員會去當兵啊?!」父親不知道「上層」這個詞，他認為基本的對立面就是高頭。

我母親將我藏在草叢裡，日本人自然沒能對我捅刀，可日本人的刺刀已經比劃著我母親的胸衣，要我母親將衣服脫掉，不然就要用刺刀劃開！

這個時候，我那伏在母親背上的三弟，「哇」的一聲大哭起來。

這個幼小的、真正完全不諳世事的生靈，大概也覺察到了母親的危險，他似乎知道，如果母親沒了，他這個幼小的生命也就沒了。他的突然大哭，既像是在為母親著急叫喊，也像是在替母親求情，求這個日本兵在菩薩面前發一次善心，放過母子二人。

然而，三弟的哭叫，不僅沒有感化這位日本「基本成員」中的一員，不僅沒有幫上母親的忙，反而使得日本兵那猙獰的笑都不見了，他一下衝過去，一把就要從我母親背上將我三弟抓到手上。

母親本來已經做好了逃脫的孤注一擲，可三弟的這一哭，日本兵的這一撲，必須首先保護兒子的本能，使得母親不能按原定的步驟出手，而只能迅疾地一挪步，離開了供桌，離開了供桌上的香爐，仍然面對著日本兵，使日本兵沒能抓著她的兒子。

與此同時，母親臉上顯露出了乞求不要傷害孩子的表情，這表情是那般的痛苦，那般的無奈，那般的讓人心疼。

日本兵卻做了個惡狠狠地要母親把嬰兒摔到地上的動作。他將左手抓著的槍往地上狠狠地一頓，接著往地上一摜，再加一腳，踩在上面。他這一頓、一摜、一踩，就是對母親乞求不要傷害孩子的回答，就是對我那才幾個月的三弟要付諸的行動。

就在日本兵那一腳踩下去時，我母親猛地往供桌旁一躍，伸手抓起一把香灰，準確無誤地撒到日本兵的臉上、眼裡。

日本兵哎呀一聲，忙用手捂住雙眼，就連右手上的那把刺刀，也掉在地上。

母親趁著日本兵捂眼睛的這一瞬間，從廟裡飛奔而出……

母親撒出去的這把香灰，是老街人向日本人的第一次還擊。雖說只是一把香灰迷住了日本人的眼睛，使得母親逃脫了魔爪，但卻讓老街人知道，日本人的眼睛也是進不得灰的，被灰迷了的日本人也是要用手去擦的，從而推定：日本人的腦殼，也是能被砸爛的！

第十章

我們終於到了白毛姨媽家裡。

白毛姨媽的房子建在一個山坡上，雖說是山坡，但已被整理得相當平整。房子背後是一片蔥郁的竹林，竹林中間有一條小道，通到一個池塘，池塘裡的水已經乾涸。我們就是繞過乾涸的池塘，沿著竹林裡的這條小道，來到白毛姨媽家的後門的。

白毛姨媽的房子雖然是茅草屋，但很大，有好幾間，每一間都很寬敞，乾乾淨淨。在用做廚房的大間裡，還有一條像小溪樣的水道從廚房流過，不知我白毛姨媽是從哪裡接進水來的。水道裡的水已經很清很清了，可水道旁邊還打有一口水井，白毛姨媽只是在水道裡洗菜、洗衣服。煮飯、炒菜、喝水都是用水井裡的水，這口水井很深，打上來的水比老街的井水還要甜。

白毛姨媽和她的丈夫都很能幹，他倆在這深山老林裡，本來過著極其平和的日子，幾乎所有的一切都能自給自足，每年只需下山換些鹽、整理整理農具什麼的，但可惜我姨夫年輕輕的就積勞成疾，山裡人只能靠採些草藥治病，那草藥再神奇，也使得許多本可以治好的病，成了不治之症。年輕的白毛姨媽沒有孩子，孤身一人，我真不知道她一個人是怎麼在這深山老林中捱過每一天的。但白毛姨媽生性快活，似乎並不犯愁，還特別愛笑。

保佑。

白毛姨媽一見著我們，高興得連蹦帶跳。她一把抱起我，將我舉到她的肩膀上，要我騎「高馬」。她又抱過我三弟，在三弟臉上一頓亂親，親得三弟哇哇大叫，她則笑得格格的不停。

當白毛姨媽知道我們是如何遇險，又是如何脫險的事時，一個勁地說搭幫菩薩保佑，搭幫菩薩保佑。

我在一連啃了幾根包穀棒棒，吃了兩碗糙米飯，喝了一大碗秋絲瓜湯，將餓得癟癟的肚子漲起來後，坐到母親的對面，目不轉睛地盯著母親。

母親見我這麼使勁地盯著她，不由得摸了摸臉，說：

「你這樣看什麼？我的臉還沒洗乾淨啊？」

母親不知道，我這是在用崇拜英雄的眼光注視著她。但我不會說英雄，又一時想不出什麼更好的話來，我便突然說：

「媽，你就像是大戲臺上的趙子龍。」

我跟著母親看過大戲，那是從縣城下來的戲班子，在老街河對面的沙灘上紮起戲臺，天還沒黑就響起鑼聲、鼓聲，那鑼聲鼓聲先是零零碎碎地敲幾下，打幾下，夾雜有幾聲尖厲的嗩吶叫，還有二胡的調弦聲。到得天黑下來時，鑼聲鼓聲驟然熱烈，時而如疾風暴雨，時而如扶夷江中漲水的大潮，響得老街上吃夜飯的人做手腳不贏，忙忙地扒完幾口飯，便吆喝著去看大戲。此時四鄉的人也開始來了，且衣服都要穿得整齊些，平時難得有社交活動的姑娘們、小媳婦們也能成群結隊而來，各各在頭上插一朵花，或在對襟衣服的布扣子處別一鮮豔的布巾，說說笑笑，打打鬧鬧也無人干涉。人群中的問候語更是不斷，「你老人家，去看大戲哩！」「有大戲看哩，你老人家！」如過節日一樣的興奮。

大戲臺下的觀眾皆是站著，無人坐凳，好自由活動，站累了，走開，到沙地上坐下，講白話，講那旦角是如何的漂亮，那武生是如何的威風……戲臺上的唱詞其實是沒聽清幾句的，也用不著聽清，大抵都是曉得戲文的；老樹的樹杈上則爬滿了細把戲，彼此說著與戲文完全無關的事，唧唧喳喳，像喜鵲叫個不停。忽聽得有人喊：「呵，趙子龍出來了！」細把戲們遂立時緘口，看「趙子龍」的武打。趙子龍出來必是《長阪坡》，無論大人、小孩都愛看。

趙子龍《長阪坡》是單騎救主，大概因為那「主」是一個小孩的緣故，被趙子龍揣在懷裡，和細把戲們有著緊密的聯繫，故都將趙子龍視為心中的英雄。

我母親正是將三弟一直背在背上，所以我說母親是趙子龍。

母親聽我說她是趙子龍時，卻說：

「趙子龍一身是膽，我怎麼能和他比？當時我還沒被嚇死？整顆心都是怦怦跳，要蹦出來了。」

我說：

「媽，我才不信你被嚇住了呢！不過，你怎麼只抓一把香灰呢？你應該抓起那個香爐，把日本鬼砸死！」

母親說：

「你懂得什麼？第一，你不知道香爐的重量，不知道一下能不能夠抓起，如果一下沒抓起，那就死定了；第二，即使你能抓起香爐，那也要時間，抓香爐要時間，舉香爐要時間，就連砸去時，還有個時間，那種時間是連一絲一毫（老街人還沒有分秒的概念）都耽誤不得的，搶到那一絲絲時間，你就贏了，沒搶到那一絲絲時間，那就只有輸了，打仗叫兵貴神速，兩人交手叫眼明手快……」

母親說完，竟歎了一口氣，說：「我還是太膽小，太膽小……」旋又像為她自己辯護說，「到底沒見過這樣的陣勢，鋼槍、刺刀，我背上還背著一個嫩毛毛……」

母親似乎有些遺憾，有些後悔。她遺憾、後悔的究竟是什麼呢？當時我沒弄清。

這時白毛姨媽插話了，白毛姨媽說：

「姐啊，你講那日本人進廟說的那句話你能聽懂，他到底說的是句什麼話呢？」

母親說：

「那有什麼好說的，反正他是講了一句中國話。」

二十多歲的白毛姨媽竟帶著撒嬌的口氣說：

「姐啊，你就講一下嘛，講給我聽有什麼關係？」

母親仍然不肯說。白毛姨媽就抓著我母親的手，使勁搖，說：

「姐啊，你講一下嘛，讓我也聽聽日本人是怎樣說話的嗎！他說出來的是不是人話嗎？」

母親這才說：

「他硬是講了一句中國話，我硬是聽懂了。他說什麼花姑娘，花姑娘……哪裡有花姑娘？」

母親講到「花姑娘」時打了一下頓。

「那個該死的把你當作花姑娘哪?!哎喲姐，你真的還是那麼漂亮哩！」白毛姨媽笑起來。她這一笑，倒使得屋裡的氣氛輕鬆了許多。

母親說：

「別亂講，他是問我哪裡有花姑娘？我說我不知道，要他到別處去找，反正我不是花姑娘。」

母親說這話時竟有點羞澀。臉上還起了一陣紅暈。

母親此時雖然說的是日本人問她哪裡有花姑娘，但我稍微懂事一點後，卻斷定母親將日本兵的話改了一下，日本兵說的是，花姑娘的，大大的幹活！因為後面的一切，都是他要強姦母親的舉動，並不是要母親說出哪裡有花姑娘。而母親之所以把它改了，是因為即使沒有被強姦，而只要有被人想強姦的事，說出來也不好聽。

可這個日本兵為什麼單單只會說這麼一句中國話？而其他的中國話又不會說呢？他們是否專門學了這麼一句強姦婦女的中國話？

白毛姨媽又問我；

「老二，你媽媽將你藏在那草叢裡，你也嚇得該死吧？」

我回答說：

「姨媽，你也藏到那草叢中去囉，去試一下囉，看你怕不怕囉？」

白毛姨媽又笑起來。

對世事似乎完全不知曉、對迫在眉睫的災難更是毫無所料的白毛姨媽，就是這般地像個小孩一樣的天真。

見白毛姨媽在笑，我則非常認真地對母親說：

「媽，我幸虧是跟著你，要是跟著父親，可能就到不了姨媽這裡了。」

我這麼一說，母親急了起來，她趕緊走到門口，望著外面，嘴裡不停地說：「他們怎麼還沒到呢？他四爺和老大怎麼還沒來呢？」

白毛姨媽說：

「我那姐夫走得慢，挨得很，老大又只能陪著他慢慢走，姐你就放心吧，他們等一下就會到，不會有事的。」

白毛姨媽將我母親拉進屋裡，要我母親坐下，正繼續說著要我母親放心的話時，父親來了。

白毛姨媽笑著說：

「怎麼樣，我說準了吧。」

白毛姨媽迎到屋外，忙喊姐夫快進屋坐，快歇息；說姐夫一定餓壞了，她就去熱飯熱菜。

我父親對白毛姨媽的熱情招呼毫無表示，呆呆地走進屋來。可他一見到我母親，說的第一句話竟然是：

「他四娘，你看見我們那老大麼？」

母親一聽，頓時驚愕了：

「你說什麼，老大沒有和你在一起？」

父親說：

「開始倒是在一起哩，可後來走著走著，就不見她的人影了。我還以為她是找你去了哩！」

父親講起了一個作為父親來說，無論如何也不應該講的謊話。他沒等我母親回答，又說：

「她沒找著你，總是到哪裡玩去了。這孩子，太貪玩了，太不懂事了，唉，唉，都是你平常慣的……」

父親的這番假話，是在路上想了好久才想出來的，他要來個先發制人，責怪母親一番，好讓母親不再追問我大姐的去向。可他的謊話怎麼能瞞得了精明過人的母親，他還沒說完，我母親就狠狠地問道：

「駝四爺，你老老實實地跟我說，我那老大，是不是被日本人抓走了?!」

父親竟然回答說：

「怎麼會被日本人抓走囉？我一路上都沒碰到一個日本人！肯定是玩去了囉，等一下就會來的囉。你就別操心了。」

說完，他便轉移話題，喊道：

「她小姨啊，快拿飯來，我確實是餓了哩！唉，唉，吃飯要緊，吃飯要緊。人是鐵，飯是鋼，一餐不吃餓得慌。這話一點不假，不假。」

父親一邊說，一邊就往廚房走，他要避開我母親，免得我母親再問。可他剛一挪步，就被我母親當面堵住。母親說：

「駝四爺啊，到了這個時候你還不講真話！我那老大，是我要她來找你的，是我要她無論如何也要把你拉到這裡來的，她如果不對你下點功夫，你會來？你不往神仙岩去才有鬼！我的兒子那麼懂事，那麼聽我的話，她時刻都會掛念著我，她還會跑到別的地方去玩?! 駝四爺啊駝四爺，兒子明明是被抓走了，你卻還要編一套假話來哄我，你還是個人嗎？」

母親這麼一說，我父親只得講實話了。可他的實話竟然是向母親討好：

「他四娘，硬是什麼事都瞞不過你，你怎麼就知道老大被抓走了？」

我母親一聽我大姐真的被抓走了，頓時雙手亂捶胸口，嘴裡要喊什麼，但已經喊不出聲，接著往後便倒。我父親卻只是在旁邊說：「那也怪不得我，怪不得我……」

白毛姨媽忙將我母親扶住，把她扶到床上，用大拇指掐住母親的人中，要我快拿水來。

我母親醒過來後，並沒有要找父親拼命，而是喊道：

「我要去救我的兒子，去救我的兒子！兔子急了也會咬人啊！」

這是我第二次聽到母親喊「兔子急了也會咬人」的話。

母親接著又說她好後悔，好後悔。誰也弄不清她說的好後悔指的究竟是什麼？父親則有點戰戰兢兢，認為母親是後悔不該讓我大姐去找他。他怕我母親是急瘋了，在說瘋話。

第十一章

母親果然有點像瘋了一樣，整個晚上，她都不再說話，飯也不肯吃，只是呆呆地坐著，望著老街的方向。白毛姨媽陪著她，不停地說著寬心的話。

白毛姨媽其實心裡清楚，她說的這些寬心的話都是沒有用的。儘管她還沒真正見過日本人，但從我母親的遭遇中，她也明白，被日本人抓了去，落在了日本人手裡，生還的希望微乎其微。可她不能不說，她知道瘋心的人要有人陪著說話。她要用自己的話來迫使母親開口。

終於，母親開口了。

母親說：

「你睡覺去。不要管我。我要一個人待著。」

白毛姨媽說：

「姐，你說我能去睡覺嗎？我睡得著嗎？」

母親又不吭聲了。

白毛姨媽終於困倦了，再也支持不住了，打了一個長長的呵欠。母親卻說話了。

母親說：

「去，給我熱飯熱菜去，有好吃的都拿來，越多越好。」

白毛姨媽驚愕地說：

「姐，你這究竟是怎麼哪？要麼一口不吃，要吃就做死的脹啊！」

母親說：

「你也以為我瘋了吧？我不瘋！吃飽了姐要辦事去。」

白毛姨媽趕緊問：

「辦事？辦什麼事？才半夜哪！」

母親說：

「這你不用問。我自有我的主意。」

母親說完，又問：

「駝四爺呢？」

白毛姨媽說：

「睡了，早睡了，他也辛苦了呀！」

母親冷笑了一聲，說：

「虧他還睡得著。」

白毛姨媽將飯菜熱了出來，母親一個勁地吃，整整吃了三大菜碗。吃完後，又要白毛姨媽將剩飯捏成幾個飯團子，她說要帶到路上吃。

把用樹葉包好的飯團子揣到身上後，母親在睡得鼾聲大作的父親身上狠狠地拍了一掌。父親被拍醒來，動作倒也迅速，一翻身就下了床，一邊尋鞋子，一邊說：

「日本人來了？是日本人來了嗎？」

白毛姨媽看著我父親那樣兒，忍不住笑，說：

「不是日本人來了，是我姐有話跟你說。」

白毛姨媽太愛笑了。不管在什麼場合，她都愛笑。我覺得她笑起來其實很好看，她笑起來一點也不像個嫁了人的阿嫂，而是依然像個沒出嫁的女子。我覺得她除了那頭白毛讓人看著不順眼外，其他地方長得都不比任何女子差。特別是她那雙眼睛，眼珠呈藍色，像西洋鏡中的外國女人。可誰也不會料到，我這愛笑的白毛姨媽，有著西洋鏡中外國女人那種藍眼珠的白毛姨媽，後來很慘，很慘，真正的慘不忍睹。

父親一聽說母親有話跟他講，忙說：

「有話講就好，就好，那就不會瘋了。不會瘋了。哎呀，我硬是擔心得不得了！」

母親對他說：

「駝四爺，你聽著，在我妹妹家裡好生看著老二和老三，如果再出什麼差錯，你這條命也就別要了！」

父親連聲說：

「那是，那是！還會出什麼差錯呢？我曉得這都是人命，人命關天哩！我還能不好生看著?!」

父親說完，像預測到了什麼，忙又說：

「他四娘，你是不是要出去啊？」

母親說：

「我不出去還要你照看什麼？」

父親說：

「出去要小心，小心。你要出去幾天呢？這個時候出去幹什麼？這個時候有什麼好幹的？」

母親說：

「出去幾天我自己也不曉得。」

此時的父親卻心細了，他忙說：

「你要出去好幾天，那老二倒好辦，老三餵什麼，我又沒有奶。」

母親說：

「餵米湯，餵糊糊，他也可以斷奶了。」

白毛姨媽說：

「還有我哩，有我哩。」

父親似乎嫌白毛姨媽不應該插話，立即頂上一句，說：

「有你，有你，你能幹什麼？你也沒有奶！」

白毛姨媽說：

「我沒帶細毛毛，我當然是沒有奶哪。可我會熬糊糊，姐夫你就不會。」

白毛姨媽難得生氣。本來我父親說出「你也沒有奶」的話，是對結婚好多年了，仍然沒有懷上孩子的姨媽的鄙視，後面緊接著的便是「連蛋都不會下的母雞！」何況還將自己的丈夫剋死了。只是父親沒說出來。

母親對白毛姨媽說：

「別睬他，你越睬他他越來勁。」

母親轉身就走。父親又問：

「他四娘，你，你到底是要去哪裡？」

母親猛然回過頭，說：

「找他二爺去！怎麼樣？你還有什麼話沒有?!」

母親說的這位二爺，就是在扶夷江裡指揮過渡的那位二爺。他其實排行第十二。

一聽說母親是去找二爺，父親嘀咕了一句什麼，不知是帶有無可奈何的醋意的嘀咕，還是把因醋意帶出來的無可奈何的火嘀咕到白毛姨媽身上，嘀咕著那不會下蛋的母雞什麼的……

第十二章

母親果真是去找二爺。

天黑黢黢的，正是黎明前的黑暗，連那星兒的光輝都隱匿了，沒了。母親揣著幾個剩飯團子，離開了白毛姨媽家。

白毛姨媽將母親送出好遠。白毛姨媽說她要跟著我母親一塊去，可我母親不答應。

我不知道母親是如何在山間的夜路上行走的，也不知道她是怎麼找著二爺的。也許他們的確有個曾經約會的地方，總之母親就是找著了他。

我想著母親應當是這樣找到二爺的：

當二爺看著扶夷江邊那亂糟糟擁擠不堪的人群，怒喝著，狠罵著，指揮著救人、找船、疏散，然後霍地脫光衣服，跳進江裡，像水滸的「浪裡白條」一樣踩著水，引領著坐上人的船兒、扮桶、划子、木排往對岸駛去時。他一定留了一個心眼，那就是看這些過江的工具上有沒有我的母親。

二爺沒看見我母親，他的心裡一定有點兒著慌，他在想，這個女人，怎麼到了這個時候還不過江呢？她難道還在家裡收拾東西？於是二爺對著人群大喊道：就這麼過，按秩序來，不能擁擠，誰擁擠我收拾誰！喊完後，他一個猛子扎進水裡，泅到岸邊，悄悄地上了岸。上了岸後，他穿好衣褲，就往

「盛興齋」——我家的鋪子而去。到了「盛興齋」，卻見我家的鋪門緊關，他便「咚咚咚」的捶門，且喊：「他四娘，他四娘，你怎麼還不走啊？快走啊！」鋪門當然不會打開，因為就連我大姐都沒捶開。我父親也許在門縫裡看清了是他，那就更是絕對地不會把門打開。我父親會在心裡說，我以為是誰在捶門哩，原來是這個吊兒郎當不務正業的東西，房無一間，地無一丘，連生意也不會做！你來捶門幹什麼？想打搶啊?!我父親自然會忘了他當初也是房無一間，地無一丘的。

二爺捶不開門，只好走了，但他相信我母親不在鋪子裡，倘若我母親在鋪子裡的話，是一定會將鋪門打開的。

我母親既然不在鋪子裡，又沒有過江，那麼她到哪裡去了呢？於是二爺到處尋，正尋著尋著，又響起了槍聲，槍聲越來越近，二爺也就撒腿跑了。

二爺說過他不過江的，他就在老街附近躲藏，他反正是一個人，兩腿一抬就是搬家。

這麼著就到了晚上。二爺不知躺在哪個河灣的沙灘上，數著天上的星星，可數著數著，他就煩了，數不下去了。因為他沒見著我母親，他當然在為我母親擔心。

後來二爺就從沙灘上爬起來，撩開步子，往一個叫做月亮谷的地方走去。這個月亮谷，應該就是他曾和我母親約會過的地方。

月亮谷很美，三面環山，中間一塊很大的綠茵茵的草地，草兒很軟，不像沙灘上的馬鞭子草那樣略略有點扎人。月亮谷的草兒不扎人，柔軟得像鵝身上的絨毛。而那環繞著草地的山，卻又不是連在一塊，三個山坡各有通路，三條通路又能相連。所以選擇月亮谷作為情人相會之處，那是再合適也沒有了的。因為這三條通路既可以讓情人相互捉一捉迷藏，增加點情趣，而在相親相愛時萬一被人發現，又可以迅速跑掉。

幾十年後，老街被開闢為旅遊區，這個月亮谷被改為了情侶谷。當然，不是因我母親和二爺而改的，而是說明這個地方就連最時髦的年輕人也特別屬意。

二爺到了月亮谷後，就在草地上躺下。他沒有地方去找我母親了，可他又實在掛念著我母親的安危，於是他就乾脆在這兒等。他想著我母親只要不出意外，一定會到這兒來的。

這天晚上，二爺在月亮谷等我母親的情節完全是我想像出來的。我的這些想像中其實有很多漏洞。譬如說，二爺在過渡的人群中沒看見我母親時，一個猛子扎進水裡，泅到岸邊……這就不是事實，因為那麼多過江的人看見二爺跳進江裡時，是將脫下的衣褲頂在頭上的，他這一扎猛子，那衣褲頂在頭上豈不白頂了？再譬如，他和我母親如果真是情人，那麼我母親一定會告訴他不去神仙岩而去八十里大山——我白毛姨媽家的決定。

然而，我母親的確是在月亮谷找到他的。

這就不能不引起我的想像，我母親如果和他不是情人，又怎麼會想到月亮谷來找他呢？而且知道在月亮谷又一定能夠找到他呢？

母親在我白毛姨媽家想了差不多整整一個晚上，她把老街上的人幾乎都想到了，但想來想去，只有找二爺，儘管這位二爺不太為老街人瞧得起，可母親認為他是一條漢子，只是時運不濟罷了。也正因為母親把他看作一條漢子，平常待二爺不錯，縫補漿洗的不要二爺開口，所以斷定二爺一定會幫忙。只有二爺，或許能想得出救我大姐的辦法。

母親在月亮谷一見著二爺，就哭了。哭得二爺慌了神。

二爺說：

「他四娘，他四娘，有話慢慢說，慢慢說，別哭，啊，別哭！」

二爺想給我母親擦一擦眼淚，可他又不敢。於是用手在他自己的褲腿上使勁擦。

母親在我白毛姨媽家沒有哭一聲，可一見著二爺，她那傷心的淚水就如打開的水閘，再也關不住了。由此可見，兩人的關係的確不一般。

不管二爺怎麼勸，我母親就是止不住地哭，哭得二爺來了火，吼道：

「有什麼事，告訴我，天塌下來我頂著！」

二爺這麼一吼，我母親不哭了。

我母親傷心的哭，其實不光是為我大姐被日本兵抓去了哭，還有著得不到男人強有力的話語的哭。她畢竟是個女流之輩，攤著了我那麼一個父親，使她感覺不到一點男子漢的氣魄，她要的就是二爺這樣的話。有了二爺這樣的一句話，不用勸她也不哭了。

我母親把我大姐如何被日本兵抓走的事告訴了他。

二爺聽後，並沒有使用老街人的「慣用語」，先數落我父親幾個「怎麼能那樣呢？怎麼能那樣呢？」而是迸出四個字：

「想辦法，救！」

我母親之所以相信的只有一個二爺，大概就是因為二爺很少使用老街人的「慣用語」。如果換一個人，則必定是說出一大串「他四爺，怎麼連兒子揰門都不開呢？怎麼還能顧著那頭豬呢？怎麼還將兒子跑的路給堵了呢？……」

諸如此類「怎麼能那樣」的話，「禮性」雖然表現出來了，但於事完全無濟。「禮性」完了，照樣莫衷一是。

只有二爺的這四個字，是我母親極盼得到的。我母親的眼裡，立即閃耀出希望。

然而，想個什麼辦法去救呢？

母親先是說拿錢去贖，只要用錢能將我大姐贖出來，就是將鋪子賣了都幹。二爺搖頭，說日本兵不是一般的綁票吊羊的土匪，而是無惡不作的東洋匪，他們根本用不著讓你去賣鋪子，他們直接將鋪子占了搶了更省事。母親說那就讓我去頂替我的兒子，拿一個大人去換一個小孩總行吧。二爺更是搖頭，說不行不行，你這是再送一頭羊去餵豺狼哩！

母親又說了一些辦法，可都被二爺否定了。母親不由地嚷起來：

「那你說，你說，你說到底該想個什麼辦法？」

我母親到了二爺面前，怎麼地就變得不太像原來那個無論說出句什麼話來都有板有眼的女人了，而是有點像一個小妹在對大哥賭氣，甚至還有一點嬌嗔的口吻。其實她比二爺還大三四歲。

二爺說：

「你容我再好好想想，想想。」

二爺在皺著眉頭苦思時，母親又說：

「要不，我們乾脆衝進去，把我兒子搶出來！」

二爺說：

「衝進去？你往哪裡衝？你拿什麼去搶？就憑我倆的赤手空拳？」

母親說，是啊，要有桿槍就好了。她接著便後悔起來，後悔的是在廟裡沒把日本人那桿槍拿了。她說當時如果已經知道我大姐被他們抓了，她拿了那杆槍就要把那個日本兵打死！

「如果再碰上那些惡鬼，打死一個為我兒子抵命，打死兩個，就算自己死了也不虧本，多打死幾個就賺了。」

二爺連忙說使不得使不得。

母親說：

「為什麼使不得？難道你也怕了？」

二爺說他不是怕，而是如果真的打死了日本兵，那被抓去的人還不都會被他們殺光，還怎麼救人呢？

母親說：

「你這句話就差了，到現在為止，沒有一個人去動那些惡鬼一根汗毛，他們不是已經殺死了好多人！」

母親的這句話說得二爺不好回答了。

二爺又想了一氣，說：

「現在只有這樣，我先去老街探聽探聽情況，總得先打聽到我那侄兒子到底關在哪裡，日本人到底要把他們怎樣，然後再見機行事。」

母親說：

「暫時也只有這樣了。只是你說的那再見機行事，怎麼個行事法？」

二爺說：

「實在萬不得已時，我就和你去拼，去衝，去搶呢！總之得將你那老大救出來，總之不能讓日本人視我老街無一條漢子！你一個女人都不怕，我這個大男人還能不硬挺著?!」

有了二爺這句話，我母親算找到了依靠。她的話語也溫柔起來。

母親說：

「我聽你的，由你安排。」

二爺說：

「你就先等我的情況。」

母親說：

「我到哪裡等你的情況呢？」

二爺說：

「還是在這裡吧。」

母親說：

「那我就在這裡等著你哪！」

二爺說：

「你乾等在這裡也不是個辦法，我這一去也不是一會半會的事，我非得把情況全弄清楚了再來。乾脆到明天晚上，你再到這裡來。還有一點，你一定得聽我的，你千萬別直接到老街來找我哪，萬一你也被他們抓去，那你家就沒有一個能做決斷的人了哪！」

這話說得我母親心裡熱呼呼的。什麼時候，我父親也能對她說句這麼樣的話呢？

母親還想再說點什麼，可二爺已經撩開了步子。

二爺走時，我母親又對他不放心了，連連囑咐說：

「你自己也要當心哪，小心哪，有事來和我商量哪，不要獨自做主哪，兩個人的主意總比一個人強哪……」

二爺連頭都沒回，只回了一句話：

「你放心，明天晚上在這兒等著我就是了！」

二爺走了。

我母親目送著二爺走後，獨自一人在月亮谷的草坪上又坐了很久，她應當是浮想聯翩，也許是想著自己怎麼就沒有找上二爺這樣的丈夫，偏跟個我父親那樣的人過一世；也許是想著二爺這個人她算沒看錯，算是認準了，同時為自己平素對二爺的作為感到欣慰，到了關鍵時候，二爺終於能為她挺身而出；也許，她在為二爺的安全擔心，萬一二爺遭遇不測，她將失去這唯一一個可以與之商議，並能為她做決斷的人；也許，她在為二爺祈禱，祈禱菩薩保佑二爺這一去，能打聽到我大姐的下落，探聽到所有的情況，甚或能將我大姐帶回來……總之，她坐了很久後，才起身，才慢慢地離開月亮谷。

……

第二天晚上，我母親準時來到了這個月亮谷，可是二爺沒來。

第三天晚上，還是不見二爺的蹤影……

第十三章

在我母親晚上出去，清早回來，白天躺到床上的這幾個日子裡，我父親對母親產生了莫大的懷疑。可是他不敢明說，也不直接問一問我母親到底打聽到了我大姐的什麼情況沒有，而只是暗地裡嘀咕，這嘀咕卻又故意能讓我母親聽到。他嘀咕的大致意思是，這叫做什麼女人，一到晚上就往外面跑，誰曉得跑出去幹什麼好事呵，唉，唉。可我母親根本就不理睬，裝作什麼也沒聽見。有時候他實在嘀咕得太煩人了，我母親就驀地迸出一句：「我是去會漢子去了，你要怎麼樣?!有本事你出去啊，你去把我兒子救回來啊！」

我母親這麼一說，我父親就不做聲了，他最怕的就是提到我大姐。可用不了多久，他又會嘀咕起來，這回嘀咕的是：「會漢子你倒是不會哩！你不曉得白天出去，晚上回來啊……」

母親因為連續兩個晚上都沒會著二爺，完全不知道我大姐的情況，心裡焦急不安。可是她又不肯將她自己的計畫說出來。她的計畫是，如果這個晚上還沒見著二爺的面，她就要單獨行動，闖進老街去！

我雖然不知道母親正在下著的決心，但我還是知道母親是在為我大姐焦急，於是我靠到母親身邊，說一些其實沒有任何作用的安慰話。母親將我摟到懷裡，反而說著些要我別怕，也別擔心，說我大姐一定會完好無損的回來的話。在母親的懷裡，我竟然不知不覺地睡著了。

可是就在母親懷裡睡著之後，小小年紀的我，在這個白天，做了一個非常可怕而又奇怪的夢。我從夢中一驚醒過來，就對母親說：「我怎麼做了一個這樣的夢，這樣的夢？」

我夢見一隻餓極了的魚鷹，和一條在乾涸的池塘裡喘息的鯰魚，正在搏鬥。

我們老街後面鋪著石板的小道，是沿著一條溪流通到一口池塘的，池塘裡的水再往江中流。小溪兩旁本是一片蒸騰著霧靄的黃綠色的水草地，閃耀著水珠的淡白色光點。池塘裡的水呈醉人的綠，醇醇地誘人。可是我夢見小溪全乾涸了，溪邊的水草是一片枯黃。池塘裡的水也只剩下潮潤的泥巴，和一條將長長的鯰須緊貼在泥巴中，露出蒼黑背部的鯰魚。這條鯰魚拼命擠攢，希冀在泥巴下面擠攢出一汪清波。

我夢見老街上空的天怎麼竟漆黑得像口棺材，而這棺材驀地被劈開時，兀地飛出了一隻魚鷹，這只魚鷹儘管在如同佈滿鬃毛的脊椎骨一樣的樹林中歇息了一晚，但因為饑腸轆轆而徹夜未眠。它奮力振翅飛出枯竭的樹林，第一件事便是尋覓食物。然而它看見的，只是被烤曬得爆出了一道道裂縫的老街。這些裂縫又深又乾，如同讓乾渴折磨死的人的嘴唇一樣。它聞見的是熾熱的乾風，乾風中蒸發著殺人的鐵槍的氣息，以及嗜血的刺刀的腥味。

魚鷹極不甘心地竭力在空中盤旋，魚鷹一會兒左翅在上，一會兒右翅在上，它知道自己體內的能量正在一點一點地喪失，它只要稍不留神就會跌落到爆開的裂縫中去，它再想振開雙翅重上山岡便不可能。為了自我生存，它必須撲獲另一個生靈。正當它的希望如同老街四鄉田野裡的莊稼一樣枯萎了時，它不經意地瞥了瞥池塘一眼，那口池塘，它從來是不屑一顧的。就在它不經意地一瞥時，它發現池塘裡沒有水，卻有一條正在蠕動的鯰魚……

我在這個小小年紀做的這個夢，印象實在是太深刻了，以至於我一直沒有忘記。而最奇怪的是，我的這個夢竟然印證在我白毛姨媽身上。

我在對母親說著這個夢時，白毛姨媽走攏來聽。我說完後，母親也無法判斷這個夢的吉凶。她只是說小孩子有什麼夢？是野夢三千呢！母親說的野夢三千，是指小孩亂做的夢是算不得數的，無吉凶可言。但母親這是在寬慰著她自己的心，她其實從這個夢裡判斷出不是個好的兆頭。

當我母親在為這不是個好兆頭的夢緊蹙眉頭時，白毛姨媽卻笑了起來。白毛姨媽說：

「哎呀呀，什麼乾涸的池塘，什麼鯰魚，什麼魚鷹，老二你是見著了我家後面竹林裡的那個池塘，那個池塘不正是乾得沒有水了嗎？原先那池塘裡是有魚的，很多很多，當然就有鯰魚哪！我這山林裡哪天沒有老鷹在飛，天天都有的。老二你個小孩子，會做什麼夢，還不是瞎想，想出這麼個夢來。快別說了，別說了，省得又煩了你媽！」

白毛姨媽這麼說時，我用心地想了想，我確實是跟著母親從白毛姨媽家後面竹林裡那口乾涸的池塘走過，我也確實看見了在池塘上空飛過的老鷹，但我沒見著鯰魚啊！而我最喜歡在白毛姨媽廚房的小水道裡玩水，怎麼就沒夢見這條流淌著清水的水道？我最喜歡拿吊桶在白毛姨媽打出的那口很深的井裡吊水玩，怎麼也沒夢見這口打得很深的井呢？我確實是在大白天做了這麼一個夢，我並沒有瞎想啊！

然而，正因為我這個夢，正因為母親認為這不是個好兆頭的夢，母親把她和二爺會面的事，把二爺失約，她決定晚上再去一趟，如果還沒碰見二爺，她就要獨自行動的事，全告訴了我白毛姨媽。

白毛姨媽說：

「姐，你講的那個二爺是在蒙哄你吧，在眼下這個生死關頭，他顧自己只怕還顧不贏哩！你就真的把他的話當真啊?!」

母親回答說：

「疑人不用，用人不疑。二爺絕不是你想像的那種人，他肯定是出了什麼事，或者有什麼意外，來不了月亮谷。」

白毛姨媽想了想，說：

「姐，那就這樣吧，今晚上我陪你去，如果再沒見著那個人，我兩姊妹也好有個商量。」

我母親同意了我白毛姨媽的意見。可誰也不會想到的是，我白毛姨媽跟著我母親這一去，不但再沒能回來，而且悲慘至極。

我白毛姨媽的命運，真的好像應了乾涸的池塘裡那條可憐的鯰魚落入了魚鷹利爪的夢境。令人不可思議的是，她真的是在看見了鯰魚和魚鷹的搏擊之後，才慘遭殺害的。以至於我懷疑自己的那個夢，到底是事先做的呢，還是在我白毛姨媽慘遭日本鬼的輪姦、肢解、身首異處之後的臆想。

這個晚上格外地黑，黑得讓人心悸。

母親說月圓的日子都過去這麼多天了，是該到沒有月亮也沒有星星的日子了。

我白毛姨媽離開了她那嫁到八十里山後，辛勤構築起來的寬敞的茅草屋、親手挖掘的水道和引來的潺潺流水，親手打出來的水井，和那片有著青翠的竹林，有著幽靜的小道的山坡。

白毛姨媽跟著我母親來到了月亮谷。

夜風已經帶有厚厚的涼意。母親和白毛姨媽縮在草地邊緣的山岩下，這兒既可以擋風，又可以隨時往能捉迷藏的山口跑。母親心裡又想到了那個萬一，萬一二爺真是落入了日本人的手裡，他如果受不了那酷刑，帶著日本人來這兒呢？這個「萬一」，母親沒有對白毛姨媽說，因為她曾說過「用人不疑，疑人不用。二爺決不是那種只顧自己的人！」可人再英雄，再是條好漢，也有被逼迫得沒有辦法的時候啊。

時間在死一般寂靜的黑暗中非常艱難地挪著步子。母親只是大睜著那雙又圓又大、有著深深的雙眼皮的美麗眼睛，一眨也不眨地盯著月亮谷入口。

依偎在母親身旁的白毛姨媽，此時又像小孩跟著大人一樣，不無驚恐，驚恐中卻又有著莫名的興奮。

終於，白毛姨媽的興奮漸漸地完全消失，取而待之的是失望和焦躁。

「姐，他不會來了！」白毛姨媽將嘴附到母親的耳邊，悄悄地說。

「別出聲！」母親將她的一雙手握在自己的掌心裡，輕輕地撫摩著，表達著還要等下去的決心。

母親其實也失望了，她是在緊張地思索著如何進到老街去，到了老街後又該怎麼辦？

在母親緊張地思索著時，白毛姨媽把自己的手從母親的掌心裡抽出來，反攥住母親的手，不停地撫摩著。她感覺到，我母親的手竟在出汗，又潮又熱。

環繞著月亮谷的山上，突然躍出了一隻什麼野物，重重地往草地上一撲，「嗖」地從我母親和白毛姨媽身旁竄出去了。

單身一人在八十里山住慣了的白毛姨媽，什麼野物沒見過呢？她曾說過，有時候晚上還有野豬來拱門哩！半夜三更還要在包穀地裡攆野豬哩！她還挖過陷阱，做過夾板，夾斷了一條野豬的腿哩！可此時，也許是她原本太緊張，竟被這突然竄出的野物，嚇得直往我母親懷裡鑽。

我母親連忙摟著她，像哄小孩一樣的說：

「白毛別怕，白毛別怕，有姐在這裡呢！」

同時，我母親心裡，立即泛上一股酸楚，這麼一個還像個孩子的妹妹，孤單單地守在深山的茅草屋裡，日復一日，年復一年，可真難為了她呵！母親旋即自責，平時只顧了自己那個家，對這個妹妹照看得太少，一年都難得進山看她一回，而要這個妹妹到老街多住幾天吧，那個駝四爺又盡講囉嗦，為了少和駝四爺慪氣，自己也就總是未能堅持……我母親其實還想過，乾脆把這個單身一人的妹妹接到老街去，到老街找一間屋。然而，我母親又知道，她妹妹的這頭白毛，會令老街人恥笑，會讓妹妹整天抬不起頭來。與其受人白眼，被人歧視，還不如就呆在八十里山裡，還自在得多。我母親就是在這種矛盾中，一直沒能為白毛姨媽想出個好的法子。她也曾勸妹妹改嫁，再嫁一個男人，可白毛姨媽說她再不嫁了，她就這麼一個人過。我母親知道，一則是她的白毛妹妹因那頭白毛，被說成是剋夫，再找一個男人並不容易；二則是她那死去的妹夫，在生前對白毛妹妹很好，白毛妹妹擔心再嫁的話，嫁得不好，等於是找個罪受……

但我母親此刻摟著鑽在她懷裡的白毛妹妹時，她那種敢為人所不為的膽識，又一次堅定地浮了出來。她決定，只等日本人一走，只等這場劫難一過去，她就將這個可憐的妹妹接出八十里大山，接到老街去，就住到「盛興齋」，和我們一塊過日子！看誰再敢嚼舌頭，看誰敢歧視她妹妹！

我白毛姨媽在我母親懷裡藏了很久，她已經好多年沒有得到過這樣的溫暖了。當那隻野物竄得不知去向後，已經平靜下來的她，仍然不肯離開我母親的懷抱，她只是眨著那雙有著西洋女人一樣的藍眼珠的漂亮眼睛，問我母親：

「姐，剛才那是隻什麼野物啊？」

我母親說：

「大概是隻麂子吧。」

白毛姨媽說：

「不是麂子，肯定不是麂子，麂子撲下來沒有這麼重。」

「那你說是什麼？」我母親摸著她的頭，輕輕地梳理著她那滿頭的白毛。

「不會是你說的那個二爺吧！他變做了一隻野物。」白毛姨媽說。

「你還有心思講這種話！」我母親在她背上拍了一下。

白毛姨媽得意地笑起來。

白毛姨媽一笑，我母親趕緊捂住她的嘴。

「噓，不能說話，不能說話！」

白毛姨媽仍舊俏皮地說了一句：

「姐，是你自己要和我說哩。」

時間，又在沉默中艱難地挪著步子。

就在母親感到徹底失望的時候，月亮谷口的樹枝似乎晃動了一下。

儘管夜色既黑又濃，儘管月亮谷還升騰起了一股霧嵐，但那晃動的樹枝連白毛姨媽也看見了。

「姐，只怕是他來了！」白毛姨媽用身子碰了碰母親。

「別動，看他後面是不是有人！」

母親就是這麼的警覺。她把一切可能發生的事都要預想在前面。

來的果然是二爺，他後面並沒有其他的人。但母親還是沒有立即迎上去。

二爺進了月亮谷，往四處看了看，沒看見我母親。他一屁股在草地上坐下，長長地歎了一口氣。

母親仍然沒有迎出去。

二爺好像用拳頭在草地上狠勁地捶了幾拳，然後自言自語地念起了我母親的名字。

二爺念道：

「芝芝啊芝芝，我知道你等了幾夜，我知道你等得心煩心躁，你也別怪我，我硬是身不由己呵！我好不容易才跑出來呵！今晚如果你不來，老子到八十里山找你去……」

芝芝這名字也是我母親爭取來的，就如同爭取到那雙天足一樣。當我母親從一個小姑娘向一個大姑娘過渡時，她突然發現，自己沒有個能寫到書上的名字。她問我外祖父這是為什麼？她為什麼只有小名而沒有大名？我外祖父說，你出嫁後，不就有大名了麼？你夫家姓林，你姓李，你就是林李氏。我母親當即表示抗議。她的抗議不是爭吵，而是迅疾走進我外祖父的房間，找出我外祖父教書的《千字文》、《幼學瓊林》等書，在那裡面就翻起來，翻來翻去喜歡上了這個芝字，就走出來，對我外祖父說，從現在開始，我就叫李芝芝。以後誰再喊我的小名，可別怪我不答應啊！

芝芝這名字，當然也只能有為數不多的人知道。我父親應該知道，可從未聽他叫過。二爺是那為數不多的人中的一個，他就叫出來了。

二爺一念著芝芝，我母親帶著白毛姨媽走出來。

二爺一見到我母親，卻不是很驚喜，而是說：

「你來了呵，我還以為你不會來了呢。你知道我這幾天在幹什麼嗎？」

我母親說：

「嘿，這就奇怪了，剛才還有個人在要請我原諒，要我別怪他，怎麼一下就反問起我來了？我知道你在幹什麼啊？算了，這些都不講了，你快說，我兒子怎麼樣？」

二爺說：

「他四娘，我他媽的算倒了霉……」

二爺還沒說出他到底倒了什麼黴，白毛姨媽插進了一句。白毛姨媽說：

「噫，剛才我還聽得有個人在念芝芝，怎麼芝芝不見了，變成了他四娘，那個芝芝呢？你快喊啊！……」

我母親立即打斷她：

「白毛別插嘴，聽他二爺說正事！」

二爺說：

「你知道我在幹什麼了嗎？我被他媽的日本鬼抓了，在幹維持會長。」

「維持會長是幹什麼的？」白毛姨媽問。

「維持會長就是替日本人維持秩序。」二爺說，「他媽的我怕以後別人講我是漢奸！」

我母親已經明白二爺為什麼一下成了維持會長。她斷定這是二爺為了打探到我大姐的下落，以後好搭救而不得不應允下來的差事。我母親沒有問他究竟在維持了些什麼，而是說：

「他二爺，現在要是有人拿把刀子架到你脖子上，你怕不怕？」

二爺說：

「我怕條卵哩！能把刀子奪下來，我就要架到他的脖子上；奪不下來，老子人一個，卵一條，腦袋掉了無非就是吃不了飯！」

二爺顯見得是窩了一肚子火，當著我母親和白毛姨媽，每句話都帶有粗語。若在平時，他是絕不會在我母親面前說粗話的。

我母親當即說：

「好！砍掉腦袋都只有碗大個疤，刀架到脖子上都不怕，那你還怕人家說什麼？」

二爺說：

「這可不是說別的什麼呀？我的……他四娘，這漢奸是要背一世罵名的啊！就跟那秦檜一樣哪！」

我母親說：

「只要自己站得穩，行得正，是做好事，你怎麼光知道《說岳》裡面有個秦檜，怎麼就不知道還有個王佐。那王佐斷臂，為的是什麼？為的是陸文龍抗金！」

二爺說：

「那你以後要為我做個證明哪，我是為了救人才當了幾天那個什麼維持會長的哪，不當不行哪！」

我母親說：

「維持會長就一定是漢奸嗎？嗤！你不維持怎麼辦？老街沒有軍隊，沒有鋼槍，維持一下，救一條命算一條命……」

我母親這麼一說，二爺的心情好了一些。

二爺的確是為了我大姐而被日本鬼抓了的，也的確被口頭封了個維持會長，只是他這幾天什麼也沒維持，而是天天與死人、與屍體為伴。

中篇

第十四章

日本兵在白沙觀瀑橋風景區整整埋伏了六天，將國軍的一個團全部打死，將在他們設伏區內，和進入設伏區內的老百姓也全部殺害後，大部隊直接往南，佔領了縣城。

留在白沙，進駐老街的是一個小隊。隊長為大學文科畢業的一個優等生。

這個「優等生」是他自己對二爺說的。

這位文科優等畢業生長相斯文、秀氣。他的頭腦裡不但依然充滿著對文化的熱愛，而且依然充滿著文化的靈氣。譬如說，近衛內閣一提出創建大東亞新秩序，他就覺得熱血沸騰，毅然投筆從戎（需要補充一句的是，他和他的同學們早就受過嚴格的軍事訓練，絕不是像我們有些文章說的那樣，諸如這樣的下級軍官和普通士兵是被迫來侵略中國，也像中國軍隊抓丁那樣抓來的。二爺自然不可能看到這樣的文章，二爺如果看到，非破口罵娘不可）；他說這樣他可以實地考察，以便進一步地研究大東亞文化；他一來到中國，從繁華之都進入湘西南偏僻之地，就不但親身體驗了取得戰鬥勝利的愉快，而且獲得了痛殺老百姓的快感，從而對文化研究有了更熾熱的燃燒的激情。

關於這位大學文科優等畢業生來中國研究大東亞文化，和獲得痛殺老百姓的快感、對文化研究有了更熾熱的燃燒的激情，也是他自己對二爺說出來的。

二爺剛一見到他時，如果他不是穿著黃軍裝，足蹬長統皮靴，撐著指揮刀，不無威風地站在老街一家鋪子的八仙桌後，還以為他不是日本人哩。因為他個子不矮。在老街人的心目中，日本人都是矮子。老街的俚語裡就有「日本矮子」這個詞。

那天二爺偷偷地溜進老街，首先想到的，就是摸清日本兵的司令部到底在哪裡？二爺尋思，要想知道我大姐的下落，非得問司令部的人才行。他認為凡屬駐紮下來的兵伍，都是有個司令部，都是有個司令的。只有司令身邊的人才能曉得所有的事。

那天的老街並沒有雞飛狗跳人心惶惶，因為人都逃光了，能帶走的雞也帶走了，沒能帶走的已被皇軍吃了，野狗還是有的，但就連野狗也知道避風頭，不輕易進老街，野狗們已經看見過自己的同類穿過老街時，「砰」的一聲，被擊斃，拖走，成為皇軍的美餐了。

二爺見老街還算安靜，心裡反倒不踏實。他先是從老街後面，繞著菜園子走，想到我家「盛興齋」鋪子的後門去看看，他甚至還萌生出一個希望，要是萬一我大姐就在自己家裡呢！即使這個希望像肥皂泡那樣迅疾破滅，但只要從後門看一下鋪子，至少，也可以向我母親交代出「你家的鋪子還是如何如何」之類的話。二爺身上，照樣脫不了老街人愛面子的習俗，他既然答應了我母親，就總得有句話回覆。

二爺還沒走攏我家鋪子的後門，卻看到了被刺死在菜園子籬笆上的那七個女人，和一個不成形的嬰孩。屍體已經開始發出異味。

看著那在依然如一簇簇紅花的朝天紅辣椒土裡的慘景，二爺的腿再也不能往前挪動了。他倒不是怕死屍，而是想著死了的人連個收屍的都沒有，而自己又不能去盡這份義務，如果從死者身旁走過而不顧，他的良心實在無法忍受。

二爺又折回去，想從臨江的吊腳樓下走，可一眼看到那扶夷江裡，漂浮著的全是屍體。這些屍體已經不單單是穿著黃衣服的，而是各種顏色，各式各樣的都有。老街雖說住的大都是漢民，但山裡卻多是瑤人。

從上游沖下來的國軍、漢人、瑤民的屍體，到了老街這段江水平緩處，漂不下去了，屍體在將軍墩附近越聚越多，相互挨擠著轉著圈兒，使得屍體下面的水泛起旋渦，又拖著屍體浮轉，扶夷江全被堵塞，江水成了血水。

將軍墩亦是老街一景。

將軍墩是屹立在靠近江邊水中的一座巨型石墩，卻不是因石墩酷似將軍得名，而是有著一個悠久的傳說。傳說這老街原本沒有街，老街地帶也沒有人，那一年發大水，洪水滔天，江面的洪峰波濤上，來了一隻船，船上有男女人等，眼看著那船隻就要被洪峰吞沒時，來了一位將軍，這將軍躍入洪峰波濤之中，一手攥住船隻，就往岸邊拖，船兒快到岸邊時，一個巨浪打來，將軍奮力將船兒推上岸，自己則被巨浪吞沒。就在將軍被吞沒之處，長出了一座石墩。那船上的男女人等在岸邊生息繁衍，遂有了老街和老街人。老街人說那石墩就是將軍的化身，故稱為將軍墩。

這個傳說，和世界神話的諾亞方舟及中國神話的兄妹造人，都有著類似之處，可見老街的歷史之悠久。

老街人對將軍墩還有一說，那就是不管扶夷江漲多麼大的洪水，水漲墩也長，即使老街已被洪水浸淹，即使洪水淹到了鋪子堂屋裡的神龕子上，也始終無法將將軍墩淹沒。而在洪水退後，你一眼看去，將軍墩卻又在老街之下，明顯地比老街矮許多。而這一說，又都為老街人證實，即使是經歷過幾個朝代的老輩人，也從沒有見過矮於老街的將軍墩被洪水淹沒過。

將軍墩周圍的水，格外清洌，不管發大水時江水如何渾濁，將軍墩四周卻仍然是清洌如許。彷彿渾濁的江水無法進入其四周，不能不謂之奇。究其原因，應該是將軍墩四周有噴泉暗湧，且潛力很大，遂分涇渭。可此時，漂來的屍體卻被將軍墩擋住，只在水面轉著圈兒，隨著屍體的蜂擁而來，相互碰撞，相互堵截，老街這段平緩的水面，形成迴水，使得屍體漂不下去了。

扶夷江的這幅慘景，後來只要一有人提及，臉都變色。多年後都無人敢下水划澡。天一斷黑，過渡的都沒有一個。

二爺只得從下街進口處進街。

他順著鋪子、貼著鋪門往上街走。他走幾步，總要敏感地看看前後，只要一有異樣，便好撒腿跑之。他其實也知道，倘若真有異樣，跑是難以跑得了的。老街只有前後兩個出口，加上橫街，可算三處。而橫街只能通到江邊碼頭，誰敢往那浮滿屍體的河裡跑？所以二爺雖然是隨時做好跑的準備，但也僅僅只是人在提防危險時的一種本能而已。

二爺就這麼著小心翼翼地走過一間鋪子，又一間鋪子，就在剛剛走到橫街，探出個頭來時，只聽得「卡拉」一聲槍栓響，一桿上著刺刀的三八大蓋已經對準他的胸口。

原來，日本兵放的是暗哨。

二爺說他當時雖然想著會沒命了，可還是不理解，這日本人占了老街，又沒有和他們作對的武裝，還要放什麼暗哨呢？

二爺不知道，這些日本兵的「司令」——進駐老街的文科優等畢業生——皇軍小隊長，是要將交付給他的老街創建為模範治安區的。他見老街的人全跑了，他那靈泛的腦殼一轉，也不去大肆搜捕，而是要來個欲擒故縱。他斷定老百姓是藏起來了，藏在一個什麼地方呢？不可能進山，因為他們是從山裡一路殺過來的。那麼肯定就藏在沿江的附近。他很快就把江對岸的山崖劃進了他的重點監視區。他要讓老街變得平靜，變得沒有什麼事，讓老百姓自動地回來，回到他的模範治安區來。所以他在街上也不搞什麼巡邏隊，而是放出暗哨，他斷定有人會進老街來的。

二爺成為了第一個被他的暗哨俘獲的人。

當二爺以為自己必死無疑時，那個日本哨兵卻哈哈大笑起來。

二爺說，那也是人的笑聲嗎？那笑聲笑得他心裡一陣陣地發麻，笑得他渾身起雞皮疙瘩。他不知道這種笑是立即宣判他的死刑呢，還是僅僅只把他抓起、關起。

日本兵邊笑邊嘰裡咕嚕地吼些什麼，似乎是在罵他。二爺自然聽不懂。但後來也琢磨出個意思來了，大致是笑他蠢得死，笑老街人蠢得死，果然落入了他們隊長的圈套。日本兵的話裡夾雜著許多「八嘎」，二爺猜測大概和中國人「他媽的」「混帳」差不多。

這個日本哨兵並沒殺他，因為那位小隊長下了命令，在街上抓住的不准殺。街上沒有人，他怎麼創建模範治安區呢？這個日本兵也沒怎麼樣他，只是在用手勢喝令他老老實實往上街走時，用槍托在他腰上、背上狠狠地砸了幾下。二爺說他媽的那幾下實在是砸得重，砸得二爺真想返過身去奪槍，但身後槍上的刺刀正抵著他的背，他一返身就會被捅個窟窿。

日本兵押著他進了「司令部」。

二爺見並沒當場搠死他，而是押著他進了「司令部」，膽子反而壯了，自己不正是想摸「司令部」的底子麼？

「司令部」就設在上街離「盛興齋」只有幾個鋪面的鋪子裡。進得「司令部」，二爺就看見了這個大學文科優等畢業生。

站在八仙桌後的文科優等畢業生雖然武裝得嚇人，但還沒有押他的日本兵兇。倒是在小隊長腳邊蹲伏著的一條長相有點怪異的狗，比主人更可惡。一見二爺進來，就呲牙裂嘴要往二爺身上撲，要一口把二爺的脖子咬斷。但被小隊長制止了。小隊長非常慈愛地摸摸狗的脖頸，要它走開，到後面去，它就衝著二爺狂吠幾聲，很不情願地爬到鋪子後間去了。

小隊長指了指八仙桌前面的一個空火箱，示意二爺坐下。但二爺還是站著。他說他不敢坐。二爺心想，你現在倒是要我坐呢，誰知道這一坐下去還能站起來麼？

小隊長一開口，就讓二爺有幾分驚訝。他竟然說的是中國話，而且是讓二爺能夠聽得懂的中國話。

小隊長開口說的第一句話是：

「喂，你是什麼人？」

二爺一聽他說的是竟然能讓自己聽得懂的中國話，不由自主地、條件反射似地反問道：

「你，你是什麼人？你怎麼會、會說我們中國話？」

二爺這麼一反問，小隊長不但沒生氣，反而得意地笑起來。

小隊長說：

「我們大日本帝國的軍人，會說支那話的多著呢！我從小就受過支那話的訓練。我是研究大東亞文化的，大東亞文化的涵義很廣，包括許許多多的地域文化，這些，你不明白！我在讀書時，從小學到大學，都是學校的優等生、高材生。你明白嗎？高材生！」

二爺點點頭，說：

「明白。高材生，就是讀書成績最好的學生，頭名狀元。你們日本國的狀元。狀元從小就會說中國話，狀元是最聰明的。可是，讀書得要很多錢啊，考狀元的話，光去京城的路費就要好多銀子哩！你們家一定很有錢吧？一定是大財老倌吧?!」

小隊長聽二爺這麼一說，覺得挺有趣，也點點頭，說：

「對，就是狀元。不過我的家庭並不富裕，屬於窮人，但我們的窮，不像你們支那的窮，我們大日本帝國是很重視教育的，我們大日本帝國拿你們支那的戰爭賠款辦教育，辦學！這真是一件功德無量的事，所以我能上學，而且能上大學……」

二爺不太知曉戰爭賠款的事，他更不敢多問什麼戰爭賠款的事。小隊長則興趣盎然地繼續說著他的狀元：

「你一說狀元，讓我記起了我上小學的事，那是上地理課，我們老師講支那地理，他展開一幅支那地圖，很大很大的支那地圖，然後拿出幾個又大又紅的蘋果，老師把蘋果切成片，給我們每個學生髮一片，要我們吃。吃完後，老師問：『蘋果香不香呀？』我們齊聲回答：『香！』；『甜不甜呀？』又齊聲回答：『甜！』；『好不好吃啊？』當然好吃嘍！因為那蘋果的確是又香，又甜，很好吃。小孩子不說謊話。『你們知道這蘋果是哪裡出品的嗎？』老師告訴我們，這種蘋果是支那煙臺出品的，是有名的煙臺蘋果，要想經常吃到這種有名的蘋果，長大後就得去當皇軍，到支那去，到煙臺去……」

這位文科優等畢業生似乎沉浸到了兒時吃蘋果的愉悅中。

「支那就是你們中國，明白嗎？」小隊長怕眼前這個土裡土氣的老街人不明白，重重地補充了一句。

這重重地補充的一句，可就讓二爺從聽著蘋果確實好吃的「愉悅」中清醒過來了。二爺不是一般的老街人，他聽說過「煙臺」這個地名，還知道煙臺靠海，可不知道煙臺有這麼好吃的蘋果，他還從沒有吃過蘋果，也沒有見過大海。但是在回答問題時，他和所有的老街人一樣，知道講究個「理」字。

二爺回答說：

「明白了，你們為了吃到中國的蘋果，所以從小就立下了志願，長大後就當皇軍，當皇軍就來到了中國，可你這位皇軍司令到我們這裡來幹什麼呢？我們這裡並沒有蘋果啊！」

二爺本想說「所以你們就扛槍打進了中國……」但話到嘴邊還是改了，還是不敢說。二爺知道，有時候人得裝蠢，裝得蠢點沒有壞處。二爺還知道一句文縐縐的話，那就是「守愚不覺世途遠」。

二爺稱小隊長為皇軍司令，可能他真的以為這是個司令，沒想到這個「司令」的美稱大概很符合小隊長想當司令的心理，他立即高興地說：

「不，不，你們這裡雖然沒有蘋果，但你們這個地方很美，山美，水美，是一幅非常美麗的風景圖畫。可你們支那人太愚蠢，不會利用，不會開發，白白地糟蹋了這麼一個美麗的地方。當然嘍，這個美麗的地方已經屬於我們大日本帝國，今後，在我們大日本皇軍的治理下，完全可以開發成為一個旅遊區，一個非常非常漂亮，非常非常有特色的旅遊區。」

這個小隊長的話說準了一半，幾十年後，老街真的開發成了一個風景旅遊區，不過是老街人自己開發的。來旅遊的人很多，其中包括日本人。但這個小隊長似乎無緣再來。

二爺聽了小隊長的話，雖然有在理的話要回答，但還是得裝蠢，不能說出來，只能在心中嘀咕。二爺在心中嘀咕的是：老子捅你的娘！什麼已經屬於大日本帝國，咱老街這塊地方還從來沒有見過洋鬼子，咱老街這塊地方早先是扶夷侯國！日本矮子別想在這兒待得太久！老子在這裡給你個舔胯的算個八字，不出三個月，老老實實滾蛋！

二爺在心中嘀咕的這話是有歷史根據的，是上了縣誌的。扶夷侯國是在西漢武帝時，西元前一二四年所建，南宋高宗時才改為現在的縣名。

小隊長雖然自稱是研究大東亞文化的高材生，對老街的歷史卻未必有二爺這個沒讀過書的清楚。但此時他的談興很濃，許是第一次和一個地道的中國土人面對面地「交談」，他很感興趣，來了文士的雅趣。他端起擺在八仙桌上的酒，津津有味地喝了一口。

這酒，就是老街的酒。老街所有的鋪子裡雖然都沒有人，但酒還是有的。他喝著不要錢的老街的酒，像要獲得地域風情資料一般地問二爺：

「現在你說說，你到底是什麼人？」

小隊長的意思大概是問二爺到底是漢人還是瑤民，或者是苗子。因為他知道已經進入了有中國少數民族居住的地區。在他們的伏擊區域內，殺死的就不光是漢人，還有瑤民和苗子。

二爺回答說：

「我是老街人。」

小隊長雖然對二爺的回答不滿意，但又覺得這個「土人」回答得也不失水準，便說：

「我知道你是老街人，你們老街的歷史上也出過什麼英雄沒有啊？」

小隊長斷定這個偏僻的地區是不會有什麼像樣的人物的，他故意這麼問，然後臉上泛著淡淡的嘲笑，等著二爺的回答。

二爺脫口而出，說：

「有啊！當年金兵南侵，岳飛精忠報國，他手下有一員威名赫赫的大將，當先鋒，所向無敵；單騎踹金營，金兵聞風喪膽；小商河隻身往十萬軍中衝，要生擒金兀術，可惜雪掩河道，馬陷淤泥，被萬箭穿身。你知道在他死後，以火焚身，紮進他身上的箭鏃有多少嗎？」

「多少？」

「足有兩升！」

「箭鏃足有兩升?!」小隊長不能不為之驚歎了，但他旋即問道，「楊再興是你們老街人？」

這回，是二爺不無得意地點了點頭。

「是你們正宗的老街人？」

二爺回答說：

「正宗不正宗的我搞不清，反正就是我們這地方的人。」

「是漢人還是瑤人？」小隊長繼續追問。

「瑤人！」二爺如實回答。

「哈哈哈。」小隊長大笑起來。笑得二爺莫名其妙。

小隊長笑夠後，說：

「我就知道不會是你們老街的漢人！是瑤人這還差不多。你們中國有個奇怪的文化現象，正統的漢人，懦夫特多，倒是少數民族，強悍的不少。這些少數民族受你們漢人的欺負，所以他們還有那麼一些反抗精神……」

小隊長還沒說完，二爺有點不服氣了，他說：

「可楊再興的先祖，楊老令公，金刀楊業，還有楊六郎，楊文廣，楊家將都是漢人！楊再興也是漢人的後裔！」

「那麼，你說說楊再興怎麼又成了瑤人了呢？楊再興是瑤人，這可是你這個老街人親口說的呵！」小隊長產生了濃厚的興趣。

於是二爺便說了他聽來的有關楊再興的身世故事。二爺說的故事大致是這樣的：

當年宋太宗兵發幽州，要奪回被兒皇帝石敬瑭割讓給遼國的幽雲十六州，結果兵敗高粱河，正當遼國大將耶律斜軫要生擒宋太宗時，金刀令公楊業到了，他橫刀救主，使得宋太宗逃脫。耶律斜軫深恨楊業，不久便親率十萬遼兵直撲雁門關，卻又被楊令公率百騎趁夜偷襲，大敗而歸。耶律斜軫頓足長歎：又是這個楊業楊老令公楊無敵！

宋太宗為雪高粱河之恥，第二次兵發幽州，結果使得楊家父子血灑陳家谷，對手便是耶律斜軫。楊家將和耶律氏成為世代仇敵。楊令公的孫子楊文廣臨終留下遺言：勿忘高粱河之恥！楊文廣的後裔楊執軒獨闖幽州，在高粱河邊遇見一個也在憑弔先人的少女，這個少女卻是耶律氏的後裔耶律銀花。當遼兵來搜捕楊執軒時，耶律銀花救了楊執軒。其時遼國發生內亂，遼兵將耶律銀花一家滿門抄斬，並派鐵騎來捉拿耶律銀花。楊執軒和耶律銀花並肩殺出重圍，兩個仇家的後裔產生了戀情。兩人決定逃離是非之地，因為中原也不能容忍一個遼女。正當兩人商量到底去哪裡時，耶律銀花忽然說：「聽說大宋的南方也有很多地方住著的不全是漢人，只有到南方去。」楊執軒覺得這話也對。可是去南方什麼地方呢？楊執軒想到了扶夷侯國。一聽說有個「夷」字，耶律銀花覺得那是最合適的地方。

他倆來到新寧後，耶律銀花見當地有不少瑤人，遂說自己是瑤族人。因她本來就是少數民族，故能和瑤族迅速地融合成了一體。

耶律銀花對丈夫既溫柔體貼，又能吃苦，而且天性豪爽，對鄰里大方和睦，深得鄰里讚揚。楊執軒卻因思鄉憂國，加之水土不服，染上痼疾。

楊執軒死時，耶律銀花已身懷有孕，生下一男孩，這就是楊再興。楊再興遂成了瑤族。

二爺說的這個故事，我覺得也很有道理。縣誌載楊再興自幼習武，弓法神奇。他一生下來父親就去世了，那麼他的武藝，他的弓法，是跟誰學的呢？就是跟著母親耶律銀花學的。他又參加過農民起義，和朝廷對抗，這種叛逆性格，明顯的有著母親耶律銀花的遺傳。當面對著金兵南侵的民族危機，他又以國家為重，毅然投入岳飛的抗金隊伍，並且以死殉國，尚只有三十五歲。楊家將愛國的血脈在他身上流傳。他膽量過人，在小商河以三百兵卒面對金兀術十萬大軍，他大喝一聲就往金軍衝去，欲生擒金兀術，一人殺敵數百名，最後被亂箭穿身時猶高呼殺賊。他的身上明顯地有著楊家將和少數民族的特徵。

小隊長聽了二爺講的故事後，說出來的卻是這麼一番話：

「楊再興已經沒有了，早就不存在了。你們老街人的身上，連楊再興的影子都看不見了！現在我問你，你是老街的純種還是猺漢，或是苗漢雜交種？如果你們老街有很多雜交種，那麼你們應該很剽悍，可是你們這裡的人都很懦弱，沒有人和我們大日本皇軍對抗！你們只知道逃跑，別的什麼都不會。你們這樣的民族是不行的，只能被淘汰。淘汰，就是不存在。這是自然規律，你懂不懂？」

二爺心裡氣得罵娘，他想說，你他媽的別拿槍，就和我在這鋪子裡交手囉，看誰能讓誰不存在！但他依然得裝蠢。

二爺說：

「淘汰不淘汰的我不懂，但我們祖祖輩輩在這裡幾千年了，就是這麼存在。這也是你說的那個什麼規律，沒有人能讓我們不存在！」

小隊長又哈哈大笑起來，說：

「我現在就可以讓你不存在！」

小隊長霍地抽出指揮刀，刀尖戳向二爺的胸口。

二爺因為說了楊家將和楊再興的故事，豪氣不能不來了幾分，他想著反正豁出去了，便也哈哈大笑。

二爺一笑，小隊長反而把刀收回去了。他說：

「你笑什麼？」

二爺說：

「你笑我也跟著笑哩。」
小隊長說：
「什麼？我笑你就跟著笑？」
二爺說：
「是的，你笑我就跟著笑；你要是哭，我也就只能跟著哭了。」
小隊長說：
「你這到底是什麼意思？是不是表示順從我們大日本皇軍的意思？」
二爺說：
「就跟那笑和哭一樣，你說是什麼意思我就是什麼意思哩！」
小隊長總覺得這話有點不是意思，便說：
「你不怕我殺了你?!」
二爺說：
「你要殺我早就殺了，也不會等到這個時候。再說了，你要殺我，不會要士兵殺啊？還有勞你司令親自動手啊？」
小隊長說：
「你這話說得有理，可是你還得回答我，你們老街到底能不能存在，是不是取決於我?!」
二爺說：
「自古以來，老街就在這個地方，你又不能將它搬走，它有什麼存在不存在的。無所謂存在，也無所謂不存在。」

小隊長感覺到二爺這話有點玄，他似乎噎了一下，隨即說：

「我殺了你，你就看不見它的存在了！」

二爺說：

「我看不見了，可你能看見哪！你能看見它，它就還是存在哪！」

小隊長又喝了一口老街那不要錢的酒，大概是想斟酌出一句什麼話來。他也許沒想到，他面對的一個「土人」，口才並不比他差。

小隊長畢竟是有修養的，他喝完酒後，說：

「你這個老街人很會說話，那麼，你告訴我，你這個老街人平常都幹些什麼？」

二爺說：

「老街人就是在自己的老街開鋪子。」

二爺在這裡其實說了謊，他根本就沒開過鋪子。他是開不起鋪子。但他得為老街人爭點面子。

小隊長說：

「除了開鋪子就不幹別的什麼嗎？」

二爺說：

「老街開鋪子和別的地方又不同，除了開鋪子，捎帶種點田，養些豬，種些菜，還紡紗織布，吃的用的穿的自己都有，所以老街人不去別的什麼地方，一年到頭只待在自己的老街。」

小隊長覺得二爺的這個回答，有那麼一點不是味道，但又找不出岔子，便問道：

「你讀過書嗎？」

二爺說讀過兩年私塾。

一聽說二爺讀過私塾，小隊長便說：

「你們的私塾我知道，最落後的一種教育方法，光知道教認學生幾個漢字，數學的，科學的根本不知道。我說的對不對？」

二爺說：

「對。我們確實不知道什麼數學，什麼科學，不過我們會打算盤，會掛數，會記帳。司令你知道，開鋪子不會打算盤，不會掛數，不會記帳不行。誰拿了我們鋪子的什麼，誰欠了我們鋪子的什麼，我們都記在賬上的，都有賬可查。到時候不怕他不認帳。」

小隊長聽著二爺這話實在不順耳，也顧不得那修養了，突然變了臉色，指著二爺說：

「你說謊！你根本就不是開鋪子的。我一看就知道！」

二爺說：

「司令好眼力，怎麼就知道我不是開鋪子的？」

小隊長說：

「你的鋪子是哪一家？叫什麼名號？」

二爺說賣了，那鋪子已經不是我的了。

「為什麼要賣？是不是因為我們來了？」

二爺趕緊說不是，不是，早就賣了，賣好幾年了。

「賣了鋪子你吃什麼？」

二爺說感謝司令的關心，我吃賣鋪子的錢。

「吃光了怎麼辦？」小隊長開始一句緊逼一句。

二爺說不會吃光的，我悠著吃，每天只吃兩餐，每餐只吃些小菜。

「悠著吃是什麼意思？」

二爺說悠著吃就是省著吃，但比省著吃又有那麼點不同。省著吃是每餐只吃一點點，沒吃飽也只好作罷；悠著吃雖然也是每餐只吃那麼一點點，但吃得痛快，吃得舒服，能吃飽。譬如說同樣是吃小菜，省著吃就只能放一點點油，而悠著吃就可以放很多的油。這小菜的油一放得多，味道就不一樣……

小隊長聽二爺說一個悠著吃就說出這麼多道道來，不禁又來了些興趣。其時這個「悠」字的用法恐怕還只有老街的人這麼使用，足可見老街人儘管愚頑，但口語詞彙的豐富卻領時代潮流之先。對大東亞文化頗有研究的小隊長遂又問道：

「你說的小菜就是蔬菜？」

二爺說：

「司令又說對了。小菜就是蔬菜，但又和蔬菜有所不同。蔬菜是別人種的，想吃的人可以拿錢去買；小菜是自己種的，不要錢，只要願意賣給人家，還能換回錢來。所以我悠著每天只吃兩餐小菜，那賣鋪子的錢就夠吃一輩子的了。」

「你想不想把賣掉的鋪子要回來？」小隊長就著二爺的話，開始轉換話題。

二爺說：

「想是想要，但不能要，賣出去的得講信用。得重新拿錢去買。」

小隊長點了點頭，說他良心不壞。接著又說道：

「我們大日本皇軍想把你賣掉的鋪子重新要回來給你，你要不要？」

二爺回答說：

「司令給的更不能要，無功不受祿嘛。」

二爺說他這句「無功不受祿」的話沒回答好，當時不知怎麼地就從口裡溜了出來，怪只怪老街人平素愛說這句話，愛用這句話來表示不受嗟來之食的「禮性」，結果讓文科高材生抓了個把柄。小隊長立即說你給我們幹事，為大日本皇軍立功，立了功，鋪子作為給你的獎勵。

二爺趕緊說自己早先除了開鋪子，賣掉鋪子後除了悠著吃小菜，什麼事也不會做，不敢要獎勵。

小隊長猙獰地笑了起來，說二爺狡猾狡猾的，想不給皇軍幹事已經是不可能了的。他說二爺雖然也屬於劣等民族，但在這個老街還是屬於能幹的，況且還讀過書。小隊長說皇軍不會虧待你的，老街的維持會長就是你的了。

「維持會長！知道嗎？這兒的老百姓統統都得聽你的，你聽大日本皇軍的！大日本皇軍要你幹什麼，你就要老百姓去幹什麼！老百姓如果不聽你的，由皇軍來處置！死啦死啦的！」

二爺這下呆了、愣了。

小隊長又說：

「你雖然狡猾狡猾的，但想開溜是不行的！」

二爺也知道想開溜是不行了的。這個想法一固定下來後，他心裡反而又安穩了，那「呆和愣」也就隨之消失。他的腦袋又轉了起來。他的腦袋重新轉動起來的第一個想法是，這個會說中國話的司令，怎麼越說到後面，那話裡面的「的」字就越多起來了呢？

大概是為了讓二爺更加明確地知道「開溜是不行的」，或者是要換一種「談話」的方式，亦或是要在二爺面前寬容和威嚴並用，小隊長喝下一大口老街的酒，一屁股坐到板凳上（老街的鋪子裡一般都只有板凳和火箱、火櫃），揮了一下手，走攏來一個持槍的士兵，小隊長用日本話對士兵咕嚕了幾句，這個士兵便端著上有刺刀的槍，比劃著說了起來，小隊長親自來當翻譯。

小隊長似乎並沒有因為二爺是個老街土人而鄙視他，而是同樣用著只有在重大的外交場合才使用的手勢，要二爺聽好了。小隊長先對二爺說：

「我的士兵講一句，我就給你翻譯一句，你的不要害怕，你已經是我們的維持會長了。」

二爺點著頭說：

「我不害怕，不害怕，司令你只管那個什麼翻音（譯）。」

二爺嘴上是這麼說著，心裡其實又在罵娘，他罵的是：我捅你媽的日本矮子，老子二爺也曾被土匪抓過，土匪那些嚇人的玩意你二爺也見過，你二爺還怕你什麼翻音！

二爺之所以又在心裡罵起了日本矮子，是因為那個端著上有刺刀的長槍、在嘰裡咕嚕比劃著的日本兵，實在是個矮子。

可二爺沒想到，他這條沒有被土匪嚇人的玩意嚇倒過的漢子，聽著聽著這位日本國文科高材生的翻音，竟然真的害怕得渾身打起顫來。

小隊長開始翻音了：

「前幾天，就在離你們老街並不遠的山裡，就是在那個名叫觀瀑橋的一帶，那個有著很美麗的名字，也有著很美麗的風光的地區，在我們大日本皇軍設下的天羅地網的伏擊圈裡，我們把你們的中國軍人統統地消滅後，那些不聽話的老百姓，不，刁民，竟然想趁亂逃跑。」

二爺聽著這話不像是小隊長的翻音，而是小隊長自己的話，只有他這個高材生才能說出這麼多美麗的字眼來。可二爺又想，如果真是那個端著上了刺刀的槍的日本矮子說的，那個日本矮子便也是個讀書人。他媽的這些讀書人怎麼盡是些凶煞惡鬼呢？

「是想逃跑，開溜！」小隊長對二爺重複一句。

「我們大日本皇軍對付這些刁民的辦法是：將他們一串一串的用繩子捆綁手足，聯成一線；首先是我們皇軍動手捆，做個樣子給他們看，讓他們知道應當是這樣捆，而不是那樣捆。你們這裡的人都很蠢，告訴他們捆也不會捆。但是不會捆也得學著捆。後來就命令會捆了的人自己捆，相互捆，捆綁好連成一線後，我們大日本皇軍用刺刀依序而刺，相當於練習拼刺，先將前面的刺倒，再刺後面的，以一刀能刺穿兩人者為勝！喏，就是這樣刺的！」

那個端槍的日本兵吼一聲，照著二爺來了個弓步直刺。

二爺心裡「咯噔」一下，他雖然斷定這個日本矮子不會真的要刺死他，但怕的是他那槍失手，收不回去，而自己如果躲的話，又太無老街男人的氣勢。他正不知是該躲還是不躲時，那日本兵的刺刀已經收了回去。

收回槍的日本兵連氣都不喘一下，又開始他的講述。

小隊長喝一杯酒，繼續翻音：

「在刺殺這些連成一線的刁民時，出了一些笑話，前面的兩個剛被刺倒，後面的便都倒了下去。這是因為他們的手足都被捆綁著的，前面的被刺倒，後面的就站不穩，統統的被帶倒了。」

拿槍的日本兵做了個歪歪倒倒站不穩的樣子，小隊長哈哈大笑起來。

「刁民太多，太多了，練習拼刺消耗了皇軍很多的體力，為了節省體力和時間，指揮官下令用機槍掃射。」

小隊長又對二爺補充說：

「你不會以為用機槍掃射是浪費子彈吧？不會的。那些槍，那些子彈，都是我們大日本皇軍從你們中國軍人那裡繳獲來的，我們大日本皇軍對你們中國的武器不放心，正好借此機會試一試那些槍，那些子彈，是不是還有用。」

「噠噠噠噠……噠噠噠噠……」拿槍的日本兵做著機槍掃射的動作。

「一片一片的人，就那麼完蛋嘍！」

「但是，還真有沒被你們中國的子彈打死的。我們大日本皇軍做事認真，不像你們支那人那樣馬虎，不負責任。我們的皇軍，將那些沒死的，把衣服統統地剝光，統統地再捆一次，捆到樹幹上，用濕布蒙住鼻子，再拿刁民家裡用的那種砂罐，是那種帶把的，有嘴的，裝滿水的，把水灌進他們的嘴裡，把他們的肚子灌滿水，灌得漲鼓鼓的，然後一刀將繩子砍斷，他們就統統地倒在地上，大日本皇軍雙腳往他們的肚子上一跳，那水，便從他們的口裡，從他們的屁股裡，往外直射……」

這位日本國文科高材生的翻音還沒完，二爺已經渾身打顫，哇地一聲，乾嘔了起來。

「哈哈，哈哈，你害怕了吧！這就是逃跑、開溜的下場！也是劣等民族應有的下場！不多消滅一些劣等民族，我們的大東亞新秩序怎麼建立？」小隊長又篩滿一杯酒，一口喝乾，將杯底朝二爺一亮：

「這樣的事，對於劣等民族來說，也許一時難以接受，但事實會讓他們接受，這就是優勝劣汰！我們優勝者看著劣等的被淘汰，得到的是一種快感，一種難以形容的快感，這種快感，不親歷其中，是體會不到的；這對於我的大東亞文化研究，更是最好的資料，那些劣等人在死亡面前表現出來的種種醜態，在優勝者眼裡，是一種美的旋律……」

這位文科高材生突然打住，他覺得跟二爺說這些，無異於對牛彈琴，二爺是不會懂的。他沒有興趣說了，轉而回到要二爺當維持會長的話題。

小隊長說：

「對於聽我們大日本皇軍話的維持會長，我們是不會為難他的。現在，你就談談你的打算吧？」

「什，什麼打算？」二爺還沒從小隊長說的那些可怕的惡行中清醒過來。

小隊長說：

「什麼打算？你這個人工作的計劃性的沒有，惰性，惰性，這就是你們這個民族的惰性！說說怎麼樣開展你的維持工作吧。」

二爺仍在想著文科高材生的翻音。他知道，這個「司令」故意把這些事說給他聽，絕不會僅僅是嚇唬他，而是把他也給開在槍斃的名單上了。不過暫時還不會殺，暫時還得利用他做事，等到事情做得差不多了，再殺！這個「司令」會讓聽見他親自講述大日本皇軍這麼多罪行的人活著嗎？

二爺仍在想著時，小隊長有點不耐煩了。

小隊長吼了起來：

「喂，你的，聽見了嗎？」

拿槍的日本兵立即把槍舉了起來，對準二爺。

二爺忙說：

「我這不正是在想著嘛。」

小隊長說：

「那你說，你的第一步打算，什麼的幹活？」

二爺又發現，這個文科高材生一發火時，那「的」字也就在話裡面出現得多。二爺忙說：

「司令，你看這樣行不行，我先去把鋪子後面菜園子裡的屍體給埋了，那些屍體離司令部太近，再不埋掉，就會腐爛，司令聞了那氣味，影響身體……」

二爺心想，我是去埋被日本鬼殺死的人，這總不是替日本鬼幹事，應該和那個維持會長毫無干係。

「喲西。」

這回小隊長說的是日語。但二爺見他點了點頭，便猜著是同意了。

二爺轉身就往外走。小隊長卻喝道：

「站住！你到哪去？」

二爺說：

「我去埋屍體啊！」

小隊長說：

「就你一個人？」

二爺說：

「現在沒有人哪！只有我一個人哪！」

小隊長說：

「你去找人，找了人來，你指揮就行。」

二爺說：

「人都跑光了，這一會半會的，我到哪裡去找？你得讓我一件一件地幹哪！我幹完一件算一件哪。」

小隊長說：

「這些人都跑到哪裡去了，你應該知道！」

二爺說：

「天地良心，我實在是不知道。中國有句俗話，『夫妻本是同林鳥，大難來時各自飛』，就連夫妻都是這樣，街坊鄰居就更不要說了，他們去哪裡，根本就不會告訴我。」

小隊長說：

「你說什麼？大難來了……」

二爺說：

「打個比方，打個比方而已。」

小隊長說：

「那你的老婆呢？她到哪裡去了？你的兒女呢？他們又到哪裡去了？」

二爺說：

「我沒有老婆，所以也沒有兒女，我是光桿一條。」

聽說二爺沒有老婆，小隊長反而笑了，說：

「你連老婆都沒有，足可見你很不討女人喜歡。你知道嗎，我的太太非常漂亮，非常溫柔。我們大日本國的女人都非常漂亮，非常溫柔。我在上大學時，我太太就愛上了我。我們相互愛得，用你們中國話來說，真正的如膠似漆。我們一同去踏櫻花，一同上神廟，我們互相祈禱，祝福對方幸福、快樂。我們在冬天，一起去洗溫泉。我們爬上積雪的高山，那兒的空氣新鮮得像經過過濾……我太太在溫泉一出現，漂亮得讓那些藝妓都嫉妒。在那雪花漫天飛舞的山上，我們泡在溫泉裡，那種舒服，那種感覺……」

小隊長似乎沉浸到了那種舒服，那種感覺之中，但他旋即說：

「這些，跟你說沒用。你不明白！」

二爺說：

「我明白，司令有個好太太，好太太，太太是個又漂亮又溫柔的女人，我知道了。那我就走了，埋我們老街女人的屍體去了。」

小隊長又被二爺的話噎了一下，他猛地說道：

「那些逃跑的老百姓，我會幫你找到的，我知道他們藏在哪裡！他們統統逃不出我的手心！」

小隊長吩咐一個日本兵跟著二爺。小隊長對二爺說：

「你想開溜是不行的！這位大日本皇軍英勇的士兵，是才得過嘉獎的，他在山裡，每一刺刀，都能刺穿兩個刁民；你們這菜園子裡的戰績，也是他的！」

二爺從被日本人刺死的女人的鋪子裡，找出一把鋤頭，一擔箢箕，往菜園子裡走去。那個以每一刺刀都能刺穿兩個百姓而得過嘉獎、並夥同他的同伴在菜園子裡刺死七個女人，從一個被刺死的孕婦肚子裡掏出嬰兒，拋向空中，再用刺刀接住的日本兵，端著槍在後面跟著。

二爺一路走一路想，那個日本「司令」說他知道街上的人藏在哪裡，到底是真話還是詐人的話呢？如果他真的知道了神仙岩，那就真的不得了！二爺拘定一個信念，他媽的老子就是死，那神仙岩也是說不得的，一說出來，老子就真成漢奸了！二爺又反思自己，我現在這樣是不是漢奸呢？

對於漢奸這個概念，老街儘管到目前為止，還沒有出過一個洋學生，就連中學生也沒有出過一個，從沒有人給他們灌輸過什麼是愛國，什麼是賣國，什麼是漢奸，但老街人從老輩人講的白話中，從大戲臺上看到的戲文中，從野書中見過的故事中，對秦檜之流是深惡痛絕的，秦檜那就是漢奸，就是賣國；岳飛、楊再興、關聖帝關羽那就是忠良。

二爺想，我這是去給被日本人殺死的無辜掩埋屍體，我這不是漢奸。日本人雖然給我封了口頭的維持會長，但我只要維持到老百姓不被殺害，就不是漢奸。我這就是那關羽，身在曹營心在漢！

二爺想是這麼想，可還是五心不定，要是萬一，萬一被人家說成你是在為日本人幹事呢？渾身是嘴也說不清。自己雖然是單身一人，但今後總還要娶個女人，生崽生女的，自己要是給崽女帶來個漢奸的名聲，連祖宗都不會饒恕。

老街人講究的可是個清白呵！

二爺決定，把我母親託付給他的事，也就是把我大姐的下落弄清楚後，就跑他娘的。

二爺一進菜園子，菜園子的土早已被七個女人的鮮血染得通紅，且結成了硬塊。那些硬塊均呈溝壟條狀，明顯地看得出是被鮮血沖成的。那個跟著他的日本兵，一見鮮血凝成的菜土，竟有些戰戰兢兢地往後退，彷彿怕再看見那些被他親手刺死了的女人，彷彿怕看著二爺埋那些被他親手刺死的人。

二爺說他當時覺得奇怪，這麼一個殺人不眨眼的惡鬼，怎麼也會害怕被他殺死的女人們呢？

二爺說，這個惡鬼當時的舉止雖然使他不可理解，但這個惡鬼和他的同伴，之所以一見到菜園子裡在摘辣椒的女人們，既不問話，也不先行強姦，而是舉槍便刺，全部刺死的原因，他倒是想到了一點，那就是他們剛剛得到過每一刺刀都能刺穿兩個百姓的嘉獎。

至於這個殺人不眨眼的日本兵，為什麼會害怕再看見他親手殺死的女人們，我長大後，在一本寫專門負責處死猶太人的德國納粹頭子的書裡，算是得到了一些解答，這個納粹頭子親自下令將幾十萬、幾百萬的猶太人投進毒氣室裡，投進焚屍爐裡，可是當他親手去朝幾十個猶太人開槍時，他在開完槍後，卻害怕得將槍丟到地上，雙手捂著臉，跑了。

如果說他們也還是些人的話，那麼，這就是人的難以理喻處。

二爺說，在這個看押他的日本兵有點戰戰兢兢地往後退時，他如果趁機逃跑，這個日本兵肯定立時就會讓那發顫的手鎮定，穩穩地瞄準他，「嘎嘣」一槍，打他個透心穿。我覺得二爺這個判斷非常正確。這個日本兵也許見了被他親手殺死的女人們的屍體，手有些發顫，但再殺死一個活人，是絕不會發顫的！

進了菜園子的二爺，也不敢看著那七個慘死的女人，更不敢去看那個未成形的嬰兒，他背對著死者，穩了穩心，使勁地一鋤頭挖下去，為這些慘死的女人挖起坑來。

園子裡如一簇一簇開著的紅花的朝天紅辣椒，在二爺的鋤頭下倒了下去，紅辣椒散落在土裡，又像凝固的鮮血。

二爺在菜園子裡挖了一個很大的坑，當他不能不去拖那些女人的屍體，不能不面對著那些女人的屍體時，他脫下衣服，蒙住了自己的雙眼。

蒙住雙眼的二爺摸索著，把七個女人和那個未成形的嬰兒放進了土坑。他一邊放時一邊念著：這是沒辦法啊，你們家沒有人來啊，你們家的人也不能來啊，衣服沒給你們換一件，棺木也沒有一口啊，只有等到那些畜生走了後，再重新為你們安葬啊，你們若能冤魂不散，就去纏住那些畜生，纏死他們，纏死他們……

後來這七個女人和未成形的嬰兒被轉葬到了山上，但這個菜園子裡的菜卻長得格外茂盛，特別是結的辣椒，幾乎都不像本地辣椒，那辣椒又大又紅，只是老街人沒有一個人敢吃。儘管這個園子已經沒有主人，但無人去佔用，善良的老街人且不將這些他們不敢吃的菜挑出去賣給別人，而是每年就讓這些菜在菜園子裡爛掉，然後再栽……

當二爺一把扯下蒙住眼睛的衣服時，他看見一頭水牛，發瘋般地朝菜園子衝來。這頭水牛不知是從哪裡跑出來的，它的確已經瘋了，二爺看得清它那兩隻變得通紅的牛眼睛。水牛低著頭，硬著脖子，撒開四蹄，逢溝過溝，逢坎越坎，遇見什麼踩什麼，有什麼敢攔住它的去路，它就用那尖銳的牛角頂開，戳穿。二爺眼見得水牛直奔他而來，叫聲不好，忙往旁邊躲。二爺是知道瘋了的水牛的厲害的。這時端著槍監視著他的日本兵哈哈地笑了，還咕嚕著什麼，大概是要水牛快去頂，快去踩，將二爺頂死、踩死，那才有味。可朝著二爺衝來的水牛卻突然轉了向，對著拿槍的日本兵直撞過去。

剛剛還在得意地笑著的日本兵措手不及，那水牛衝得是那樣急，那樣兇，他就算想往旁邊躲閃都已經不可能了。

這一下，是二爺得意地笑了。他簡直都以為這頭瘋了的水牛，是那些慘死的冤魂召喚來的，是來替冤魂報仇的。

然而，就在瘋了的水牛要以它那兩隻尖銳的牛角，將這個日本兵當胸刺穿，爾後挑起，甩到地上，再踏在牛蹄下之際，日本兵手裡的槍響了。

子彈的速度，比瘋了的水牛更快。

隨著槍響，水牛倒在了地上。

二爺的臉色變了。

二爺沒想到，眼看著就要為他出一口怨氣的瘋了的水牛，依然倒在了日本兵的槍下。

瘋了的水牛仍在抽搐，它也許想重新站起來，再向它的敵人發起進攻。但它無論如何也站不起來了。

日本兵則一邊罵著「八嘎」，一邊舉起上了刺刀的槍，朝著倒在地上的水牛猛刺。

二爺瞧著日本兵只管用刺刀戳牛，打算趁機開溜。他往菜園子的籬笆靠攏，正打算越過籬笆而逃時，那個日本兵嘰哩哇啦地喊他了。

二爺以為他已經發現自己想逃，忙彎下腰，裝作是要將灌進鞋子裡的泥土倒掉。日本兵卻是要他去扛牛，將打死的牛扛回「司令部」去。

好容易弄懂了日本兵的意思，二爺又只能罵娘了。那麼大的一頭水牛，一個人能扛得動嗎？

二爺打著手勢，說明一個人是扛不動的，需要有人來抬，至少也得兩個人抬。二爺要那個日本兵來跟他抬。二爺又想到了自認為不錯的一招，只要你個鬼子來和我抬，我要你走前面，我走後面，我就冷不丁地搶了你的槍，將你打死，然後再逃。

然而，二爺想的這一招又無從實現。他在努力地讓這個日本兵明白他的意思，好找繩子、杠子來抬牛時，又來了幾個日本兵，見著死了的牛，高興得不行，說是有牛肉吃了，牛肉營養豐富。

二爺聽不懂，只能一個勁地打手勢，說必須得抬。來了的日本兵卻既不要他扛，也不需要抬，而是拔出刀子，就在原地將牛開膛破肚，大卸開了。

……

這天晚上，二爺就被小隊長安排在「司令部」堂屋裡的地上睡著，他還怎麼去月亮谷呢？長了翅膀都飛不去。

這家鋪子的堂屋地面，和老街所有鋪子的堂屋地面一樣，是用「三合土」，即石灰、沙子、泥土混攪構築的，很涼。二爺將上衣脫光，把上衣當作枕頭，睡在地上，想著第二天不知又會發生些什麼事，根本就察覺不到地上的涼意，反而只覺得渾身燥熱難當。他又想起了自己說的楊再興的故事，那楊再興是何等的英雄，可自己呢，成了這麼一個窩囊廢！唉，唉，他只能唉聲歎氣……早上起來，那「三合土」竟被他輾轉出了一片凹痕。

小隊長沒讓二爺去「司令部」的「伙房」吃早飯，那「伙房」其實就是鋪子天井後面的廚房。老街鋪子裡的廚房都很大，是和後門連成一體的，足以容納幾十個人吃飯。二爺自己提出去後面吃些剩飯，他是想弄清這個「司令」到底帶了多少兵。二爺裝作殷勤地說，他吃些剩飯剩菜後，順便就可以把碗筷鍋盆全給洗了。二爺想著一數那些碗筷，不就全清楚了嗎？可小隊長似乎防著了他這一手，不讓他去。而是叫人給他裝了一碗飯，讓他在鋪子外面的街上吃。街面的拐角處有日本兵的暗哨，悄悄地盯著他。

小隊長叫人給他裝的這碗飯，沒有菜，只是在飯上撒了一點鹽。不知是裝飯的日本兵忘了給他夾菜呢，還是小隊長故意這麼安排的。二爺早已餓極，若在平時，儘管是沒有菜的飯，但只要有點鹽味，他幾口就會將一大碗飯扒光。但此時他竭力忍著，裝作吃不進的樣子，慢慢地，將飯一粒一粒地往口裡送。

二爺是在尖著耳朵，想聽清「伙房」裡的動靜，以便判斷出到底有多少日本兵吃飯。只要弄清了吃飯的兵數，再加上幾個在外面放哨的，這個「司令」的家底就出來了。但隔得太遠，很難聽清。倒是「伙房」裡燉牛肉的香味，濃濃地飄了出來。

二爺無法憑聽力弄清「伙房」裡吃飯的日本人數，他便想，要讓這些畜生吃酒就好了。一吃酒，肯定會喧鬧。一喧鬧，就能估摸個八九不離十了。可那位文科高材生小隊長似乎治軍很嚴，他只自己喝酒，不讓他的士兵喝。

小隊長酒足飯飽後，把二爺喊了進去。

小隊長打著飽嗝，噴著酒氣，說：

「你昨天的勞作很好，清理了衛生，今天你去那河裡勞作，也清理衛生。否則影響我這模範區的建設。」

二爺心裡既罵娘，又叫苦。罵的是這個自稱讀書是高材生的畜生，將那麼多被他們殺害的人，那麼多血淋淋的屍體掩埋，他可以美其名是清理衛生；叫苦的是，那一河的屍體，都能撈得上來嗎？都能埋得了嗎？如果讓那些屍體往下游漂去，他又實在於心不忍。二爺便說：

「司令你是個讀書人，而且是個讀書狀元，無論什麼事情，讀書人只要看一眼，就知道它的分量。那麼一條大河，你要我怎麼弄呢？」

不知道是這天早上的酒沒喝好，還是日本兵對這位「司令」只顧自己喝酒，不讓他們喝酒，有了那麼一些意見，總之這位小隊長根本就沒被二爺說他是讀書人的話而說得高興，回答的卻是：

「我的，命令你的去幹！我的，別的不管！我的，只要河道的清潔！」

小隊長話裡的「的」又多起來了。

小隊長話裡的「的」一多，二爺知道他發火了。但二爺不可能知道的是，這位小隊長發火的真正原因是：他沒想到丟進河裡的屍體，恰好在他要治理的模範區域內，把河道給堵塞了。而當初提出把屍體統統滾進河裡的建議，正是他提出來的。他說這樣更加能揚皇軍的威名，以震懾這不開發之地的劣民。況且這又不費皇軍的吹灰之力：由劣民將國軍的屍體從山上往河裡滾，再由一部分劣民將那些被殺死的劣民往河裡滾，最後再把滾屍體的劣民統統槍斃。他說他在研究大東亞文化時，知道中國的山鄉有一種放排的運作，將山上砍伐的樹木往河裡滾，再把滾到河裡的樹木紮成排……這讓中國人滾中國人的屍體，一定比放排更有趣味……

但二爺還是頂著他的火說：

「我一個人幹不了！你把我殺了，我一個人也幹不了！」

小隊長的手按在了指揮刀的刀鞘上，說：

「你的，敢違抗?!我要你跟那些劣民一樣，死啦死啦的！」

小隊長說到劣民，反而使二爺猛然想起了一件事，便又喊起「司令」來。二爺說：

「司令你不是已經知道老百姓藏在哪裡了嗎，你喊些人回來啊，要他們給我幫忙啊！我這總是合情合理的話吧。」

二爺想試探他到底知不知道老百姓藏在哪裡。

小隊長說：

「你不要囉嗦，我現在給你十個人，兩天之內全部幹完！」

小隊長話裡的「的」沒了，大概是覺得二爺的話還是不無道理，將那火又收了些回去。

二爺以為是派給他十個日本兵，心裡又叫苦時，小隊長又說：

「兩天之內如果沒幹完，每延誤一個小時，你那些人就跳一個到江裡去，不准上來！」

二爺這才明白，又有一些人被抓了。

二爺無奈，只得領著十個鄉民，找來一些長竹竿，將長竹竿尖頭套上一個紮木排用的紮勾，到了江邊。

江邊原來的渡船，早已不知了去向。逃難的人們沒忘記將渡船藏匿，這樣他們在神仙岩裡就躲得更加安心。可他們忘記了，滿街鋪子的鋪門，全可當作渡河工具，而即使日本人不會划船，更不會劃鋪門板，別的地方也能過江。

看著那滿江浮著的死屍，鄉民們一個個膽戰心驚。

二爺將帶來的幾支香點燃，插在江邊，面朝江水，對著將軍墩，雙膝一彎，撲地跪下。

一個日本兵走攏來，吆喝著，大概是問他這是幹什麼？

二爺說：

「這是我們老街的規矩，凡是從江裡撈屍，都必須跪拜焚香，不然的話，死人的魂要附到身上作祟的哩！」

其實老街並無這規矩，但二爺明白，這麼多的屍體，要在兩天之內處理完畢，根本是不可能的，只有讓屍體往下游漂去，將河道疏通這一個辦法了。但這是對死者極大的不尊啊，二爺只有燒香跪拜，乞求死者原諒了。

二爺當時不可能想到，讓這些屍體往下游漂去，反而能讓更多的人知道日本人的暴行。但二爺即使想到了這一點，憑他的良心，憑老街人的本性，他也不會讓屍體再往下漂了的。他是實在沒有法子了，兩天之內如果不處理完，他和這十個鄉民就都會被扔進這江裡，與死屍做伴了。

日本兵根本就聽不懂二爺的話，兇狠狠地要將香踢掉；二爺豁出去了，也不管這個日本兵聽不聽得懂，爭了起來。二爺一邊爭一邊做著手勢，說這是經過你們司令同意了的，你們司令都說了，我幹事時你們不得干涉……

小隊長其實沒說過類似的話，日本兵也沒聽懂他的意思，但那模擬著「司令」樣子的動作起了作用，日本兵還是走開了。

二爺重新跪下，面對著滿江的死屍，面對著將軍墩，磕了一個頭，然後默默念道：

「……傍扶夷江而居之不肖子，以香燭祭江中之冤魂，放呼河神，並及將軍之神靈，謹聽衷腸：日本鬼犯我中華，侵我與世無爭之地，奪我沃野，占我老街，殺我黎民，淫我婦人，戮我孺子，江中之魂，可作天地之證，今又迫我將汝等放逐漂流，實為無奈，本該為汝等備棺厚葬，恨日本鬼尚在身旁，刀槍相逼，但願汝等化神共怒，以擊矮賊！河神恩德浩蕩，將軍神靈永在，乞援，乞佑。伏維尚饗。伏維尚饗！」

二爺這番默念的祭詞，既是他心中滿腔怨憤的發洩，又是從老街祭奠死人時學來的一些詞。其實最後那「伏維尚饗，伏維尚饗」到底是什麼意思，他也不清楚。

二爺的這番祭奠，是對這滿江冤魂的第一次祭奠，也是最後一次。江中的冤魂如若真的有知，不知當作何感想?!

二爺祭奠完畢，站起，帶領十個人，開始了這不知該稱作什麼的事情。

他們先是用竹竿紮勾，將靠近岸邊的死屍往岸上拖，但剛騰出一塊水面，其他的死屍又漂浮而來，將空出的水面佔據。

他們儘量小心地不讓紮勾紮著屍體，他們實在再也不忍心在已被江水泡漲、佈滿窟窿的死者身上再加一個窟窿，他們認為再將紮勾紮在死者身上，等於為自己又增添了罪孽。然而，這樣的處理就實在太慢，整整一個上午，他們連一處水面都沒有清空。

幾個鄉民將竹竿一丟，坐到河灘上痛哭起來。

他們既是在為場面太慘而哭，又是在為自己而哭。因為照這樣清理下去，等待他們的，只能是被逼跳江。

下午，二爺弄來一隻划子，帶了一壺燒酒。

二爺打開燒酒壺蓋，咕嘟咕嘟灌下半壺，然後把剩下的半壺朝那十個鄉民一舉，說道：

「誰跟我坐划子到江中心去？」

一聽說要去江中心，鄉民們個個搖頭。

一個鄉民說：

「二爺，你是要我們從死人堆裡划過去啊？」

二爺說：

「只有這一條法子了，到江中心去，將屍體一具一具地往外扒，只有扒開一個口子，才能讓江水把屍體沖下去。」

……

「天啊，這划子能從死人堆裡穿過去嗎？」

二爺指著滿江的屍體說：

「穿不過也得穿，不然，我們只有一起跳江，和他們到一起了！」

這十個鄉民都知道，除了按二爺這個法子，也許還保得住自己的性命外，的確別無他法！但依然沒人敢上划子。而划子上又必須至少得有兩個人，到了江中心後，得有一個人掌著划子，另一個人才能動手去扒屍體。

二爺見無人敢跟他去，想了又想，只得採用抓鬮的辦法，誰抓著了，誰就跟二爺去。鄉民們覺得也只有用這個辦法了。於是抓鬮，眾人皆在心裡念著，千萬別讓自己給抓著了。那個抓著了去的人，名叫阿寬，鄉人都稱他寬麩仔。看著那不得不去的鬮，寬麩仔將腰間的褲帶勒緊，再勒緊，將剩下的半壺燒酒一口飲盡，跟著二爺上了划子。

二爺後來說，老街這地方怕是自從有人以來，就沒有任何一個人在這樣的江面駛過划子。小小的划子，得在擠得密密麻麻的死屍中，穿出一條水路來。我認為二爺還是講得不對，豈止是老街，全世界恐怕都只有這麼樣的一次行船。

二爺將兩根竹竿放到划子上，手持一葉木槳，寬麩仔也手持一葉木槳，二爺站在划子前頭，寬麩仔站在划子後頭。划子入水時，二爺吩咐其他的人一齊用力，將划子往死屍堆中推去。

划子在眾人的推動下，始是衝開了一線水路，但很快就被死屍堵住。二爺只得要寬麩仔撥划子左邊的屍體，他撥划子右邊的屍體，好讓划子保持平衡。

划子在屍體中緩慢地穿行。

站在江邊的鄉民盯著那在死屍堆中穿行的划子，齊聲對著將軍墩祈禱，祈禱將軍保佑，祈禱江裡的冤魂千萬別怪罪。

突然，寬麩仔驚叫了起來，他的木槳，怎麼划不動了，好像被人抓住了，寬麩仔驚慌失措，划子就要傾翻，好在有屍體擠著，沒有翻。二爺又不能走到划子尾部來，只得大聲喊，沒有鬼，沒有鬼，大白天哪來的鬼，你快看看，你的木槳是不是被水草纏住了?!

寬麩仔這才穩住心，定睛一看，果然是被水草纏住了。而一些屍體之所以橫浮在原處不動，也是屍體上的衣褲什麼的被水草，或水下的樹枝、蒺藜纏住、掛住了。

「丟掉槳，不要了，拿竹竿撐！」二爺喝道。

那竹竿太長，撐划子實在不便。寬麩仔是個撐船的裡手，他明白。於是他又竭力想把槳抽出來。他緊緊攥住木槳，小心地翻轉，好讓水草脫離木槳。木槳就要從水草中出來時，他一用力，隨著水的波動，一具屍體直往他手邊撞來。寬麩仔一聲「阿唷」，手慌忙往回縮，木槳，掉在了水裡。

寬麩仔又是一聲驚叫，那叫聲，令江上的氣氛更加恐怖，令江邊的鄉民更加顫顫兢兢。

二爺將自己手裡的木槳遞給寬麩仔，寬麩仔竟不敢來接。二爺吼道：

「你再叫，再叫，老子一槳先將你打下水去！」

年輕的寬麩仔眼裡噙著淚水，顫抖著接過木槳。

……

划子總算到了江中心。

二爺要寬麩仔掌管好划子，二爺叮囑他，死屍的決口一被打開時，會有一股強大的屍流沖來，可千萬別讓划子被沖翻了，要是掉進死屍堆中，爬都沒法爬上來，往岸邊游也休想游開，那就真的只能和死屍一道往下流了。

二爺拿起一根竹竿，抵到稍遠處的屍體上，用勁往下面推。推動一具，又推動一具……

天色黑下來了，江面上陰風陣陣，令人毛骨悚然。濃烈的血腥味、屍體被水浸泡發出的異味，隨著陰風飄蕩。

此時，即使是想退回岸邊去，也是不可能了。

緊張、害怕，隨著夜色的陣陣加濃，使得寬麩仔已經幾乎要崩潰了，他絕望地喊：

「二爺，二爺，還要多久呵！」

二爺只能專心地，小心地推著屍體，顧不上回答。

寬麩仔又喊：

「二爺，二爺，我實在不行了啊！」

二爺迸出一句話：

「頂住！頂住！你要不想死就給我頂住！」

……

死屍的決口終於被打開了，屍流蜂擁著沿著決口往下沖去。

二爺扔掉竹竿，跪在划子上，嚎啕大哭起來。

第二天，也就是我母親在盼著二爺的第三天，二爺和鄉民們將離決口遠處的屍體，以及橫在回水灣處，或被樹枝、蒺藜掛住了的屍體，推向決口。直到傍晚，扶夷江才算完全疏通。

二爺喝了整整兩壺燒酒，喝得醉醺醺的。小隊長卻要來和他喝酒了。

喝就喝，二爺想，你媽的屄，老子喝死也要拖你來墊背。

小隊長先是誇二爺沒有拖延時間，使得老街的衛生狀況有了改觀，這就為他的模範治安區做了些成績。小隊長說他說話是算數的，所以就不要二爺和他的人去跳江了。

「不是跳江，是投江，投入江中！」小隊長補充說，「由大日本皇軍一人手舉一個，扔到江裡去！」

二爺的樣子雖然是醉醺醺的，但心裡一點也不含糊。他一邊在心裡嘀咕，他媽的還一人手舉一個，要是你們沒有槍，個對個，來試試看！一邊揣摸著，這個鬼子司令儘管說得這麼兇，卻好像有點高興，他便瞪著被燒酒燒得通紅的眼睛，說：

「司令，那幾個鄉民已經按時搞完了你說的衛生，你就放他們回去算了。特別是那個寬麪仔，魂都已經沒有了，你還留著他們幹什麼呢？」

「不，不，」小隊長說，「我要讓他們當我的模範維持員。這樣，你就不是光桿會長了。這是對你的器重。」

二爺知道這個器重的意思，但依然只能在心裡罵娘。二爺又開始恨起自己來，在這些日本人面前，自己除了能在心裡罵娘外，完全成了個廢人。

二爺知道說什麼都是沒用的了。他便下定決心和這個司令比喝酒。只要喝酒喝贏他，也算自己勝了一回。於是小隊長每說一句，二爺就和他碰一次杯。

二爺只是說：

「吃，吃酒，吃！」

小隊長誇起老街的酒來，說老街的燒酒的確好喝。

小隊長不知道的是，老街不光是燒酒好喝，那甜酒更是出名。每年從秋末冬初開始，家家戶戶釀甜酒。過年時，甜酒是不可或缺之物，且家家都要打糍粑，剛從碓臼裡打出的熱糍粑，沾著芝麻粉，就著煮熟的甜酒，那滋味，美得令人無法說。無論走到誰家，總是先喝一碗甜酒煮糍粑。那甜酒是選用最好的糯米，以老街的井水蒸釀，那甜酒餅藥則非老街的不可，釀出來的甜酒甜得膩人，香得爽心。將甜酒加水煮時，從未聽說過誰還要放糖的，老街人誰又會因吃甜酒而去買糖呢？甜酒若還要放糖，那又叫什麼甜酒呢？但若是用別地方的甜酒餅藥，或買了老街的甜酒餅藥到別的地方去釀，則無論如何也釀不出老街這樣的甜酒。冬日寒風凜冽之際，老街上會有人挑著擔子，擔子一頭是甜酒糍粑，一頭是木炭火爐，唱歌似的吆喝：「甜酒——糍粑啊！」有那來街上辦事的鄉人，忙喊住，要一碗甜酒煮糍粑，吃得渾身冒熱氣。價錢卻是便宜得很。

此時，小隊長只喝到老街的燒酒，只知道老街的燒酒好喝，便問二爺：

「這酒是你們老街人釀造的嗎？」

二爺說：

「吃，吃酒，吃，這酒當然是我們老街人釀造的。」

小隊長說：

「最蠢的人往往能釀出好酒來，這在世界各地都是這樣，譬如那些印第安人，再譬如那些連文字都沒有的民族，這是值得研究的學問。」

二爺聽得他罵老街人蠢，卻又不敢和他爭辯，心裡窩著的火實在無法發洩，便索性也罵：

「我捅你媽，吃酒，吃！」

二爺的罵自然不能讓小隊長聽懂，他只能用當地最土的話罵，小隊長果然有些聽不懂，但能聽懂「吃酒」。

小隊長說：

「你是個蠢人的頭頭了，喝酒怎麼能說吃酒呢？」

二爺說：

「我是蠢人的頭頭，你是蠢人下面的和尚頭，吃酒，吃！」

小隊長每說一句，二爺就亂罵一句，反正用最土的話罵。

小隊長問道：

「你這是些什麼話？」

二爺說：

「我們這個地方十里不同音，這是真正深山老林裡的話，你不是要研究學問嗎，這意思就是你司令吃酒是海量。」

小隊長點點頭，想了一想，說：

「不對，你的每句話都不是相同的。」

二爺說：

「大致差不多，是我們吃酒時對酒量大的人的讚美。」

小隊長說：

「那你就多說幾句，我也多聽聽這十裡不同音。」

二爺就又胡罵。

老街這地域，因為平素太講禮性，即算是深山老林裡的罵人語，罵出來也是柔柔的，還要拖著那麼一點腔，有著唱的韻味。故而小隊長聽得有味，說對中國文化的研究又有了新的收穫。可小隊長發現，二爺喝得有點不行了。

小隊長立時兇狠地說：

「你在我面前敢這樣喝，喝醉了不怕我砍你的頭？」

二爺說：

「你砍頭我也要吃酒，吃！」

小隊長反倒笑了起來，主動跟二爺一杯一杯地碰，碰得他自己真有點不行了。

小隊長說：

「你們那河對岸，有個神仙岩！我的，已經知道。」

看似醉醺醺的二爺心裡頓時嚇了一大跳。

「那神仙岩裡，藏著大量的劣民！」

二爺忙裝醉，說：

「吃酒，吃，你，你也不行了。」

小隊長頓時大怒，說：

「你敢說我不行了？你要那些劣民，趕快回來，不然的話，我就要你知道我的行！」

二爺怎麼也想不清，這個鬼子司令是怎麼知道神仙岩的。他那什麼研究大東亞文化，莫非連老街的神仙岩都在他的研究之內?!二爺決意在這個晚上，要乘著酒醉逃跑。他一則是怕我母親在月亮谷死等，等得焦急；二則，也是最主要的，他得把日本人發現了神仙岩的消息透露出去。

二爺知道，像這樣能吃酒的機會，以後恐怕不會太多，於是他一個勁給自己灌酒。

小隊長見二爺不跟他碰杯，只是自己一個勁地喝，知道二爺是醉了，他心裡挺來勁，便存心逗一逗這個老街人，逗二爺說出些醉後的真話來。

小隊長說：

「你對皇軍的吩咐很盡力，所以你在我面前喝酒失態我不怪罪於你，算是對你的獎賞。你還有什麼要求皇軍辦的，儘管說出來。有什麼不滿的，也可以說出來！」

二爺心裡明白，這舔胯的是要套他的話了。二爺想到了我大姐，便趁醉說：

「司、司令，我有個侄兒子被皇軍收留了，她還只有十歲，能不能請你把她放出來，把我抓進去。我去頂替我那侄兒子，她實在是年齡太小了。」

小隊長想了想，說：

「是有這麼一個小孩，長得很可愛的，我喜歡。我們大日本帝國喜歡小孩。不過非常遺憾，他已經不在我這裡了。」

二爺說：

「那個小孩，長，長得什麼樣？」

小隊長說出了我大姐的長相，二爺也不能不信了。

二爺問：

「她，她到哪裡去了？」

小隊長說：

「我們把他送回大日本國去了。他會在我們大日本國受到很好的教育。我們要教他日語，教他學習大日本文化。讓他成為一個具有大和民族精神的人。這是他的福氣，你不要擔心。」

小隊長的話是假的。其時我大姐還和一些同時被抓的一起被關在老街，但小隊長已經接到了一個命令，要他派出一個分隊，將在老街搶到的東西，押送往廣西。小隊長已經決定，用抓來的人挑送東西。

日本兵的一個小隊相當於一個排，一個分隊則相當於一個班，他要派出一個分隊去，他留在老街的兵力就只有二十來人了，儘管他知道在老街沒有中國武裝，但這個文科高材生還是小心謹慎，以免走漏風聲。

在小隊長說了這話的第二天，我大姐的確就被「送」走了，不過不是去他們的日本國受教育，而是當挑夫。他們究竟為什麼讓一個孩子去當挑夫，誰也解釋不清。而在當挑夫時，他們又有條不成文的規定，那就是年紀越大的人，得挑得越多。譬如說，五六十歲的人，那就得挑那最重的，假如最重的是一百斤，那麼四十歲的就只要挑八十斤，三十歲的挑六十斤，二十歲的挑四十斤，十歲的挑十來斤。也許他們就是要將老一點的折磨死，剩下年輕的，特別是小孩，好實行奴化教育。而嬰兒之類，又在他們的殺戮之列，大概是嫌嬰兒只會哭，煩人。所以在一些城市裡，當他們帶刺的長統皮靴將血跡踏乾淨後，常可見到拿糖給小孩吃的事。有些事無法用常理去理解，就如同歐洲有個希特勒瘋子一樣，多少學者想對他進行解釋，最後還是解釋不清。

二爺聽小隊長那麼一說，心想我大姐已經完了，被押到日本去了，這一輩子也別想回來了。他再喝下幾杯酒時，便倒在了地上，像一灘稀泥。

對於一個醉得像灘稀泥的人，小隊長用不著派人看管他了，就連這「司令部」的堂屋，也不能讓他睡了。

小隊長醉意朦朧地高興地說：

「把他拖出去，拖出去，扔到街上，讓他醒醒酒，醒醒酒……」

二爺被拖了出去……

二爺被拖出去扔在街上、然後乘機跑了的這天晚上，寬麩仔瘋了。

瘋了的寬麩仔，始是為小隊長和日本兵增添了不少快樂。寬麩仔時而叫，時而哭，時而雙手使勁捶打自己的心口，時而驚恐地喊著他們來了，他們來了，他們從江裡上來了……小隊長說看著這樣的中國人非常有趣，能讓人在這偏僻野蠻的地方感受到一種畸形的文化氣息。他的那些皇軍士兵則在空閒或者休息時，圍著寬麩仔，玩扇耳光的遊戲。這個皇軍對著寬麩仔一耳光扇去，問他，什麼的人從江裡的上來了？這些玩扇耳光的皇軍說的都是他們自己的母語，瘋了的寬麩仔不可能聽懂，因為他沒瘋時也聽不懂。這一耳光將寬麩仔扇到另一個皇軍面前，這另一個皇軍又一耳光扇去，照樣問他，什麼的人從江裡的上來？這另一個皇軍的又一耳光將寬麩仔又扇到另另一個皇軍面前，另另一個皇軍照樣辦理……他們很快活地嚷著，比賽著誰的耳光能將寬麩仔扇得更遠。後來他們玩扇耳光的遊戲玩膩了，便玩騎馬的遊戲，他們輪流騎到寬麩仔的背上，揪著寬麩仔的耳朵，在規定的時間內看誰騎得快。結果一個皇軍為了獲勝，揪下了寬麩仔的一隻耳朵，寬麩仔耳朵上的血不但染紅肩膀，而且因為痛得在地上翻滾，染得到處都是，他們就嫌寬麩仔太髒，不衛生，不玩了，再後來覺得寬麩仔已經不能給他們帶來快樂，就乾脆把寬麩仔的另一隻耳朵割下來，將那把還沾著寬麩仔耳朵殘血的刀，送進了寬麩仔的心臟。

第十五章

我母親一聽二爺說我大姐被帶走，已經不在老街，立時就哭了起來。

二爺沒有更好的話來安慰我母親，只是說：

「他四娘，別哭別哭，那個日本司令的話不可全信，什麼送回日本去了，別相信。」

白毛姨媽也說：

「姐，那個鬼子頭可能是騙人呢！」

二爺接著說：

「就算是往日本送，那日本離咱老街天遠地遠，也不是一月兩月能走到的，大侄子那麼靈泛，她會設法逃回來的。」

白毛姨媽又說：

「姐，我們一世盡做善事，菩薩會保佑的，老大一定能遇見貴人，幫助她回來！」

……

二爺和白毛姨媽輪番說著些連自己也不敢相信的寬慰話。

痛心地哭著的母親擦了一把眼淚，說：

「你們也不用寬我的心了，我知道我是難得見到我的兒子了。事情到了這一步，已經只有報仇這一條路了！」

白毛姨媽跟著說：

「那咱就去報仇！」

二爺說：

「他四娘，這仇是不能不報的，可目今還有一件急事，儘管侄兒子至今不知下落，但我思謀著，還是不能不和你說，那個日本司令，說他已經知道了神仙岩，知道神仙岩藏了百姓。那神仙岩，也不知到底藏了多少人？」

二爺是比較小心地說出這些話來的。他怕我母親正在因我大姐而極度傷心的時候，不願意聽他說別的事。

我母親說：

「那神仙岩裡，只怕會有幾千。其他地方都沒見著人哩，四鄉的人大概都躲到那裡去了。」

二爺又試探性地說：

「他四娘，那你說該怎麼辦呢？」

二爺沒想到我母親的回答是：

「老十二，你別總是喊我『他四娘他四娘』的了，你就喊我的名字！到了這個份上，只有我們幾個人捆綁到一塊了。你得讓神仙岩的人知道日本鬼已經發現了啊！得趕快往別的地方躲啊！」

二爺聽我母親喊他老十二，心裡不無激動。十二是他的排行，二爺其實是俗稱，喊老十二才是最親昵的稱呼。他當即說：

「芝姑娘，我也是你這麼想的，不把這個消息告訴神仙岩的人，我心裡不安。誰叫我知道了這個事情呢！」

二爺本想喊芝芝的，但見我白毛姨媽在身邊，還是改了口。這「芝姑娘」其實還是俗稱，凡平輩、長輩，都可喊某女人為某姑娘。

白毛姨媽又跟著說：

「我覺得也是應該告訴他們，要他們快跑。」

我母親想了一下，卻又說：

「只怕即使是告訴他們，他們也不會離開呵！他們覺得那裡好得很。告訴他們也是白告。」

白毛姨媽說：

「他們跑不跑是他們的事，我們只要告訴他們，就盡到良心了。」

二爺對我母親說：

「我知道我那大侄子音信全無，你心裡急得很，可這已是沒有辦法了的事，而那神仙岩裡有那麼多人……」

二爺的話還沒說完，我母親就說：

「老十二，我知道你的意思，你也不要跟我說別的話了，眼下是救神仙岩的人要緊，你說說，怎麼個救法？」

二爺說：

「連夜去神仙岩，要他們走。」

我母親說：

「他們要是不肯走呢？」

二爺說：

「他們走也得走，不走也得走，這是他們的性命悠關，我就不信他們連這點道理都不懂。」

我母親說：

「他們不是不懂這個道理，而是他們有他們自己的道理。他們的道理就是日本鬼即使上了神仙岩，也拿他們沒辦法。」

二爺說：

「我將我自己的親身經歷講給他們聽，他們總該會走了吧？」

我母親雖然斷定神仙岩的人是不肯走的，但她不願和二爺爭，在這裡爭有什麼用呢？只有到了神仙岩，儘量去說吧。

母親這個女人，此時又顯現出了她那不同於一般老街人的思維，她突然轉了話題，問道：

「你說那個鬼子頭是個司令，你看見他們到底有多少人，多少槍呢？」

二爺說那司令是個鬼精，根本就不讓他知道實情。但憑著他曾被土匪抓過的經驗，他估摸著，好像也只有那麼二三十個人。

母親說：

「什麼司令，比土匪壞百倍、千倍的東西，土匪是有得幾個人就稱司令。他比土匪壞，還不配稱司令！」

二爺說：

「司令倒是我喊出來的呢。我也不知道他究竟是不是那個鳥把戲？」

母親說：

「你不要再喊什麼司令了哪，我聽著就恨！鬼子頭，鬼子頭！要把他那鬼子頭砍掉就好了，砍掉去祭被他們殺死的冤魂！」

母親接著又像自言自語：

「二三十個日本鬼，才一個排，我們逃難的有幾千幾萬，怎麼就不敢和他們拼呢？」

母親之所以知道二三十個人是一個排，是因為曾有中央軍的一個營，從老街過兵時，在老街吃過一餐中飯，那營長的飯，就派在「盛興齋」鋪子裡。我母親見那營長倒還和善，便跟他講白話，問營長到底是個多大的官，到底帶多少兵？那營長就告訴我母親，一個營管三個連，一個連管三個排，一個排二三十來人。營長笑著說，你算一下就知道我帶多少兵了。老街人之所以並不害怕中央軍，就是因為這個營在吃過飯後，開拔時，還把派飯吃的鋪子地面，掃了一遍。那些兵們，把借用的一些東西也都歸還。

母親在這個時候顯出了她那女人的天真。別說日本鬼才一個排，就是一個班，毫無組織的老百姓在他們面前，也只能作鳥獸散，紛紛逃，也只有任憑宰割的份。母親如果知道在全中國，已有幾千萬的人被殺了，更不知道她會如何慨歎。幾千萬，就算是殺雞殺鵝，也得費多大的勁啊！

但我母親在這個時候能夠說出這樣的話，也稱得上是位不凡的女性了。

二爺說：

「他們有槍有炮哪，都是鋼槍鋼炮哪！他們那鋼槍打得遠，又打得準，而且個個練過拼殺，是從小就訓練出來的，就說那個鬼子頭吧，他說他是讀書的高材生，而且是研究什麼文化的，這研究文化的也能打仗，也能帶兵，也那麼殺人，比別人殺得更凶，更殘忍……」

母親說：

「這我就想不清了，既然知道日本人要打我們中國，那些吃官糧的，怎麼就不把像你老十二這樣的人，也發些槍，也訓練訓練呢！如果像你老十二這樣的男人太少了，我也可以參加呀！」

白毛姨媽也說：

「對啊，還有我啊！爬山越嶺我不會比任何男人差啊！」

二爺說：

「誰知道吃官糧的是怎麼想的，他們不訓練哩。可要說毫無訓練呢，我們這地方學武術的也不少，像我，就硬是學了好幾年。我那父親沒死時，還天天罵我不務正業。可就算我這學了武術的，見了那鋼槍鋼炮，也是無能為力啊！我們國家怎麼就不多造些鋼槍鋼炮呢！？」

二爺又嘟噥著，要有槍就好了，要有槍就好了，有了槍，我就不信打不死他們，我就不信他們不是父母養的……

母親說：

「平時裡那些土匪呢？土匪難道就連一條槍都沒有嗎？那些土匪若能和他們幹一仗，也是英雄啊！」

二爺說：

「有些土匪有那麼一兩條槍，但那槍也是嚇人的，跟燒火棍差不多，那些土匪只怕也早躲了，不知躲到什麼地方去了。」

「他媽的，該著咱老街無能人了。」母親罵了一句。

母親這一罵，二爺卻覺得有點不自在。他想著自己在日本鬼手裡時，只能在心裡捅日本鬼的娘，只能做縮頭烏龜，只能是人在矮簷下，不能不低頭……唉，他長歎了一口氣。

母親沉默了一會，又說：

「老十二，這個佔領我們老街的鬼子頭應該沒有炮吧？」

二爺回答說：

「沒看見什麼大炮，但據說他們有一種小鋼炮，也許藏起來了，反正我沒見著。最多的就是那種長槍，上面上著刺刀，打得遠，響聲又脆……」

母親打斷他的話，說：

「在廟裡堵住我的鬼子，端的就是你講的那種長槍，對著我的胸口。他媽的我要把那槍拿來就好了。」

母親又罵了一句粗話。

二爺想著我母親那句該著老街無能人的話，他不能不表示自己的男子漢氣概了，他便衝口而出：

「芝姑娘，我去奪他一條槍！」

我母親說：

「你怎麼奪？」

二爺說：

「日本鬼放的是暗哨，我就去摸他的暗哨。」

我母親說：

「就是暗哨難摸哩！他又不會老縮在一個地方。你還沒看見他，他倒先發現了你……還是去逮那『掉隊』的。」

二爺說：

「可那個鬼子頭，這些天又沒派鬼子兵出來打搶。」

我母親說：

「他們總要出來打搶的，總要出來打搶的。他們那號人，天生就是打搶的，不出來打搶他們熬不住！」

二爺說：

「只要他們一出來打搶，我就替你去奪槍！」

我母親說：

「老十二，我就喜歡聽你這樣的話。不過得你奪你的，我奪我的，咱一人奪他一條槍，就能為我那老大報仇了！」

二爺說：

「就是不知道日本鬼什麼時候才會出來打搶……」

二爺的話還沒說完，白毛姨媽插了一句：

「哎呀呀，那得等到什麼時候啊？姐，你倒是快點拿個主意出來啊，要麼馬上往神仙岩去，要麼就直接進老街去奪槍。」

白毛姨媽講這話的口氣，像個小孩。她儘管因為有著一頭白毛而被人瞧不起，儘管連我外祖父也說她是個孽障，但我外祖父私下裡其實特別疼她、慣她，我母親又總是護著她，而她嫁到八十里山後，因為能幹，她丈夫也十分地珍惜她，那頭白毛，使得她和外界人接觸不多，在她丈夫死後，她更是很少和外人來往。八十里山的山水，養育了她的靈氣，也使得她對世事稚嫩；自給自足的生活，使得她想幹什麼就幹什麼，用不著徵求別人的看法，卻也更加封閉了她。她看問題簡單，從不去多想什麼，這使得她格外年輕，但在這亂世之秋，她的稚嫩，她的簡單，卻實在不是一件好事。本來按理說，她跟在我母親身邊，我母親應該能夠彌補她的稚嫩，彌補她的簡單，可我母親卻犯了一個無法彌補的錯誤，使得她遭遇最慘。

白毛姨媽把我母親當作了頭。

二爺也說：

「芝姑娘，乾脆我們都聽你的，你說怎麼辦就怎麼辦！」

母親說：

「你們都聽我的就聽我的，三個人的司令我也當得了。奪槍不是一件容易的事，先去神仙岩再說，救人要緊！」

二爺說：

「對，先去神仙岩。不過，芝姑娘，我總要奪一條槍給你的。只是，就算你拿了那槍，可你也不會用啊！」

我母親說：

「什麼不會用，不就跟那射箭差不多。只要端得平，端得穩，發射的那一刻別出氣，我就不信鬼子頭能從我的槍口跑掉！」

我母親已經把心思放在那個鬼子頭——文科高材生小隊長身上，她已經認定，只有把鬼子頭幹掉，才算是為我大姐，為老街和四鄉的人報了仇。

此時的母親，雖然一無槍，二不會打槍；雖然連殺只雞都要先念「雞啊雞，你莫怪，你本是凡間一碗菜……」之類的超度語；雖然按現在人才素質的要求，她是一無文憑，二沒受過任何訓練，而她鎖定的對手卻不但有鋼槍，槍法準；不但是殺人不眨眼，並且能在殺人中得到樂趣；不但有文憑，並且是高材生，從小就受到侵略殺人的專門訓練。但我母親鎖定的這個對手，能否勝過我母親，卻已經很難說。甚至於能否從我母親手裡逃脫，也是一個疑問。

第十六章

隱匿於灌木叢中的神仙岩，確是一個險峻之地。進岩的那條路，僅能通過一輛獨輪板車。而小路外側，就是懸崖峭壁；懸崖峭壁下，則是扶夷江。如果是有著軍事眼光的人，那麼此處真是易守難攻。只需要將幾支槍，或一挺機關槍守住那條只能通過一輛獨輪板車的小路，要想攻進洞內，難莫大焉。若想從扶夷江攀崖而上，則必須在懸崖峭壁下的江水裡連接船隻，再在船隻上架設雲梯，方能登攀。守衛者則只需將手榴彈，或擂木滾石，或燒滾的桐油，往下扔，往下滾，往下潑，或以硬弓強弩，往下放箭便是。無奈藏於洞內的皆是些手無寸鐵的老百姓，別說他們是否有軍事常識，就連自衛這二字，也從未去想過。他們僅僅只是將這作為藏身之地，希冀躲過劫難而已。

神仙岩的洞口不大，但一從洞口進去，可就真的別有洞天。別說藏千把兩千老百姓，就是駐紮進去一個師，也是綽綽有餘。但這是作為旅遊景點開發後的神仙岩，把裡面的許多地方打通所致。

二爺和我母親、白毛姨媽進到神仙岩時，裡面並不像今日遊客看到的那樣寬敞，那樣的讓人一看就讚歎不已。

躲難的人這裡坐著一堆，那裡躺著一群，因為已是黎明，靠近洞口的已被斜射進來的光線照看得清楚，熄滅不久的松明火把散發出一股濃郁的松油味，裡面則是黑黢黢一片，但早已習慣了在黑夜不點燈，好省下幾個燈油錢的人們，並不覺得洞子裡的黑與亮有什麼太大的區別，他們需要亮時就點燃松明火把，不需要亮時便將松明火把踩熄。他們反正是待在裡面，有精神時就說說白話，沒精神時就呼呼地睡。一年到頭的辛苦勞作，到了這裡面反而能睡了些好覺，或者叫放開手腳的輕鬆。他們關心的只是——日本人走了沒有?!

我母親進了洞子後，大聲地說：

「喂，我是『盛興齋』的四娘，這裡有管事的嗎？我們有重要事情要說！耽擱不了的哪！」

洞子裡哪裡會有管事的呢！老街上來的，便和老街的人在一起；鄉里來的，同村莊的便和同村莊的人在一起，一個院子的便和一個院子的人在一起……洞內立時形成了「洞內有洞」。好在所有的人都講禮性，都講究謙讓，且都知道躲難只是一時之計，只待日本人一走，出去的該幹什麼還是幹什麼，所以並無大的爭吵什麼的，即算偶爾產生矛盾，也立即有人勸解，「算了算了，都是躲難的，何必呢，各人少說一句，大家都安穩。」矛盾也就迅速化解，沒了。

我母親那麼一喊時，沒有管事的出來，倒是老街上認識她和二爺的圍上來了不少。

圍上來的都很興奮，忙忙地問外面的情況。

「日本鬼子走了沒有？走了沒有？」

他們明知道沒走，但這麼問一問，希望的是能得到走了的回答。

不待我母親答話，又有人說：

「那日本鬼，老待在我們這裡幹什麼呢？他們為什麼還不走呢？」

「聽說那縣城，也被日本鬼占了，這不會是真的吧？」

「縣城那楊令婆，這回顯聖了沒有？」
「還是聽他四娘說，四娘你說。」
我母親便說：
「讓他二爺跟你們說吧。」
二爺於是說了菜園子裡被殺死的女人們，說了扶夷江滿江浮著的屍體，說了老街駐紮的鬼子兵，說了鬼子頭已經知道神仙岩的事……末了要他們趕快走，別待在這神仙岩了。
二爺在說著時，圍攏來聽的人越來越多。
然而，二爺這麼如實一說，聽的人有的說他們早就知道了，早就知道日本人不光是殺人不眨眼，就連眼毛也不眨一下的；有的說幸虧早早地進了這地方，不然的話那就真的不得了……如果說這就是他們發表的意見，那麼把這些意見歸總為一個意思的話，則是越發留戀神仙岩，越發不肯走了。
「走不得，走不得啊！一回到老街，那不就是送肉上砧板，聽憑鬼子去割去剁?!」老街上的人說。
「是啊是啊，我們若一回到村裡，鬼子把村子一圍，還不會跟菜園子裡的女人一樣?!」鄉里的人說。
「還是躲在這裡好，這裡好。這不，這麼多天了，只有我們這裡無事。亂出去不得的哩！」老街人，鄉里人，都說。
再一想，可不是嗎？外面被鬼子兵殺得那麼昏天黑地，只有這神仙岩裡清淨無事。
「搭幫神仙岩的神仙保佑呵！」

我母親平素也是信菩薩信神的，可聽得他們這麼一說，卻急得叫了起來：

「又不是要你們回老街，又不是要你們回村裡，是要你們躲到別的地方去！別待在這裡等日本人來！」

母親不敢說出別待在這裡等日本人來收拾的話，她也怕犯忌。

立即有人說：

「他四娘哎，你倒是說得輕巧，你一句話，要我們別躲在這裡就行了，可我們又躲到哪裡去呢？」

我母親說：

「去大山裡啊，去八十里山啊！大山裡到處都可以躲啊！」

又立即有人說：

「你老人家就說得有味哪，我們這神仙岩不是在山裡，而是在河裡啊?!」

「你老人家要我們到大山裡去，那我們這裡的東西怎麼辦？」

「日本人是從對河山裡殺過來的，你老人家還要我們去他們殺過人的地方啊?!那去不得，萬萬去不得！到時候日本人沒能把我們怎樣，那些鬼魂倒會拖人去墊背。」

「是哩，是哩，鬼魂是要拖人的哩！」

我母親真想說，你們這些人怎麼都跟我那駝四爺一樣，只會認準一個死理呢？可母親依然不敢說，她怕犯眾怒。

我母親伸手掠了掠她那腦後的巴巴髮髻，強迫自己別生氣，別發火，這可不是對著自己那駝四爺，生氣也就生了，發火也就發了，這可是些街坊鄉鄰，其中更不乏長輩，於是她對一個長輩說：

「你老人家，見得多，識得廣，吃過的鹽比我走過的橋還多，你老人家給說說，日本人要是真到神仙岩來了怎麼辦？」

這位長輩非常認真地想了想，說：

「依我說呢，日本人已經占了老街，是不是？是的吧。老街的人都走光了吧，是不是？是的吧。日本人占了老街，他就得要吃的，第一得要糧，是不是？是的吧。老街沒有糧給他們，他們必定會到鄉里去搶，是不是？是的吧。所以依我看啊，目今鄉里是最不穩當的。是不是？是的吧。」

「是的哩！是的哩！」

一片附和聲，且皆點頭。

長輩見聽的人除了我母親和二爺、我白毛姨媽外，都認為他講的在理，便繼續說：

「他們到鄉里去搶，也搶不到什麼，是不是？是的吧。該藏的，都藏了；該走的，都走了。是不是？是的吧。所以依我說呢，日本人在咱這地方是呆不久的，還沒等他們來神仙岩，他們就得走了……」

長輩還沒說完，我白毛姨媽頂了一句：

「你老人家怎麼知道他們沒來神仙岩就得走了呢？」

長輩見有人打斷他的話，略略有點不高興了，他故意將我白毛姨媽仔細地打量了一番，像打量一個怪物一樣的看了又看，然後聲音低沉地說：

「你這個女子，是哪家的？連這點道理都不懂?!兵無糧草必潰，曉得嗎？只要我們不出去，那日本兵就得走！」

這位長輩仍然講究禮性，並沒有說出「白毛」二字，只是那低沉的聲音裡，含有不可撼動的威嚴。

我母親怕白毛姨媽受窘，因為她從長輩的話裡，就已經聽出是對我白毛姨媽含有鄙視。

我母親便對這位長輩說：

「你老人家知曉兵書，說得有理，兵無糧草必潰。可他們要是來找你老人家要糧草呢？」

不待長輩回答，立即有人說：

「鬼子兵到哪裡找我們？神仙岩有神仙庇佑，只要他們一來，山上就起大霧，他們看不見。神仙將他們的眼睛捂住，捂得嚴嚴實實，紋絲不漏，形同瞎子，那瞎子還不掉進江裡去啊……」

這當兒二爺插話了。二爺對著這人說：

「兄弟哎，鬼子兵還沒來過，你怎麼就敢斷定山上要起大霧，他們看不見呢？這可不是像平時賭寶，只輸幾個錢，這是在賭性命呢！」

「要是鬼子兵真的來了呢？」我母親又逼上一句。

又有人回答說：

「他們要是真來了，無非就是要我們這些人出去，送糧草給他們，我們不出去，就是要餓死他們！」

這話說得很有幾分激昂，博得一片喊聲：

「對，我們就是不出去，就是要餓死他們！」

我母親說：

「他們如果將洞口困住呢？你們不怕餓啊？」

我母親還是不敢說出如果鬼子兵向洞內開火，你們往哪裡跑的話。因為在兇險的事情還沒發生之前，如果有人就把那不吉利的話說出來，倘若兇險事情發生的結果真如那不吉利的話所言，講出這不吉利話兒的人是難逃其責的。

有人笑了起來，說：

「他四娘，你又在多操心了，你看我們這裡面的東西，夠吃夠用的。我們不出去，真正挨餓的只能是日本鬼，他們一餓肚子，還不走啊，要留在這裡過空肚子年啊。」

我母親還是用稍微委婉的話說：

「這位兄弟，你要明白我的意思，鬼子兵不是些人，我是怕他們餓急了，幹那些不是人幹的事啊！」

我母親得到的一個回答是：

「他四娘，我們也曉得你是好心，不過你放心，日本人即使真的來了，他們的目的也不過是要我們出去，出去為他們籌辦糧草，他們要是真像你講的那樣，那他們不是竹籃打水一場空嗎？日本人狡猾得很，他們不會這麼蠢。」

我母親仍然不敢直截了當地說出日本人可能會對洞內實行大屠殺的話，我母親仍然只能耐著性子說出一句讓人去理會意思的話：

「他們要是端著槍進來硬搶呢？」

「他們敢進來？這個洞口一次只進來得個把兩個人，我們這麼多人，不活吃了他？」

這話說出了豪氣，說出了膽量，可二爺一聽卻來了火，說出了最犯忌的話。二爺說：

「如果他們朝洞內丟炸彈，你們還有幾個人能跑出去？」

二爺這最犯忌的話一出，立即引來了眾人的憤怒。都說他是把尿壺掛在嘴巴上，盡噴穢物！且要他立即滾開，連同他帶來的晦氣一同滾，滾開得越遠越好，那晦氣才能永遠只跟著他，讓他一輩子晦氣！

我母親趕緊說：

「你們可別錯怪了他二爺哪！二爺這可是提了腦袋來把這個消息告訴你們的呀，他是曾被日本人抓了的，他受盡了憋，冒著性命危險跑出來，就是怕你們受憋才連夜趕來的啊！」

我母親說的「受憋」，就是受苦、受難。我母親沒想到的是，她為二爺說的這番話，卻幫了二爺的倒忙。

我母親無論如何都沒預料到的事情出現了。

母親話音未落，立即有人質問道：

「他二爺，這麼說，你是從日本人那裡逃出來的囉，日本人手裡就那麼好逃？別人都逃不出，只有你二爺逃得出？你就有那麼大的本事，你的本事也太大了一些吧？」

「他二爺，你是在日本人那裡幹事吧！日本人有工錢給你沒有喔！是給光洋還是給日本票子呵？」

「那日本票子是什麼樣，二爺你拿出來給我們看看。」

「日本人撒尿你看見了沒有，二爺，給說說，是什麼樣？」

「二爺是來當說客的吧。是想要把我們引出去吧！引出去好讓日本人來宰割我們吧！」

儘管仍然「禮性」地喊著「他二爺」、「二爺」，但所有的「禮性」裡都是充滿了鄙夷和嘲笑。

儘管為「禮性」所礙，沒有對二爺做出過火的行動，但二爺在他們的心目中，已經基本給定了性。

於是對二爺皆不屑。

這些老街的人、四鄉的人，儘管真的有些像我那既愚又頑的父親，但他們在對待名節上，卻都稱得上「貞烈」。他們不像有的地方，日本人一打進來，漢奸便為數不少。老街和四鄉，沒有出過一個漢奸！只有二爺一個人，被懷疑為漢奸；十年後，被定為漢奸，但沒判刑，只是交群眾管制；再十年後，由群眾專政的頭兒宣判了二爺的死刑。

當時的二爺則是長歎一聲，彎著腰，獨自往外便走。

我母親拉著我白毛姨媽的手，也往外走。

這時，那位長輩說話了。長輩不溫不火地說：

「他四娘，回來！」

長輩的話聲音不高，但我母親卻不由自主地便轉了身。

長輩說：

「他四娘，你告訴他二爺，他說要我們出去也可，但得答應我們的條件。他得要日本人簽一份保證書，保證我們出去後不受任何懲。保證書上得有日本人的親筆畫押……否則的話，哼，哼！我們就是不出去！」

下篇

第十七章

小隊長的朦朧醉意漸漸地清晰後，他抬起那顆充滿知識的頭，從天井望了望天空。老街上空的蒼穹變成了瓦灰色，有一輪暗淡的月光，從蒼穹的縫隙中透了出來，像極度貧血的人那張慘白的臉孔。

小隊長正想對著那張慘白的臉孔抒發一點詩興，卻突然發現，那張慘白的臉孔不是月亮，而是從瓦灰的蒼穹中透出的半個太陽。

小隊長立即明白原來天不但已經大亮，而且到了下午，太陽正在竭力衝破雲層，想再露一次臉後，便隱伏到西山歇息去了。也就是說，老街的燒酒讓小隊長睡了一個真正的好覺，讓他一覺從夜裡睡到了第二天的下午。小隊長便迅速穿好黃色軍裝，蹬上釘有鐵掌的黑色長統皮靴，挎上指揮刀，然後再次看了看老街的天。在他的頭頂上，瓦灰色的高空裡，一片片鉛色的雲在不住地翻滾。

小隊長開始了他這天的第一句話，他的第一句話本是要喊他的哨兵，可他喊出的卻是「雪妮兒」。「雪妮儿」是日文「しょぅにん」的音譯，是他給他的那條公狗起的名字。

小隊長的「雪妮兒」一出口，他那條既兇狠如野狼，又老實聽話如家狗，卻不是狼狗的狗立即到了他面前。這條狗的頭又小又瘦，像眼鏡蛇的蛇頭；兩隻耳朵大如豬耳，但一搧動起來卻靈敏異常；胸部肌肉特別發達，簡直像專門受過擴胸訓練般地發達；臀部矮而挫實，四條腿堅硬如鐵棍。

小隊長的這個「雪妮兒」是真正的該狗族的純種狗，血管裡連一滴雜血都沒有。

小隊長很喜歡他給這條既兇悍無比，又溫順柔腴的狗取的這個名字。他覺得挺美。當他呼喚雪妮兒的時候，不像是叫一條狗，而像在呼喚溫柔漂亮的情人。「雪妮兒」字面上的中文意思也很美：像白雪一樣美麗的小妮子。其實它的日文意思則一為商人，一為保證人。商人能給他帶來利益，保證人能保證他的利益。

小隊長的這條狗本是和他一同來到中國的大學同學的。他的大學同學將這條狗送給他時，這條狗並不叫雪妮兒。不叫雪妮兒的狗跟了小隊長後，小隊長喊雪妮兒時，狗不睬。小隊長就不給它肉吃。小隊長給它肉吃時必喊雪妮兒，它就成了雪妮兒。

雪妮兒跟著小隊長一來到老街，對老街的本地母狗便特別友善，立即表現出自有發情史以來少見的情有獨鍾。小隊長始是採取禁慾政策，一見著本地狗，他的士兵們便開槍射殺，射殺後便拖到伙房開膛破肚，使之成為佳餚，以此來杜絕雪妮兒和本地母狗的來往，但他發現，這比不給雪妮兒肉吃還要為難得多，雪妮兒幾乎就要和他反目。他只好實行弛慾政策，命令只准打本地公狗，不准打本地母狗，這讓他的士兵們感到惱火，因為要去分辨是公狗還是母狗，才好開槍。但雪妮兒很歡迎他的弛慾政策，待到好容易見著一條本地母狗時，便當著他的面跟母狗交配。這種自古就有的原始舉動是那樣樸素自然，那樣單純，使小隊長不由地跟人相比，覺得人就不如了，特別是他的皇軍士兵。但小隊長又想到他的皇軍士兵，也有著和雪妮兒一樣熾烈的情慾，也需要像雪妮兒那樣得到鬆弛，他就對皇軍士兵的許多作為予以理解了。只是他希望皇軍士兵在他創建模範治安區時，也要像雪妮兒那樣樸素自然一點。

雪妮兒來到小隊長面前，非常親愛地在他面前撲來撲去，他就一面撫摸著雪妮兒，一邊又喊哨兵，喊哨兵將二爺帶來。

哨兵來了，卻不見二爺。

小隊長便問為何不見二爺，哨兵說二爺不見了。

小隊長立時感到惱火，說那麼一個完全醉死了的傢伙，還能跑了不成？命令哨兵去找。哨兵找一陣，回來報告說還是不見蹤影。這時雪妮兒就像知道了主人的意思，立即蹦跳著，表示由它去找，它一定能夠找到。小隊長就罵一聲他的皇軍哨兵連狗都不如，再親愛地在雪妮兒的頭上輕輕地拍了一掌，雪妮兒就朝外竄去，哨兵忙端著槍跟在雪妮兒後面跑，小隊長也挎著指揮刀跟在雪妮兒後面跑。

雪妮兒竄出老街，直往扶夷江邊跑，可到了江邊，到了將軍墩，它就不知所措了，只是對著江水亂叫。

「跑了，那個蠢傢伙就從這兒跑了！」

小隊長想到了二爺吃醉酒的那副蠢樣，明白自己是上了這個蠢傢伙的當。可他不能說是自己上了當，而是對著哨兵就是幾耳光。他怪哨兵連個老街的土鼈都看不住。哨兵則邊挨耳光，邊應著「哈衣」，左耳光扇過來時應著「是」，右耳光扇過去時也應著「是」，全是他沒看住那個蠢傢伙！

雪妮兒忽地又朝老街後面跑去，小隊長就不扇哨兵的耳光了。於是小隊長緊跟在雪妮兒後面，哨兵又跟在小隊長後面。

雪妮兒沿著街後鋪著石板的小道，跑到了那口池塘邊。

令人匪夷所思的是，池塘裡真的發生了我在夢中所夢到的那種情景：

那隻餓極了的魚鷹，本來並沒有發現池塘中的鯰魚，是鯰魚的蠕動使它確定那是一個生靈。如果不是餓極，它也許不會做如此冒險之事，因為憑它的經驗，它不會不知道已經沒有水，而只有泥沼的危險，但它已經顧不得這些了，它從空中「嗖」地向池塘俯衝下去，以迅雷不及掩耳之勢朝鯰魚撲去……

將鯰須伏在泥巴中的鯰魚，本能地感覺到空中來了危險。當魚鷹尖鉤一般的利爪就要紮進它的蒼黑色背脊時，它一個打挺，不僅橫著彈開，而且用那橫彈著的鯰魚尾巴，給了魚鷹頭沉重的一擊。饑餓疲乏的魚鷹未能紮著鯰魚，自己反而被魚尾打得頭昏眼花，收翅不住，落在了黏糊糊的塘泥中……

非同尋常的雪妮兒，就是奔著乾涸的池塘中的魚鷹和鯰魚而來的。

這時，一個日本兵跑來向小隊長報告，說抓到了一個白毛中國女人！

這個白毛中國女人，就是我白毛姨媽。

我白毛姨媽，正好看見了魚鷹與鯰魚在泥塘中的對峙。

當神仙岩中的那位前輩說要日本人畫押，他們才肯離開神仙岩後，我母親和白毛姨媽忙鑽出神仙岩，去追二爺。

二爺看似就在前面不遠，可我母親和白毛姨媽怎麼也追不上他。我母親只得喊：

「他二爺，他二爺，你倒是等著我們啊！」

二爺只顧走他的。不答。

我母親又喊：

「老十二，老十二，你這麼亂走，萬一正好碰上日本兵怎麼辦？」

我母親這麼一喊，二爺回答了一聲。二爺說：

「我寧可讓日本兵一槍把我打死！打死了乾淨！」

我母親知道二爺受了有生以來最大的冤屈，但不追上他，又怎麼去勸慰他呢？我母親只得說：

「老十二，老十二，你還是往月亮谷走吧，那條路安全。」

二爺說：

「我走我的，你隨我往哪裡走！」

二爺答完這一句，便已不見了人影。

白毛姨媽對我母親說：

「姐，他賭氣走了，我們怎麼辦？還是回八十里山去吧。」

我母親說：

「已經到了這個份上，不能回去哩。還是得跟二爺商量救人的事呢！」

白毛姨媽說：

「二爺是不願意再和我們在一起了，還怎麼商量呢？」

我母親說：

「你放心，老十二只是一時氣悶，他會到月亮谷去的。」

我母親對二爺就是這般地有把握，她和白毛姨媽索性也不急追了，而是隱蔽地往月亮谷而去。

到了月亮谷，二爺果然正躺在草地上，雙眼直瞪瞪地望著瓦灰色的天空。

我母親坐到他身旁，有點像撒嬌地說自己的腳走痛了，累得身子也要散架了，又一夜沒睡覺，想逗二爺開口，讓二爺說幾句寬慰她的話，可二爺不睬，如同根本沒聽見她說了些什麼；我母親便說你這麼大一條漢子，就累成這麼一個樣子了啊？就連我們這些女人都不如啊？二爺還是不睬；我母親便扯些碎草，在二爺的眼前晃蕩，像逗小孩一樣地逗他，可二爺就是不吭聲，眼睛盯著那晃蕩的碎草，硬是連眨都不眨一下。

我母親終於忍不住了，說：

「你一個大男人，就聽不得那麼幾句不懂理的話啊？他們懷疑你是漢奸你就是漢奸了啊？那我說講你是漢奸的人是些豬，那些人就真的是豬了嗎？充其量是些豬腦殼！那些豬腦殼還要我帶話給你呢，他們要你去和日本人會談，要日本人畫押，保證他們出來後不受憋……」

我母親這麼一說，二爺開口了。

二爺說：

「我不管那麼多了，我受了那麼大的罪，好心去告訴他們，連句好話都沒得著。我也不怪他們，怪也沒有用，我只恨了那個鬼子頭，和他的鬼子兵，他們不到老街來，我也不會有這些事。我如今只想去拼命，殺死幾個鬼子兵證明自己的清白。」

「你赤手空拳，怎麼去殺日本鬼啊？」

這回，是母親用二爺曾跟她說過的話來問二爺了。

二爺說：

「你不是說日本兵有『掉隊』的嗎？我就去逮那『掉隊』的。殺死一個夠本，殺死兩個賺一條命！」

這話，又跟我母親曾說過的一樣。

母親說：

「老十二，要逮『掉隊』的，我跟你一起去！可神仙岩的也不能不管啊！先救人，再奪槍，這也是你說過的啊！」

二爺說：

「怎麼管？你以為日本人還真的會畫押啊？你以為日本人畫了押就能算數的啊？反正我是不得去幹這種蠢事，我才從那裡逃出來，那個鬼子頭正恨死我了，我去送肉上砧板啊？」

母親說：

「我也明白是這個理，可萬一日本人真的封鎖神仙岩，往裡面扔炸彈呢，那一洞的人不都得死光？只要他們出來，總還救得一些。救一條命就是造七級浮屠啊！」

二爺說：

「你沒聽他們說，自有神仙保佑啊?!」

母親說：

「所以我講他們是豬腦殼哩！神仙保佑也要看是什麼場合哪。神仙也不是萬能哪，那七仙女下凡配董永，最後還不是得分開……」

我母親說這些話本是在寬二爺的心。可這時候，實在稚嫩而不諳世事的白毛姨媽，不該說了幾句太天真的話。

白毛姨媽說：

「要說會談嘛，我覺得有一個人倒是合適。」

二爺說：

「誰?!」

白毛姨媽說：

「我啊！」

我母親立即說：

「你懂什麼，少插嘴，到一邊去！」

白毛姨媽說：

「你們沒聽說外國人有好多白毛啊，那西洋人，俄國人，白毛多得不得了。我不也是白毛麼？聽說日本人對那些外國人不敢怎麼樣，我這個也像外國人的白毛，他們總要客氣點吧。只要日本人畫了押，神仙岩的人就會出來，就算日本人再反悔，也不可能像往洞內扔炸彈一樣，沒路可逃吧……」

二爺連連搖頭，只是說：

「去不得，去不得。」

我母親也說：

「你去不得，你怎麼能去呢？」

白毛姨媽接下來的一句話，讓我那聰明至極的母親竟然鬆了口。

白毛姨媽說：

「姐，你不是才說了救人一命，勝造七級浮屠嗎？我要是救了一洞的人，那我這滿頭的白毛說不定就會變黑了呢！再說我這是去說事，是去會談，兩國交兵，還不斬來使哩！我又可以順便探聽清楚我那侄兒子到底被押走了沒有啊！我還可以把這個條件提出來，要他們放了我侄兒子啊！」

母親犯了她一生中最嚴重的錯誤，白毛姨媽說順便探聽我大姐的下落，並可以要他們放了我大姐這句話，令她怦然心動。為了能讓我大姐回到她身邊來，她起了僥倖之心。

愛子心切和僥倖的心理，使得我母親竟然同意了白毛姨媽那天真的想法，使得她把自己的妹妹送進了狼群。她只是再三叮囑我白毛姨媽要小心，小心，要見機行事，能談得攏就談，談不攏自己先脫身，要利用那鬼子頭會說中國話，多講些畫押對他們日本人有好處的話。

一世聰明謹慎的母親，其實和白毛姨媽一樣天真，這小心能有什麼作用呢？見機行事又有什麼用呢？甚至還真的幻想日本人畫押，她和神仙岩裡的老百姓又有什麼區別呢？

儘管二爺堅決反對，但我白毛姨媽還是踏上了這條不歸之路，並且被折磨得太慘太慘，令人不忍心提及。

日本兵向小隊長報告抓到一個白毛中國女人時，我白毛姨媽大聲說：

「我不是被你們抓到的，我是來和你們說事的！」

我白毛姨媽這麼一叫，那條將小隊長引到池塘邊，名叫雪妮兒的純種狗，立即前肢往前一屈，後肢往後一蹬，對著我白毛姨媽，往上一撲，它那很像蛇頭一樣的狗頭略一偏，很準確地對準了我白毛姨媽的脖子。只要小隊長略一示意，它就一口咬斷我白毛姨媽的喉管。可是小隊長沒有示意，小隊長只是眯縫起那雙不知道是不是近視的眼睛，盯著我白毛姨媽，像看怪物一樣地看了一陣，然後很瀟灑地一揮手，要雪妮兒和他的士兵鬆開我白毛姨媽，並要我白毛姨媽站到他身邊。

我白毛姨媽並沒有被雪妮兒這條狗嚇住，因為鄉里見狗見得太多。雖說狗仗人勢，但狗也最看主人的臉色，沒有主人的命令，它是不敢咬人的。

我白毛姨媽對小隊長說：

「你就是那個司令官吧……」

小隊長打斷我白毛姨媽的話，說：

「你不管有什麼事，現在都不要提，你先和我一起看看那泥沼中有趣的事物。」

於是，我白毛姨媽看見了池塘中魚鷹和鯰魚的搏鬥。

陷入泥沼中的魚鷹想重新振翅往上飛，再作突襲，可它的雙足陷進了淤泥中，它又沒有力量將雙足從淤泥中拔出，更不幸的是，它每一蓄足力量往上掙扎，雙足反而往下陷得更深。

我白毛姨媽看見魚鷹在為自己的命運奮力抗爭。

其實，魚鷹也許正在為自己的失算而懊喪，它太輕視了對手。它以為憑它的拼力一擊，就能將鯰魚掠為腹中美食，而結果呢？它自己反而陷入淤泥而不能自拔。但魚鷹畢竟還是魚鷹，魚鷹有過輝煌的過去，它曾經要捕捉哪條魚，哪條魚就跑不脫，它有鉤形的利嘴，它有長而銳利的腳爪，它全身武裝到了嘴和腳。可沒想到一口貧瘠而又乾涸的池塘，令它陷入了絕境。

白毛姨媽看見淤泥已貼著了魚鷹的腹部。

魚鷹並未甘心自己就這樣被陷入淤泥中，或眼巴巴地困死，或活活餓死，或成為他人的囊中之物。它那雙鷹眼仍兇狠狠地盯著近在咫尺的鯰魚，它仍然在想著要如何將鯰魚捕獲，飽食一頓後恢復了精力，再重新飛回它的王國。

黑色的鯰魚不知道在想什麼？白毛姨媽只看見那條鯰魚仍繼續在不停地蠕動。鯰魚似乎一點也不理會魚鷹的鷹視眈眈。它只顧研磨著身下的泥巴。它時而將魚頭上抬，身子和尾巴狠狠地旋轉著；它時而將魚尾上翹，身子和頭部左刮右蕩；它時而將全身淹入刮得越來越稀的泥漿中，不停地轉動。它似乎只是想鑽到泥漿中去，憑靠泥漿掩蔽自己，把自己藏起來，讓兇狠的敵人無處尋覓。

當白毛姨媽正想著可憐的鯰魚只能消極躲避，毫無還擊之力時，任何人也想不到的事情發生了。鯰魚掉轉了身子，以尾巴對準魚鷹，驀地，尾巴急速而又有力地拍打起來，已被它研磨好的泥漿頓時飛濺著向魚鷹射去。

鯰魚射出的泥漿如陣陣彈雨，準確而沉重地擊打在魚鷹的頭上、身上。

魚鷹防不勝防也無法可防，魚鷹的眼睛被泥漿射中了，糊住了。魚鷹想抹去蒙住雙眼的泥巴，可它根本就別想抽出一隻腳爪來。

我白毛姨媽簡直看呆了，她似乎完全忘記了自己的處境。當然，她就算時時為自己的處境小心，那也是白搭，她還不如不在意自己的處境呢。反正她當時看得嘖嘖歎連聲。不知她是為鯰魚勇猛而又巧妙的還擊讚歎呢，還是為魚鷹的束手無策嗟歎，抑或是為二者最終免不了同歸於盡而悲歎。

瓦灰色的雲籠罩著的老街，乾涸而又深邃的池塘，鷹與魚的搏擊，捕獲生靈的慾望和生靈自衛的本能。倘若立時有一場大雨襲來，將陷住魚鷹的淤泥衝開，魚鷹就能得救。魚鷹離開險境後，它還會不會去捕食鯰魚呢？它如果仍要去捕食鯰魚，鯰魚也許早就借助雨水逃遁了。

白毛姨媽這麼胡亂地想著時，小隊長說話了。小隊長說：

「小姐，這兒很美，是嗎？」

我白毛姨媽聽這個鬼子頭稱她為小姐，並不覺得意外，因為她很小很小的時候，當人們以為她的白毛還會變成黑毛的時候，因為我外祖父是教書先生，所以她是的確被稱過小姐的。儘管那小姐的稱呼隨著她年齡的增長，代之的是異口同聲的「白毛」，而再沒有人喊她小姐，但小姐在她自己的心靈中，卻是永遠不會忘記的。此刻，她被小隊長這麼一喊，便覺得小隊長並不像二爺說的那麼兇狠，而是很有點可親了。

白毛姨媽沒去回答美不美，只是著急地叫著：

「哎呀，它們都會死的，都會死的。」

小隊長大概覺得我白毛姨媽挺有意思，便說：

「小姐是說池塘中的鷹和魚嗎?!小姐真是多愁善感啊！」

小隊長一面說著，一面脫掉了黃色軍衣，卸掉鋼盔，並將指揮刀也交給了士兵。

白毛姨媽眼前的皇軍小隊長，是一件白色襯衣紮在黃色馬褲裡。如果不看他的馬褲和釘有鐵掌的長統馬靴，簡直會以為他是一位正在修業攻讀的書生。

白毛姨媽想起了我母親的囑咐，要見機行事，她得趁著這個鬼子頭似乎還很和善時，把她來的使命說出。

白毛姨媽正要開口，小隊長卻又先說開了。他說小姐你這麼單身一人，幸虧是來到了我的模範治安區，我對皇軍士兵的要求很嚴，所以你才能來到這個美麗的池塘邊，站在這麼富有藝術情調的地方，為鷹和魚驚歎。否則的話，你就是大門不出二門不邁，只怕也要遭受戰爭的蹂躪。戰爭，這是沒有辦法的……

小隊長說：

「你很關心池塘中的鷹和魚，我就和你說說鷹和魚。和一個小姐講話總是很愉快的。不管她是白毛還是黑毛。」

小隊長說鷹實施的是突襲戰術。鷹一貫如此。鷹是很兇猛的鳥類動物，也可以說是鳥類的首領、國王、統治者、強盛者。而池塘中的魚是軟弱者，是沒有絲毫攻擊能力的，所以這條鯰魚應該被鷹吃掉……

白毛姨媽完全沒有領會這位高材生小隊長的意思，她指著池塘說：

「可你說的鷹，此刻正陷入泥沼之中，而且正在越陷越深，面臨著比鯰魚更先死去的危險。」

「這條鯰魚使用的是泥沼戰術。」小隊長說，「魚鷹一時上了當。怎麼，小姐不喜歡鷹？不崇尚勇武？而可憐那條只會鑽泥巴的黑鯰魚？」

白毛姨媽仍然認真地說：

「鯰魚也是動物啊！魚鷹在山川，鯰魚在塘中，誰也挨不上誰，本來應該是相安無事的，可現在呢，那只鷹眼看著就不是鷹，那只鷹就要被泥沼淹沒了。」

白毛姨媽的話應當沒有別的什麼意思，可小隊長卻敏銳地覺察到了她這是話外有音。他說：

「好吧，小姐，我要讓你的話立即成為泡影，我把鷹和魚全部抓上來，我立即放掉鷹，讓它飛上天空，飛回山林，再用那鉤一般的嘴和劍一般的爪去捕食比它弱小的動物。而那條魚呢，我把它往青石板上一摔，就完了。小姐你就再也不會認為它還有生命了。」

小隊長將右手彎曲著往後一招，說道：「雪妮兒，去把鷹和魚統統地給我叼上來。」本來領著小隊長來的，此刻卻匍匐在青石板路上的雪妮兒便呼地竄下池塘。

小隊長沒想到的是，他那親愛的雪妮兒也陷入了泥沼。

如果用小隊長那離不開爭戰的語言背景來說，鯰魚選擇的地段簡直是太富於戰略保護意義了。那完全是一塊乾涸的池塘中唯一的沼澤地。

雪妮兒拼命掙扎，剛拔出前面的狗腳，後面的狗腳又陷了進去。雪妮兒扭轉像蛇頭一樣的狗腦袋，狺狺地叫著，向主人求援。

小隊長看著頓時顯得可憐之至不斷悲鳴的雪妮兒，又瞧瞧我白毛姨媽。

我白毛姨媽看著陷在泥沼中拼命掙扎的狗，儘管這條狗在剛一見到她時，就要將她的喉管咬斷，但還是覺得非常可憐，她忙對身後的日本兵說：

「你們快去把它救上來啊！那是你們自己的狗，快去把它救上來啊！」

幾個日本兵皆臉色木然，無動於衷，他們只是在等著小隊長的命令。

小隊長的臉上已經罩滿殺氣。可憐我那白毛姨媽尚全然不知，她見日本兵不動，便準備自己跑下去，跑下去將那條日本狗救上來。

我白毛姨媽朝池塘跑去，但只跑了幾步，又停住，回過頭來，大概還是想徵得小隊長的同意。因為那畢竟是人家的狗啊，你就算是去救狗也得人家同意啊。她一回頭時，看著了小隊長的臉，小隊長那完全變了模樣的臉，使得我白毛姨媽的雙腿立時顫抖起來。

當我白毛姨媽朝池塘跑去時，那陷在泥沼中的雪妮兒，一見是個中國女人，立即又狂吠起來，兇狠地要朝我白毛姨媽撲來。這條被小隊長餵養、調教出來的狗，大概是想再一次在它的日本主人面前，顯示其同樣有著武士道精神的犬性。可它沒想到的是，它這一兇狠地猛掙，立即使它陷入了滅頂之災。泥沼，迅速淹沒了它那像蛇頭一樣的狗腦袋。

小隊長罩滿殺氣的臉立時變得鐵青，他從一個士兵手裡抓過三八大蓋，瞄準那只已快被泥沼淹沒的魚鷹，「砰」的一槍，將魚鷹擊斃在泥沼中。小隊長接著便去瞄那條鯰魚，可泥沼中已不見鯰魚的蠕動。小隊長將手一揮，幾個日本兵一齊端起槍，對著那塊「沼澤地」亂槍齊發……

「砰砰砰砰」，子彈從我白毛姨媽的頭上、身旁射過去，打得「沼澤地」裡的泥漿迸起好高。

那條鯰魚究竟被打死沒有，不清楚。我白毛姨媽則已嚇得用手捂住耳朵，癱坐在地上。

小隊長說了一句：

「沒用的東西，統統的幹掉！」

小隊長的這句話裡，已經包括了我白毛姨媽。

如果僅僅只是一顆子彈，如同打死那隻鷹，打死那條鯰魚一樣，將我白毛姨媽打死在池塘邊，那我白毛姨媽還算是幸運的。可小隊長並沒有下令立即將我白毛姨媽打死，而是交給了他的士兵。

我白毛姨媽的慘叫聲，在乾涸的池塘上空，久久不能散去。

我白毛姨媽的慘叫聲中，還有著「我是來說事的，我是來說事的啊！」

在這條青石板路邊，在乾涸的池塘邊，日本兵排成隊，將我白毛姨媽輪姦得昏死過去。當我白毛姨媽又被用嵌有銅扣的軍褲皮帶抽醒過來後，一把利刃，插進她的心臟，再旋轉著，刁出了一顆尚在蹦跳的心。

我白毛姨媽那雙美麗的眼睛仍然大瞪著，望著老街的上空，但她那雙美麗的眼睛很快就不見了，跟隨而上的皇軍挖掉了她的雙眼，砍掉了她的胳膊，割下耳朵和鼻子，又在她臉上來來回回地用刺刀一頓亂劃，而後在一片淫笑聲中，皇軍們對著她那苗條的身子撒尿。最後，一個皇軍雙足踏上她的胸脯，蹂踏著轉圈，轉了幾圈後，將一隻腳踏到地上，另一隻腳踩住她的雙乳，斜割一刀，把頭切了下來。

文科高材生小隊長，自稱研究大東亞文化的小隊長，這個自小在課堂上就吃過中國煙臺蘋果、不知道該不該算日本人民中的一員，提著我白毛姨媽那顆佈滿白毛的頭，旋轉了幾圈後，扔進了乾涸的池塘中的那塊「沼澤地」。

片刻後，老街上空似乎響了聲沉悶而又喑啞的炸雷，尚存的幾條野狗立時驚慌地悲吠了幾聲。然後又是一片如密封了的棺材般的寂靜。

第十八章

我母親在這個乾涸的池塘中，找著了我白毛姨媽那被挖去眼睛、割去鼻子、割去了耳朵的頭，並且在青石板路邊，找著了我白毛姨媽那被剜掉心臟、沒有胳膊而又光著的身子。

也許有日本人會說，那沒有眼睛、沒有鼻子、沒有耳朵的人頭，你母親怎麼就能斷定是她妹妹，即：是你的姨媽呢？如果有人這麼說，我也可以理解，因為在這麼一個偏僻的山區，一顆沒有眼睛、沒有鼻子、沒有耳朵的人頭，又怎麼能證明就是你母親的妹妹呢？可是說這話的人有一點沒有想到，那就是這顆沒有眼睛，沒有鼻子，沒有耳朵的人頭上，卻有著滿頭的白毛！而青石板路邊那具沒有人頭、沒有胳膊、連心都被剜去、光著的女人身子的肚臍下，有一顆顯眼的黑痣。那顆黑痣，我母親是再清楚不過了的。

我母親當場暈了過去。

我母親之所以來找我白毛姨媽，是因為她和二爺在月亮谷等啊等，等了整整兩天，不見我白毛姨媽的蹤影。二爺斷定，我白毛姨媽是難得回來了，我母親卻總還抱著一線希望，說她妹妹那麼靈泛的一個人，總有辦法脫身的。直到我母親帶在身上的剩飯團子全部吃光，她還認為，我白毛姨媽是不是回到八十里山去了。

我母親要二爺和她一同到八十里山去看看，開始二爺不肯去，說你一個人先去看看吧，我還在這裡等你。我母親知道他是怕引起我父親的懷疑，但她在這個時候，已經感到離不開二爺。她心裡清楚，我白毛姨媽已經是凶多吉少，但只是不願說出那可怕的字眼而已。她連唯一可以依靠，可以幫她拿點主意，可以跟隨她一起行動的妹妹都沒了，她怕到時候又找不著二爺，那麼在這已經失去妹妹、已經失去大兒子的非常時期，她就太孤獨了。她已經開始害怕孤獨，這個「孤獨」不是說她身邊沒有人，因為她還有我父親，還有我，還有我那小三弟，而是沒有一個可以與之商量，能夠拿出主意來的人。於是我母親把那雙有著深深雙眼皮的大眼一瞪，對二爺說：

「我就是要你跟我去！你必須得跟我去！到了這個時刻，我那駝四爺他要真敢懷疑什麼，我就要真和你做出些事來給他瞧瞧，免得白擔了虛名。」

我母親這麼說了後，二爺仍然猶猶豫豫，嘟噥著說：

「這何必呢，何必呢！何必讓你多出些事來呢！」

我母親見他還是這樣沒有氣概，轉身就走，只丟下一句話。

我母親說：

「你要不跟我去，以後你就再也不要見我！」

二爺跟著我母親到了八十里山，進了我白毛姨媽家。

我母親只問了我父親一句話，就是問白毛姨媽回來過沒有？我父親的回答當然又是囉囉嗦嗦，大意是她跟著你出去的，現在又來問我，我怎麼知道，我反正沒看見她的人影。

母親不等我父親囉嗦完，便走進我白毛姨媽的柴屋，找出兩把砍柴刀，「咣噹」一聲，丟到二爺腳下，說道：

「老十二，外面有塊大磨石，你給我把這兩把柴刀磨快了，越快越好！」

二爺應了一聲，拿起柴刀，走到那條淌著清澈水流的水道旁，在大磨石上「喀嚓喀嚓」地磨起來。

母親則走進廚房，動手做飯。她煮了老大一鍋，煮得又乾又硬。

我父親本來是要說二爺的閒話的，可他也會觀陣勢，他瞧著今兒這陣勢不但異樣，而且異樣得有點令人可怕，特別是二爺磨柴刀的架勢，和柴刀在磨石上發出的「喀嚓」「喀嚓」的響聲，使得他緘口不語了。

我站到二爺身旁，問二爺磨柴刀幹什麼，是不是要幫我們去山上砍柴？二爺回答說，你母親自有安排。

我父親走到廚房門口，看了看我母親。我母親坐在灶門前，灶膛裡柴火吐出的火舌映著母親那鐵青的臉。父親明白是我白毛姨媽出了事，但他不敢再說什麼，而是悄悄地走到外面，對我說：

「老二，去幫你媽媽添柴。」

二爺將柴刀磨得雪亮，他拿一束棕毛須，往刀口上一擱，棕毛須便齊嶄嶄地斷成兩截。

我母親做好飯，喊我們都來吃。吃飯時，我父親才小心翼翼地問了一句：

「他四娘，你們這是要去幹什麼呢？」

我母親回答說：

「兔子要咬人了！兔子也非咬人不可了！」

父親便不再問，而是對二爺說：

「你老人家多吃一點，多吃一點。」

吃完飯，母親對二爺說：

「老十二，你到他四爺的床上去睡一覺，到時候我喊你起來。」

父親表現得大度了，也連忙說：

「對對對，你老人家快去好好睡一覺。」

母親將一大鍋子的剩飯全部做成飯團，放在篩子裡晾著。

晾完飯團後，母親拿起二爺磨快的柴刀，又試了試鋒口，然後找出兩根繩子，將一根繩子捆在自己的腰上，將一把柴刀插進腰間的繩子，活動了一下手腳，霍地將柴刀從腰間拔出，對準一根樹叉劈去。

樹叉被母親的柴刀劈了下來。

母親這才放下柴刀，解開腰間的繩子，走進堂屋，要父親將我三弟抱來。

母親在三弟臉上使勁地吧了一口，將衣襟扣子解開，露出潔白而又飽滿的奶子，把乳頭塞進三弟的嘴裡。

母親一邊餵三弟，一邊說：

「崽啊，你多吃點啊，吃飽啊，從此以後，你就真的要斷奶了哪，娘不會再餵你了哪！」

母親讓我三弟吃完左邊的奶，又吃右邊的奶。直吃得三弟不肯再吃，才將三弟交給我父親。

母親突然笑了一下，對我說：

「老二啊，你也來吃口娘的奶不？」

我不懂母親的心思，我更不知道母親這是抱定了必死的決心，要去找我白毛姨媽，要去和鬼子拼命。母親想著她也許是回不來了的，所以她也要我去吃一口她的奶。

我已經知道害羞。我連忙往後退。我說：

「媽媽，那是給三弟吃的，我已經長大了，我不吃奶了。」

母親說：

「我的兒子懂事了，兒啊，那你就攏來，讓娘親一親你，你來跟娘打個啵。」

我竟然還有點害羞。母親站起來，像抓小雞一樣，一把抓住想躲開的我，母親將我抱起，往上舉了一下，爾後放下，將我夾在她的兩腿間，在我臉上一頓狠親，打啵打得山響。我根本就動彈不得，我感覺到母親的確有很大的力氣。

母親在我臉上打啵時，我覺得有淚水掉在了我的臉上。

我掙扎著說：

「媽，你怎麼哭了?!」

母親鬆開我，一邊抹眼淚，一邊說：

「沒有哩，我是高興，高興我的兒子懂事了哩。」

母親要我出去玩，說她有事要和我父親說。

我走了出去，但並沒有走遠，而是躲在堂屋的門後，我聽見母親對父親說：

「他四爺，你本也是個聰明人，你知道我這次要和老十二出去幹什麼，白毛她肯定已經遭了毒手，那全是我的錯，是我害了她，我要去把她救回來，救不救得回，我自己還能不能回來，那都是全看命了。」

父親大概想說幾句寬慰的話，但母親立即打斷了他：

「這個家，以後就全靠你了，你要把崽帶大，帶大後告訴他們，他娘是怎麼沒回來的；還有二爺，你以後如果見不著二爺，也要告訴他們，二爺是一條真正的漢子，他是為了幫我！老大也許還能回來，也許很難說，反正我們至少還有兩個兒子，都是兒子！他們長大後，要他們學楊家將，誓死守三關，不讓外國人打進中國來！要他們為母報仇！為姨媽報仇！也為他二爺報仇！還有，為所有的老街人報仇！」

父親仍然想說什麼，母親又打斷了他：

「他四爺，你什麼都不要說了，我也要去睡一下了。我們走時，不會驚醒你和兒子，你記住我的話，我們就不枉為夫妻一場了。」

我母親和二爺各自將那磨快的柴刀別在腰間，揣著剩飯團子，於凌晨離開了我們。

當他們快到老街時，看見老街燃起了熊熊大火。

一間緊挨著一間的鋪子，全被皇軍小隊長下令放火燒毀。

這位高材生皇軍小隊長既然要創建他的模範治安區，為什麼又突然焚燒老街呢？

誠如我在最前面所說的，他們所做的一切滅絕人性的事，是不需要任何理由，也難以為他們做出任何解釋的。

如果硬要找什麼原因的話，那麼從心理上來分析，那只陷進了淤泥而不能自拔，令小隊長丟了面子的狗——他那親愛的雪妮兒，是使得小隊長火燒老街的原因之一。

因為那條沒能將魚鷹和鯰魚叼上來的狗，小隊長在我白毛姨媽面前未能實現他所說的話，即他要將魚鷹放飛，讓魚鷹重新去捕食弱者；將鯰魚摔死，宣告它不再存在。就為了這，脫掉黃色軍服，露出白襯衣，顯得文質彬彬的小隊長驀地變了臉色，以輪姦、剜心、挖眼、割掉耳、鼻，剁掉胳膊，砍掉腦袋，來處置我那要替他將他的雪妮兒救上來的白毛姨媽，最後將我白毛姨媽的頭扔進池塘的「沼澤」地方告甘休。

他回到他的「司令部」後，身邊沒有了雪妮兒，那條被他起名為雪妮兒的狗死了，不見了，他覺得少了些什麼東西，少了他那條最親愛的狗，而我白毛姨媽的慘死，並沒有完全消除他的心頭之怒，他就要火燒老街，來發洩他少了一條狗的火氣了。

當然，還有一種說法，說這個鬼子頭是為了逼神仙岩的老百姓回來，所以火燒老街。

「我將你們的房屋全部燒了，看你們回不回來？」

然而，這一說也值得懷疑，因為老街的鋪子裡多多少少還是有些吃的東西，他將這老街全燒了，他們皇軍吃什麼呢？

小隊長自有辦法，他連自己那所謂「司令部」的鋪子也燒了，將「司令部」紮到鄉里祠堂，命令皇軍四處去搶！

去搶東西的皇軍大都是以兩人為一組，也有單兵一個人行動的，每一組，或單兵，各走各的，見著活的東西就打死，能吃的東西就往祠堂裡背。

小隊長寧可命令他的皇軍四處去搶，也不要老街尚存的東西，由此可見，說他燒老街是要逼迫神仙岩的百姓回來的說法，也是站不住腳的。

他只有一點，那就是要老街不復存在！

那麼，他為什麼又不立即向神仙岩進軍呢？這也是無人能說得清的。但如果以為神仙岩的老百姓就躲過了一劫，那就是大錯特錯了。

老街變成了一片廢墟。只有那高達一二米的鵝卵石基腳，仍然存在，火燒不毀，只是被煙薰成一片黑色。

鵝卵石基腳無法毀掉，每一家鋪子的基腳仍然存在，鋪子與鋪子的分界仍然存在，後來的老街，就是在這個基礎上重新建立起來的，且連產權糾紛都沒有。這是小隊長和皇軍們沒有想到，也不會去想的。

老街，他們其實是無法毀掉的！

看著老街的沖天黑煙，二爺問我母親還進不進去？我母親回答說：

「當然得進！找不到人也得找到她的什麼東西。如果沒找到她什麼東西，那就說明她還活著。」

母親說的什麼東西，其實是指我白毛姨媽的屍體。

二爺當然明白，他說：

「我是怕那些東西已經全被大火化了呵。」

我母親說：

「不去找一趟總是不甘心！」

二爺說：

「那我走前頭，你在後面跟著，隔遠一點，萬一的話，你就先跑，別管我！」

我母親說：

「既然來了，就不打算跑的！再說，鬼子頭和鬼子兵，他們就不怕火燒啊?!他們肯定已經換了地方！只管進去！」

二爺還是要我母親跟在後面，他打頭陣。

二爺領著我母親從街後的青石板路走，到了那口乾涸的池塘邊，看見了我白毛姨媽那顆披散著白毛的人頭……

我母親暈厥過去後，二爺左手掐著我母親的人中，右手將我母親抱起，抱到塘坳下。

二爺一邊掐著我母親的人中，一邊喊著「芝芝，芝芝」，終於使得我母親醒了過來。

母親醒來後的第一句話，就是「鬼子要咬人，鬼子非咬人不可了」！

她掙開二爺抱著她的手，站起來，從腰間抽出柴刀，發瘋一般地就往老街衝。

二爺從後面一把箍住她，二爺這一箍是連同她的雙手箍住，二爺怕她手中的柴刀亂砍。

二爺認為我母親可能中了急心瘋。

可我母親清醒得很。我母親說：

「老十二，你鬆開不？你不鬆開我就不客氣了哪！」

二爺忙說：

「我知道你現在是要去跟鬼子拼命，可你也得先將你妹妹埋了啊！你總不能讓她身首兩處啊！」

二爺的這句話起了作用。

我母親和二爺用柴刀，在塘塝邊刨了一個坑，將我白毛姨媽那被剜去了眼睛、鼻子、耳朵的頭和她那被刁去心、剁掉胳膊的身子，放進坑裡。二爺正要填土時，我母親要他等等。我母親又到四周去尋，看能尋到我白毛姨媽的胳膊不。

我母親尋了又尋，什麼也沒有找到，她拿來兩根樹棍，作為我白毛姨媽的手臂，用兩顆石子，作為我白毛姨媽的眼睛……

我母親單腿跪地，對著我白毛姨媽說：

「妹妹，是我害了你。你姐姐在這裡對你發誓，你姐姐要是不能替你報仇，不能親手宰了那個鬼子頭，你姐姐就來這裡陪你！你姐姐若是能夠替你報了仇，我再將你好生厚葬，看你是願回八十里山去，還是在這老街，到時候你就托個夢來……」

二爺填土時，想著我母親會嚎啕大哭，可是我母親並沒有哭，她那雙有著深深雙眼皮的眼睛，只是紅紅的充滿了血絲。

草草安葬完我白毛姨媽後，二爺對我母親說：

「芝芝姑娘，我有句話要對你說，你得聽我的。」

我母親說：

「喊芝芝，從今開始你只管喊！有話你也只管講，只要講得在理，我都聽你的。」

二爺於是說出了不能去硬拼，只能去逮「掉隊」的鬼子兵的話。我母親已經冷靜下來，她只是提出了一個問題，要如何才能殺得到那個鬼子頭？她必須親手殺死那個鬼子頭！

第十九章

現在該說說我大姐了。

小隊長接到押挑夫運送物資往廣西的命令後，將我大姐也編入了挑夫行列。大概他抓到的人本來就不多，將酷似男孩的我大姐放進去充數。這樣從老街出發的挑夫約有十一二個人，即我大姐，曾跟著二爺疏通扶夷江中屍體還剩下來的那幾個人，以及另外抓的兩個。

押送挑夫的是一個分隊，十來個日本兵。後來我大姐和挑夫們在路上看到的，都是由一個分隊押著十多個挑夫，日本兵皆是以分隊為一行動組，各個分隊之間似乎並無緊密的聯繫。

押著我大姐的這個分隊長，卻有一把和小隊長一樣的指揮刀。這就給人以兩種猜測，或者叫兩種可能：一是這個分隊長也許本來就是個小隊長，他是和那位高材生小隊長同時駐紮在老街的，而那位高材生小隊長趁著要押送挑夫之機，將他從自己身邊擠開。二是走到路上，押送我大姐他們的換了一個分隊，來了位小隊長。但第二種可能實際上是不可能的。因為從一出發，就是這個挎著指揮刀的在押著我大姐他們。而據後來活著回來的挑夫說，分隊長絕不可能挎指揮刀，凡是挎指揮刀的，最小都是個小隊長。

以此可見，日本皇軍下級軍官之間也相互傾扎，並不是像宣揚的那樣惟命是從，一絲不苟。而且他們的隊伍建制已經不足員。

在他們往廣西的途中，就我大姐和挑夫們親眼所見，也根本就沒有什麼銳不可擋之勢，而是相當渙散，渙散到什麼程度呢？用我大姐的話說是，只要有膽大的，就能將他們幹掉！而且真是好打不過。也許又會有人說，這可能不是他們的主力部隊吧。這就無從得出正確的答案了。就連新修縣誌上也沒有載明，這些日本鬼子到底是屬於哪支日本部隊，到底是主力部隊還是非主力部隊。其實不管是主力部隊，還是非主力部隊，只要有在路上打他們埋伏，或攔截的中國部隊、地方游擊隊，都是不難將這支日本部隊打垮，甚或消滅的。

至於那個挎指揮刀的，我大姐反正就把他當作是小隊長。

正如我在前面所說，日本兵對挑夫是按年紀來分等級的，對待年紀越大的，他們越兇殘。當我大姐他們被命令排成一橫行時，這個挎指揮刀的小隊長用眼光在他們中間搜尋著，非常準確地看中了這批挑夫中年紀最大，已有五十六歲的劉茂生。

這個小隊長立即喝令五十六歲的劉茂生去挑那擔最重的，那擔子中卻又沒有什麼要緊的東西，是些既不能吃，也不能用的東西，他們隨便拿著什麼就往那擔子上堆，非要堆得讓年紀最大的人挑起來雙腿打顫才甘休。

這個小隊長和他的士兵沒有一個會說中國話，他們能讓這些挑夫聽懂的，的確就是那「八嘎呀路」、「咪西咪西」和「花姑娘塞古塞古」這麼幾句。而就連這幾句，也還是猜出來的。劉茂生自然聽不懂鬼子的話，惶惶然不知所措。小隊長便將手一揮，一個鬼子就走上前去，一把將劉茂生推到那副最重的擔子面前，用刺刀逼著他挑上肩。然後又由小隊長按他看出的年紀大小點人，依次往下減重量，越被他點到後面的擔子越輕。最後輪到我大姐時，似乎不知道要我大姐挑什麼好，那個小隊長便霍地走到我大姐面前，將他頭上那頂鋼盔取下，猛地扣到我大姐背上。

這個小隊長將鋼盔猛地往我大姐背上一扣，雖然扣得我大姐背上生痛了好幾天，但我大姐就等於是背著一個鋼盔的小挑夫，別的什麼也不用挑了。

日本兵的所謂押挑夫運送物資，你如果真的從「運送物資」這個概念上去理解，那你就會認為他們是些瘋子。他們出發時，不管有不有用的，反正讓你挑上一大擔，而走著走著，他們將這些東西全扔了，不要了，重新去搶！重新搶來的東西也不管是不是有用，反正得湊上那麼多，讓挑夫挑著，只是對於老年人肩上的重量，那是絕不會減輕的。反正你無法理解他們的行為，你不能用正常人的思維去解釋。他們純粹是折磨人，首先是將老年人折磨死。五十六歲的劉茂生，就是第一個倒在路邊的，當時他並沒有死，只是被重擔壓得吐血，摔倒在地；劉茂生摔倒在地時，是面朝下撲倒在地的，日本兵就一腳將他踢翻過來，再狠狠地在他心口踏上一腳。那一腳踏上去後，並不是立即挪開，而是重重地在他心口上轉著圈兒研磨，直至將他研磨到兩眼翻白，然後罵一聲「八嘎」，換一個年紀大的去挑那擔最重的……

這些日本兵搶東西是兩人一起，甚或單獨一人，押著兩三個挑夫，凡見著豬牛等大牲畜，一律開槍打死；見著雞鴨鵝等，則將槍扔到一邊，很有興趣地趕著去抓，實在抓不到的，再拿槍打；進到老百姓屋裡去搶東西時（老百姓基本上早已跑光），也是將槍丟在外面，為的是騰出一隻手，好多拿些東西。所以我大姐說，他們在搶東西時，只要有膽大的，立時就可以繳獲他們的槍，將他們打死。

日本兵將搶來的東西塞進擔子，再由挑夫挑著，他們則放一把火，然後扛著槍，或去另一家，或打道回宿營地。

我大姐他們是沿著扶夷江往上，到了縣城，卻又不進縣城，而是往廣西全州走，走的是八十里山的茅草路。所謂茅草路，是從茅草中踩出來的一條路。雖說我白毛姨媽家正在八十里山中，其時我父親、我、我三弟，都在白毛姨媽家，但八十里山那麼大，這條茅草中踏出的路，其實離我白毛姨媽家還遠得很。

這條茅草路，在我大姐的記憶中留下了深刻的印象，因為她一路想著的就是逃跑，她得記著走過的路，好順著原路回來。

他們通過八十里山，進入了廣西。

一進入廣西，押著挑夫的日本兵群越來越多。一路上到處都是倒斃的老百姓屍體，挑夫中則不時有人倒下去，倒下去後便再也不能爬起。

到了全州，這個日軍分隊在一個山腳下的民房中紮了下來。這一紮，竟一連五六天沒有行動。我大姐這個挑夫隊列，已經只有六個人了，他們被關在一間屋子裡，不准出去。日本人拿了這家逃跑農戶的一個澡盆，塞進屋子裡，作為挑夫們的馬桶，屙屎屙尿都在其中。

解手的問題，成了我大姐隱瞞自己真相的最惱火的問題。好在挑夫們都只在為自己的命運擔心，誰也不會去注意她解手。我大姐一方面是拼命忍著，儘量不解小手；一方面是趁人不注意時，趕快往澡盆前一蹲。後來一個逃回來的挑夫將他所知道的我大姐的情況講給我母親聽時，待到我母親終於不再喊兒子，而是放聲痛哭女兒時，他才想到我大姐的一些異樣，喃喃地說，原來是個小女子呵，是個小女子呵……

被關在屋子裡的人吃飯則是由日本兵用一個削桶提進來，飯上面罩著一大捧生辣椒。日本人大概是知道了他們愛吃辣椒，就故意給些生的。對於這些挑夫們來說，此時只要有生辣椒，也是美味，可總得有點鹽啊！而鹽，又是幹體力活的不可或缺之物。

一個挑夫對我大姐說，你是小孩，你好說話一些，你去問他們要點鹽嘍，這沒有鹽吃，又要挑著擔子趕路，會死得更快。我大姐一直在思謀著如何逃走的事，一聽說要她去問日本人要鹽，她想，正好借這個機會，試探試探日本人對她這個小孩是不是寬鬆一點，我大姐便用拳頭去捶那扇從外面鎖著的門。

一個日本兵走過來，將門打開，很兇的呵斥著。我大姐反正也聽不懂，便一邊說著要點鹽來攪拌生辣椒，一邊打著手勢，做著生辣椒很辣，沒有鹽，實在是吃不下，辣得直吐舌頭的樣。我大姐又說，這鹽反正也不是你們的，是這家農戶的，你就讓我去拿點吧，我去拿點鹽來「咪西咪西」。我大姐說的話，這個日本兵當然也聽不懂，但他被我大姐做出那副辣得吐舌頭的樣子逗樂了，且有「咪西咪西」的話在裡面，他就朝著伙房一指，要我大姐去，他則在後面跟著。

當我大姐將鹽罐子拿到手上時，日本兵哈哈大笑，嘰裡咕嚕說了一大串，大概是說，喔，原來是鹽呵，小孩你要生辣椒蘸鹽吃呵……

我大姐又打著手勢說，你也來吃吃我們這生辣椒拌鹽啊，我請客，請你「咪西咪西」生辣椒的幹活。日本兵更樂了。

我大姐和挑夫們吃著生辣椒拌鹽時，日本人就從窗戶往裡瞧，大概覺得挺有趣。

看多了吃生辣椒拌鹽，日本兵又不感興趣了，可他們對我大姐說，小孩你可以出來跟我們玩，但不准走到外面去。我大姐也是從他們的手勢中猜出這個意思的，她那靈泛的小腦袋一轉，便打著手勢說，我去幫你們煮飯，幫你們燒火，幫你們去砍柴。日本兵大概覺得和小孩說這種啞謎似的話有味，就讓我大姐到伙房去，但說她煮飯的不行，只能燒燒火。

我大姐便當起了小小的火頭軍，她的膽子越發大了，經常故意找日本兵「打啞謎」。漸漸地，日本兵對她的看管很鬆了。有時就讓她一個人待著玩。我大姐尋思著機會來了，該跑了。

這天晚上，我大姐對關在一起的挑夫們說：

「伯爺、叔爺，我們一起被抓來的，已經死了六個，再這樣下去，誰都難說，我們還是想辦法逃吧！」

我大姐的話一出口，一個叔爺或伯爺就說：

「逃不得，逃不得，被抓著了立刻就會遭槍斃。」

另一個叔爺或伯爺則歎一口氣，說：

「怎麼逃呵？他們看得那樣緊！」

我大姐說：

「趁日本人押著我們去搶東西時逃啊！那是最好的機會，他們連槍都丟在地上……」

「那也逃不得，逃不得，我們在這裡人生地不熟，你逃出這個村，逃不出那個莊。還不如跟著他們走，等到他們不要挑夫時，總要放了我們。」

我大姐立即說：

「你還說自己人生地不熟啊?!那日本人呢?日本人總沒有我們熟悉吧?我要回去,也還是找得路到的。」

這些伯爺或叔爺們又搖頭,說小孩子不懂,那是冒不得險的,冒不得!

……

也許是我大姐年紀太小的緣故,說的話只能被這些叔爺或伯爺們當作細把戲的話——聽不得;也許這些叔爺或伯爺們從來都是逆來順受,不敢產生反抗的念頭;還有一種可能,就是這些叔爺或伯爺們的確也商量過逃跑的事情,但怕我大姐太小,守口不牢,萬一洩露出去不得了。甚或是怕在逃跑時,我大姐這個小孩子反而會連累他們。總之,這些叔爺或伯爺們是全面否定了我大姐的建議。

可我大姐逃走的決心,並沒有受到半點影響。她以小孩的膽量,原本是想趁著和某個叔爺或伯爺,被日本兵押著去搶東西時逃跑的,她甚至還想著要和同去的叔爺或伯爺繳日本兵的槍,打死日本兵,為被折磨死去的劉茂生那些伯爺、叔爺們報仇。然而,這些叔爺、伯爺們卻讓我大姐失望,她覺得這些叔爺、伯爺們,怎麼都跟自己的父親那樣,一到了關鍵時刻,便稀軟得毫無主見了呢?我大姐身上,明顯地有著我母親那敢於反抗的遺傳因素。她決定自己單獨跑,而且就在第二天。

第二天上午,我大姐在伙房裡燒開了一鍋開水,便裝作玩耍,走出屋去。

我大姐走出屋子後,竟然沒被日本兵喝住。她就一邊慢慢地走,一邊不時彎腰撿著地上的小石頭,往田裡丟,裝作是在扔石頭玩。

我大姐「玩」著「玩」著,漸漸地往山邊靠近。她不時地回頭看看,如果日本人吆喝他回來,她就轉身,只說是到山上去撿柴。她怕自己如果一跑,日本人就開槍,被打死了實在不合算。

我大姐終於到了山邊，她再次往回看時，仍沒有什麼異樣。我大姐撒開兩條腿就往山上跑，鑽進了樹木叢中……

一進入樹木叢中，我大姐什麼也不顧了，即算是日本兵立即開槍追來，她也只有拼命逃這一條路了。她的衣服被樹枝、刺蓬掛得稀爛，臉上、身上被掛得盡是血痕，可她已經感覺不到痛，她也不可能停下來辨別方向，她反正就是跑，就是爬，她只有一個心思，就是離被關的那個地方越遠越好。而且，她知道不能離開山，她還不可能去找回家的路。

天漸漸黑了。山風刮得山上的茅草捲起一陣陣白浪，樹木發出刺耳的叫聲。雖然顯得恐怖，但對於我大姐這樣從小就在山上放過牛的孩子來說，並不覺得可怕，可怕的倒是她那咕咕叫的肚子。我大姐還是早上吃了一點飯，已經餓得不行了。而這山上，除了茅草和樹木刺叢，連一塊紅薯地也沒有。她得去找吃的。她估計到了晚上，應該脫離危險了，便往較為平坦的山坡走，她想著如果有逃難的老百姓，應該會在山坡上。

我大姐餓得完全走不動了。她只好去拔茅草根，但這些長得很深的茅草根，卻幾乎沒有什麼水分，我大姐還是將沒有什麼水分的茅草根放到口裡，使勁嚼，使勁嚼，再使勁吞下肚裡去。她不敢去吃那些樹葉，她怕分不清什麼樹葉吃了中毒，而茅草根絕沒有毒。

我大姐就靠著吞吃茅草根，繼續走啊走，終於發現了許多逃難者搭建的棚子。

這些臨時用竹子紮就，蓋些茅草，四處通風的棚子，東一間，西一間，零亂地散布著。但棚子裡都擠滿了人，都是廣西人。我大姐根本就無法擠進去。她想向這些人乞討些吃的，但讀了幾年書的她，儘管才滿了十歲，也覺得實在無法開口。她只得走開，往別的棚子去。她一連走了好多間，總算找著了一間有空位的棚子。我大姐立即鑽進去，縮到角落裡，一聲不吭。她怕棚子的主人將她攆出去。棚子裡一個老人正在煮南瓜，那南瓜的香味使得她目不轉睛地盯著老人。

老人發現了她，也看出了她那餓極了的神色。老人什麼話也沒有說，在用碗分盛煮熟的南瓜時，分了一碗給她。

老人照樣沒說任何話。

吃了一碗南瓜後，我大姐身上有了勁，她挨到老人身邊，將她如何被抓，如何被當作挑夫來到廣西，在路上所見到的一切，又是如何逃出來的事，全告訴了老人。此刻，她覺得只有這位老人，是她唯一可以傾訴的人。她還告訴老人她是哪裡的人，家住在哪裡，要老人告訴她如何往回走。她說她只要找到那條通往八十里山的茅草路，她就能走回家去……

老人聽著我大姐訴說時，依然一聲不吭，但聽得非常認真，不住地點頭，彷彿他也終於等來了一個願意和他盡情說話的人。我大姐說完後，老人說：

「孩子，你先在這裡睡一晚，明天我帶你去找回家的路。」

有了老人這句話，我大姐放了心。老人又給了我大姐一件罩衣，說夜裡太涼，要她當被子蓋到身上。

我大姐在棚子裡美美地睡了一覺，在睡夢中，她回到了老街，回到了「盛興齋」鋪子，回到了母親的懷裡……她給我講她逃出來的勇敢經歷，講分南瓜給她吃的老人，講那碗南瓜是普天下第一的美味……她一個勁地逗三弟，逗得三弟咯咯地笑，笑得口水流濕了繫在胸口的兜兜……可是當她一覺醒來後，卻又一次落在了日本人手裡。

第二十章

老街的大火並沒有使得神仙岩的人出來。

站在神仙岩的洞口，或走到神仙岩靠近江岸的峭壁，看得見老街燃起的熊熊大火，和沖天而起的黑煙。

洞子裡一片騷亂。老街的人放聲痛哭，不是老街的人則走上前去勸慰：

「你老人家，別哭了哩，想寬一點，啊，想寬一點哩！」

「只要救得人在呢，屋子是可以重新砌的呢。」

「你老人家，等你重新蓋鋪子時，我去給你幫忙……」

「對，對，我們都去給你幫忙！」

……

鄉里人對老街人便是這麼的和善、真誠。但勸著勸著，便有人忽然覺得光哭確實不行，遂放聲痛罵日本鬼，罵日本鬼滅絕天良，不得好死！要遭雷打電轟，要挨炮子，要受到老天的報應……哭著，罵著，有人忽地就往外衝，叫喊著要回老街去，要回老街去救火，去救那被燒著的自家的鋪子。被人忙忙地拖住。

「你老人家，去不得哪，去不得哪，那鋪子已經是沒救了，得救著人哪！」

「是啊，去不得哪，萬一被日本鬼抓著，那就不得了哪！還是要往長遠想哪！只有人才是萬物之靈哪！」

……

這當兒那位老者開了口。老者說：

「你們都聽我一句，此時若出去，就正中了日本鬼的奸計！那些日本鬼，就是想用燒鋪子來引我們出去。」

眾人一聽老者的話，覺得有理，遂齊呼：

「決不中日本鬼的奸計，我們就是不出去！」

老者又說：

「你們想想，想想，日本鬼到了我們這裡，他們還能往什麼地方去呢？那就是廣西。他們必得往廣西去！那廣西是什麼地方？西邊。日本有個「日」字，就是日頭；日本鬼的旗幟上畫的是什麼？也是個日頭。那日頭到了西邊，不就要落下去了嗎？」

眾人又一想，又覺得對啊，確實是這個理啊！

老者說：

「日頭到了西邊，焉有不落之理?!所以我們只需再等待，耐心地等待，日本就要完蛋了的！」

老者的話讓人們看到了希望，而且那希望很快就會到來。

老者說完了他的道理，要眾人萬不可輕舉妄動，得以不變應萬變。

洞子裡安靜了一些，可沒過多久，四鄉的人們又為自家的安全議論起來。因為希望畢竟還沒有到來。

「日本鬼燒了老街，會不會去燒鄉里的房屋呢？」

「日本鬼燒了老街，他們住哪裡呢？他們肯定到我們鄉下去了，鄉里的房屋又遭劫了呵！」

「天啊，我家那房屋是才修起的啊！費了我幾十年的工夫啊！」

……

鄉下人念著念著，想著想著，哭起來。

這回是老街人去勸慰鄉下人了。

「你老人家，快別那樣想，只往好的方面想，啊！」

「那日本鬼不是快完蛋了麼？你老人家的房屋不會呢！」

本要說的是「你老人家的房屋不會被燒呢」，但那「燒」字不能說出來。免得犯忌。

老街人對鄉下人也是這般和善，真誠。鄉下人在老街人的勸慰下，便也覺得只能往好的方面去想。

可即使是往好的方面去想，也實在想不出自家那房子是否能保住。

老街人仍然在勸著鄉下人，但勸著勸著，想到自己那已被燒毀了的家，又不由地哭起來。哭著哭著，又只能痛罵；於是又有人要往外走，要回老街去看看，要回鄉裡去看看，看看自家那房屋燒得還救了點什麼沒有，看看自家那房屋究竟被燒了沒有……

傷心的痛哭，痛哭的怒罵，老百姓只能如此了。但不管怎樣，他們還是統一了一點：那就是決不出去！決不讓日本人抓了去！就是要等到日本人離開後再出去。再出去重建家園。

一把火將老街全部燒毀、將「司令部」搬到了鄉下祠堂裡的高材生小隊長，其實的確不是想用大火逼迫老百姓出來的，因為他已經接到命令，往廣西開拔。他就要走了，他還要這些老百姓出來幹什麼呢？他所做的一切，只能用上窮凶極惡四個字！他不需要任何理由！他在臨走時，又要來一次出人意外的舉動，或者叫來一次試驗，而這個舉動，這個試驗，將成為他日後向人炫耀的輝煌戰史。然而，小隊長又是受過高等教育的人，他知道有些事做了後，譬如說他這個試驗吧，如果為輿論所知道，那可能是要受到一些不公正的指責的。他認定老街這個地方，正是他做試驗的好地方，在這麼一個偏僻之野，沒有人會將消息傳出去，尤其是不可能為輿論界知道。而他則可以隨心所欲地將事件的真實面目改變，譬如說他做試驗的對象啦，譬如說事件發生的原委啦，甚或可以說是一場誤會啦，等等，都能由他來定。

小隊長命令他的皇軍，挨家挨戶去搜尋風車。

風車是農民用來揚穀的，將從田裡打回來的穀子，曬乾後，放進風車，轉動搖手柄，轉動起來的風將癟穀子吹出去，飽滿的穀子則順著漏斗裝進籮筐。這種風車不知道日本有不有，但小隊長知道這玩意能夠搧風，相當於一個不要電動機的手搖風鼓。這又可見這位高材生實在是對大東亞文化研究頗廣。

農戶幾乎家家都有風車，這風車又實在沒有必要轉移出去，或藏起來。因此皇軍士兵很容易地便找來了十幾架風車。

小隊長認為他的士兵不熟悉這個玩意，就要皇軍輪流著去搖風車，看誰搖得快，搖的風大。皇軍們覺得這玩意挺好玩，個個使勁搖，搖得一個個笑呵呵的，且大喊大叫。最後由小隊長選定三架品質好的風車，其餘的則統統的打爛，做柴火燒。

小隊長帶領全副武裝的皇軍，抬著風車，開始渡江。

這風車本來應該是由挑夫來抬的，可小隊長手裡的挑夫都已經到廣西去了，而那個該死的二爺又逃了，他所到之地，早已沒有一個百姓，便只能由皇軍自己抬了。但小隊長對皇軍說，很快就會有挑夫的，去廣西不能不帶挑夫，只是多的不要，只要十個。

江面沒有渡船，這難不倒小隊長，他帶領隊伍繞著走，從上游涉水過江。他說從上游過江更好，可以一路走，一路再欣賞欣賞這美麗的沿江風光，以便留下些更美好的記憶。

神仙岩裡的老百姓對於日本鬼可能封鎖洞口並非沒有任何防範的舉措，但一則在心理上，除了認為有神仙保佑，日本鬼不可能找到神仙岩，不會來神仙岩這一點外，還有重要的一點，那就是認為即使是日本鬼找到了神仙岩，來到了這裡，也不過是逼迫他們回去，回去為日本鬼籌糧、做事。他們也已經知道了日本鬼無端殺人，殺既沒撩他們、也沒惹他們的老百姓，但想著無論如何總不會把人全殺光。歷朝歷代，就算是兵匪來，兵匪去，也沒見過把這個地方的人全殺光的。因為倘若把人全殺光了，也就沒有殺人的目的了。殺人的目的無非是要人順從，為殺人者做事。因此，他們認為實在到了毫無辦法的時候，最嚴重的後果，充其量也無非就是聽從日本鬼的話，回去！回去時，或者回去後，有那麼一些人會遭日本鬼的毒手，但到底會是誰，那就只能聽憑命運了。

不要認為這偏僻山區的老百姓真的愚頑呵！如果把他們和歐洲，特別是德國的猶太人作一比較，他們就根本不叫愚頑了。那被德國鬼子殺害的六百萬猶太人，都是受過教育的，闖過世面的，更不乏事業有成的，地位頗高的，但他們之所以比宰割雞鴨還要慘的死在德國人手裡，也就是因為他們首先是從心理上對納粹存在幻想。或者叫對「人」存在幻想。當他們被送進毒氣室去時，絕大多數人還真的以為是去清潔呢！

而我的這些老街同胞們，我的這些叔爺、伯爺們，他們還只是對藏在神仙岩裡感到比較放心而已。可是當老街被燒成廢墟後，他們也開始採取一些防範措施了。

他們首先是覺得，在這神仙岩裡，也要推舉一個管事的，才能使得洞內不至於混亂，才能凡事好做些個安排。於是他們像平常講白話那樣的開始提名，最後還是一致推舉那位老者來當個臨時管事的，因為老者說的話都在理。

老者亦不推辭，彷彿這是義不容辭的事。他當上臨時的管事的後，便點了幾個人，來當他的助手。這些助手可以稱為管事助理。老者說「紅花也得綠葉扶」、「一個好漢三個幫」，所以就配了助手。

老者配好助手後，就開會。他們不叫開會，那時還沒聽說過開會這個詞。他們叫「會朝」，是根據文武百官都要上早朝這一條來的。反正就是跟後來人們熟知的開會一個意思，只是要比後來人們熟知的開會簡單得多。

會朝時，老者毫無囉嗦之詞，開口便說：

「你們先提提，先提提，當下最要緊的是哪一條？如果沒有最要緊的，那就散朝。」

老者的話之所以如此簡明扼要，是學著大戲臺上那「有本奏來，無本退朝」的話而來。

管事助理們便都想，想那最要緊的。想了一氣，便有人說：

「最要緊的當是站崗，放哨，得學學那些過兵的，過兵的哪怕是只在老街吃一餐飯，也有站崗的，放哨的。我們也得站，也得放，就站到這神仙岩外，放到那江岸峭壁處，觀日本鬼的動靜。有個風吹草動，好早點架勢。」

會朝者都表示贊同。老者則說：

「我也認為這是最要緊的。可怎麼個站法，怎麼個放法？」

於是助理們又想，想一氣，有人說：

「就從我們這些管事的、管事的助手們站起，放起，輪流來，一個一天，絕不間斷。」

這話一出，立即有助理說：

「你老人家這個主意不錯，可還是有點不妥，管事的老人家年紀那麼大了，他不要去站，不要去放。」

會朝的皆點頭，說是這麼個理。旋又有助理說：

「我覺得還是有點不妥，一個一天的輪流來，怎麼行呢？一個站崗，一個放哨，得兩個人，得兩個人一天，輪流來。只是兩個人一天的輪流來，我們這幾個人，只能站得幾天，放得幾天，是不是再要那些沒管事的也輪一輪。」

這當兒管事的老者做總結了。老者說：

「這件最要緊的事就這麼算了，也用不著再派別的人來輪了。等到你們輪得差不多時，我估摸著那日本鬼也該走了。」

第二天再會朝時，不待老者開口要助理們提當下最要緊的事，就有助理說：

「昨夜我想了一夜，覺得有件事最要緊。」

老者和別的助理們便都說：

「那你快講，快講。只管講。」

這位助理說：

「我想了一夜，這神仙岩通後山的通道到底是哪一條呵？」

這一說，眾助理都面面相覷，是啊，這神仙岩通後山的通道，到底是哪一條啊？

這位助理又說：

「我之所以想了一夜，是想著萬一的話，我們得曉得那條通道啊！」

這位助理自然也不敢說出那犯忌的話。

面面相覷的助理們將眼光投向了管事的老者。

助理們的眼光都充滿了希冀，更充滿了信任。知道這條通往後山通道的，那就肯定只有管事的老者了。

管事的老者凝神而思，許久，方說：

「你們都不知道，我又哪裡知道呢？不過我聽人說過，那通道硬是有的！要不然的話，當年躲長毛，那麼多人躲在這裡，毫髮無損！」

這回助理們都沒說老者的話在理了。因為那聽說，他們也都聽說過；那躲長毛，他們也知道。他們還知道長毛並沒打過來，在蓑衣渡就敗了，改道了。

會朝便有些沉寂。會朝者都意識到了這個要緊事的重要性。

沉寂還是被管事的老者打破。老者說：

「那就快去找啊！這會朝就散了啊！」

助理們覺得這句話在理了，便起身。老者又說：

「總找得到的，找得到的。老輩人說過有，那就是有的。要是萬一沒有，那日本鬼也不會來的。」

管事的助理們開始尋找洞內通往後山的通道。整整找了一天，找著的都是走著走著，就堵死了的。

第二天沒會朝，繼續找。助理們代表著老街人和鄉里人的意志，不找到決不甘休！且相信一定能夠找到！加之洞內亦無他事。

終於有一助理驚喜地叫了起來：

「找著了一條！找著了一條！」

其他助理便圍攏來，一看，仍然是條不通之道。

然而，這雖然仍是一條不通之道，卻明顯地有過被人開鑿的痕跡，只是並沒有打通而已。

於是，所有的聽說，在這裡得到了解答。而且可以斷定，這條通道是曾為前人所探索過，離後山的出口也不會遠，說不定就只有一石之隔。只要將這塊石頭打開，通道便通了。這就是那些躲長毛的前輩在開鑿的，他們已經找準了這個地方，只是後來長毛退了，他們也就懶得開鑿了。但開鑿的人曾自豪地說過，那神仙岩裡有通後山的路哩！這句話也許還有後面的沒說出來，那就是：「可惜我們還沒有打穿。」也許是說了後面這一半，但聽的人給丟掉了，或者是像編輯改稿那樣，給刪除了。

打通這條通道，的確並不需要很大的工夫，這在幾十年後將神仙岩改為旅遊景點時得到證明。但得有工具，至少得有鋼釺，錘子。可當時躲進神仙岩的人們，連一把鋤頭都沒人帶。他們每人只有一雙長年勞作的手，但若想光憑這雙長年勞作的手去打通岩石通道，他們再能吃苦，再能耐勞，也是不可能的。

於是會朝。

會朝時，有人提出是不是派人偷偷地去取工具，取了工具來將這個前人未能打通的道兒給他打通，也算做一件大好事，以後再需要躲藏時，就真的什麼都不怕了。但這個建議立即遭到多數人的反對，反對的意見歸納為：

「這個時候誰敢去取鋼釺錘子，你老人家敢去不囉？」

「現在無論派誰去，萬一出了事，哪個敢擔責任?!就算拈鬮也不妥，拈著了去的人萬一出了事，我們心裡也要難過一輩子。」

「要打通這個出路，做這件大好事，也得等日本鬼走了後。等日本鬼走了，我們來打。也不要再派工攤錢。」

最後管事的老者說：

「等等再說，容後再議。」

打通道的事雖然暫停，但站崗、放哨開始施行不誤。只是這種站崗放哨的實際意義，就實在是微乎其微了。

這天的天氣突然陰沉得像要哭泣。

正在洞外站崗和在江岸峭壁處放哨的管事助理，怎麼地發現通神仙岩小道的樹木荊棘晃動得格外厲害。他倆都還沒往日本鬼來了這方面去想，因為他倆注意的都是江面：日本鬼要來神仙岩，必須從老街過江！只要日本鬼一渡江，就能發現。

那晃動得格外厲害的樹木荊棘，還是引起了兩位管事助理的警惕，甚或是好奇。

當樹木荊棘晃動出一頂頂鋼盔，和一杆杆上著刺刀的鋼槍時，管事助理才喊出不好，日本鬼來了！但也僅僅只能喊出這麼一句而已，一顆三八大蓋的子彈，準確地打中了一位管事助理，又一顆三八大蓋的子彈，準確地打中了另一位助理。

高材生小隊長率領皇軍封鎖了洞口。

小隊長親自用中國話朝洞裡喊：

「洞裡的人聽清楚了，大日本皇軍不會為難你們，你們挑選十個人出來，老年的不要，小孩的不要，身強力壯的要！」

這就是小隊長對皇軍說過的，他只要十個。這十個身強力壯的，他要拿來做挑夫。至於他「只要十個」這句話，全文應該是「只要十個活的」。「其餘的統統不要」的意思，則並不是不要其餘的人做挑夫，而是其餘的人統統死掉！

槍聲一響，神仙岩裡的人慌做了一團。

他們雖然慌得是一家人的，緊緊抱成一團；不是一家人的，也抱在了一起；母親緊緊抱住孩子，妻子往丈夫的懷裡拱……但他們當中，還是有人聽清了鬼子頭的話。

小隊長又喊話了：

「給你們一個鐘頭的時間，你們好好挑選！挑選好了的，一個一個地走出來。其餘的人，在裡面安安心心。」

小隊長為什麼會給洞內的人一個小時的時間呢？是因為他需要時間。

小隊長命令一部分皇軍警戒洞口，一部分皇軍去砍柴。他需要很多的柴，砍很多的柴需要很多的時間。

洞內聽清了鬼子頭話的人，趕忙將鬼子頭的話複述一遍。慌亂的人沒聽清，他只得連續複述。

待到人們聽清了鬼子頭的話後，想到的第一件事就是請管事的老者。要管事老者拿主意。

管事老者雖然也慌得不行，因為他斷定不會發生的事，卻突然就真的發生了。但管事老者畢竟是管事老者，他聽得都要他拿主意時，便鎮定了下來。

管事老者說：

「把鬼子頭的話再說一遍，再說一遍。」

管事老者仔細聽了後，開始了分析判斷：

「鬼子頭說不會為難我們，是嗎？此話不可全信。鬼子頭說要我們挑選十個人出去，是嗎？他們要挑選十個人出去幹什麼呢？其中必有緣故。鬼子頭說老的不要，是嗎？小的也不要，是嗎？得要身強力壯的，是嗎？」

立即有人回答，說鬼子頭是這麼說的。

管事老者沉吟良久，說：

「鬼子頭要身強力壯的，那必是去給他們當挑夫。他們要走了，要往廣西去了！」

當管事老者沉吟時，洞內的人連大氣都不敢出，巴望著老者說出的是不要緊的話。可一聽說是要去給日本鬼當挑夫，便有人喊：

「不去，我們不去當挑夫！」

眾人也齊喊：

「不去，我們不去送死！」

這時，一個未輪到在外面站崗放哨的管事助理突然說：

「那在外面站崗放哨的呢？怎麼不見進來？剛才明明響了兩槍……」

「是啊，是啊，硬是響了兩槍！」

這位管事助理立即哭了起來，再也顧不得犯忌了：

「他倆，肯定已被日本鬼打死了啊！」

一聯想到響的那兩槍，和那兩個被打死了的人，越發沒人敢去「應徵挑選」了。

「不去！我們不出去！」

這個時候，管事老者表現出了少有的氣概。他說：

「如果真像鬼子頭說的那樣，只要挑選十個身強力壯的出去，便不為難所有人的話，捨個人性命救眾人，這也是應該去做的。不過，我就怕鬼子說話不算話。一定得要他畫押。待我出去，我和鬼子去談！」

一見管事老者說要出去，人們又為他擔心了。

「你老人家不能去，不能去！」

「你老人家若出去了，要萬一什麼的，不就更沒人做主了?!」

管事老者說：

「我已經六十多歲了，我怕什麼？他們還能拿我怎麼樣？」

說完，管事老者就往洞外走。

管事老者凜然地走出洞口，正要大聲說老漢我是來和你們談條件的，可他的話還沒能夠出口，小隊長一看出來的是個老頭，將手往前一揚，一個日本鬼「嘎嘣」一槍，管事老者往前踉蹌了幾步，從峭壁直摔進江中。

小隊長再次喊話：

「出來的必須是身強力壯的，你們聽明白了沒有？」

洞內的人這回全聽明白了，但明白的是：一出去就會被日本鬼打死。

管事老者一死，洞內的人反而鐵了心，有人喊：

「出去是死，不出去無非也是死，去當挑夫也是死，我們誓死不出去！」

「日本鬼要敢進來，我們就和他拼了！」

直到這個時刻，這些曾經是扶夷侯國臣民的後裔，開始表現出先祖曾經有過的絕不屈服的氣慨，但可惜，我的這些同胞們，我的這些叔爺、伯爺們，對日本人的認識，已經太晚了。

第二十一章

我母親和二爺在偷偷地尋找「掉隊」的日本鬼。

我母親總是不時地摸摸別在腰間的那把柴刀，彷彿只要那把磨得雪亮的柴刀還在，她就能夠實現為我白毛姨媽，為我大姐報仇的願望。

我母親和二爺自然不知道日本鬼的「司令部」到底遷到了哪裡，他們只是朝著那些被日本鬼燒著了，或已經燒完了的村莊，隱蔽前行。

原來極怕碰見日本鬼的我母親，此時最想看見的，卻就是日本鬼。

然而，他們沒有發現一個日本鬼。

日本鬼到底都到哪裡去了呢？

我母親和二爺來到了香爐石。

香爐石那「棒敲香爐聲聲脆」的青石板，已經長滿了青苔；母親帶著我和三弟借宿的房屋，那農戶一家六口的獨門小院，已被燒毀得只剩了一堆瓦礫。

二爺對我母親說：

「咱們先歇一歇，歇一歇。」

我母親說：

「我哪裡還什麼心思歇，那個鬼子頭，難道就率領那些鬼們，悄悄地走了，離開我們這裡了？」

二爺說：

「所以我們要歇一歇，來商量商量啊，琢磨琢磨啊，他們到底去哪裡了呢？」

我母親聽二爺這麼一說，便往地上一坐，那一坐下去，才覺得渾身因高度緊張而像要散架了。

二爺說：

「日本鬼不會悄悄地走的，他們要走，也是會一路燒殺而走。」

我母親說：

「難道是有一支神兵來了，將他們全打死了？」

二爺說：

「要真有神兵來懲罰他們就好了，不過，就算是全打死了，也得看見鬼子的屍體啊！」

我母親說：

「老十二，你對他們瞭解得多些，你說，他們燒了老街後，最要去的是什麼地方呢？只要摸準了，我們就到他們必經的地方藏起來，我就不信他們沒有『掉隊』的，就像我碰到過的那兩個找水吃的日本鬼一樣，我們就打『掉隊』的埋伏，這不比去尋他們好些嗎？我們尋了去，他們已經走了，這樣不是個辦法。」

二爺說：

「是啊，他們會打埋伏，我們為什麼就不打埋伏呢？我們打他的埋伏，那奔走的是他們，我們可以歇息，這在兵書上叫什麼來著？」
　我母親說：
「以逸待勞。」
二爺說：
「對，以逸待勞。不過還有一句，叫出奇制勝。」
　我母親說：
「老十二，我們現在本身這就叫出奇制勝。為什麼叫出奇制勝呢？因為日本鬼絕不會想到我們這兩個平民百姓在找他們算帳！」
　二爺說：
「還是講打埋伏穩當些。可是，他們到底會從哪裡經過呢？又到哪裡去打『掉隊』的埋伏呢？」
「那些遭瘟的，要躲他們時躲不脫，可要找他們時找不著了。」我母親罵了一句。
二爺突然說：
「他們是不是去神仙岩了呵？」
我母親一下從地上蹦起來，說：
「是啊，他們最要去的地方，就是神仙岩啊！」
一斷定日本鬼是去神仙岩，我母親和二爺都緊張了起來。
「神仙岩的人，要遭罪了啊！」
這可怎麼辦呢？怎麼辦呢？誰又能去救得了神仙岩的人呢？

二爺和我母親都沒有埋怨神仙岩的人不聽他們的話，尤其是二爺，似乎把神仙岩的人懷疑他是漢奸的事都給忘了。

他倆陷入了為神仙岩的人擔心的恐慌之中。

陰沉得像要哭泣的天，籠罩著曠野，籠罩著山巒，也籠罩著江水，和那位於懸崖峭壁之上、隱匿於灌木叢中的神仙岩。

二爺和我母親，聽到了從神仙岩傳來的兩聲槍響。

我母親和二爺的擔心成了現實，但他們只能一籌莫展。

槍聲過後，是死一般的寂靜。

我母親和二爺彷彿都停止了呼吸，他倆的眼神相互碰了一下，卻都顯得是那樣無奈，那樣的暗淡。

我母親將頭低了下去。她明白，隨著這兩聲槍響，神仙岩裡的慘劇已經來臨。因為她從我白毛姨媽的死，已經不對日本鬼抱有哪怕是一絲絲的僥倖。但她依然不可能想到，日本鬼對神仙岩實行大屠殺的新式手段。

還是二爺先說話。二爺說：

「他們既然去了神仙岩，就總要從神仙岩返回的，他們去神仙岩沒划船過江，那麼回來也不可能划船過江，而從神仙岩返回的路只有一條，我們就在半路上動手，選一個特別適合宰日本鬼、自己又容易逃離的地方。」

我母親長長地歎息了一聲，說：

「只有這樣了，神仙岩的忙我們是幫不上了。」

可她接著仍然說了一句：

「天啊，但願日本鬼只是逼他們出來，只是逼他們回去，可千萬千萬別，別……」

我母親不敢說下去了，那個字眼實在令她害怕。而我白毛姨媽死的那副慘相，又像影子一樣，不停地在她面前閃現……

第二十二章

神仙岩裡的人們在準備反抗的武器了。

然而，有什麼能作為武器的呢？就連能往外投擲的石頭都找不到一塊。洞內有天然石板，但那石板卻無法搬動；洞內有千姿百態的鐘乳石，但那鐘乳石用手卻無法扳斷……挑擔子用的扁擔，攥在手裡了；木板獨輪車的輪子，被卸下來了；煮飯用的鐵鍋，舉起來了；炒菜的鍋鏟、熬茶的砂罐……就連女人頭上那長長的發簪，也被當作了武器。

此時，他們已經只有一個念頭：只要日本鬼敢進洞來，反正就是拼了！

高材生皇軍小隊長卻根本就不打算進洞，也根本就不打算讓他們出洞，除了他需要的十個挑夫。一個小時過去了，洞內沒有任何一個身強力壯的出來，小隊長嗷嗷地叫了起來。他沒想到，他的話竟然在這些被他認為是劣等而又愚蠢至極的人身上，失去了作用。

他連那十個挑夫也不打算要了。時間已到，非常強調時間觀念的大東亞文化研究者，要開始他的「試驗」了。

日本鬼將砍來的柴堆在洞口，小隊長拔出指揮刀，狠命地朝一架風車砍去，他要將這架風車砍爛，作為引火的乾柴。可是他那一刀下去，砍在用黃楊木做成的風車手架上，不僅沒能將風車手架砍斷，那刀子反而被彈了回來，刀背差點碰著他那如果不是喪失人性而變得猙獰恐怖、其實是還算清秀的臉。

他又是一陣嗷嗷大叫，揮動指揮刀對著風車一頓亂砍，風車雖然被砍爛了，但那用黃楊木做成的風車手架，依然獨立存在。

日本鬼點燃了火。

日本鬼將兩架風車，對準熊熊大火，使勁搖轉，風車搖出的風，將滾滾濃煙，往洞內灌去。

洞內一片慘叫，皇軍樂得哈哈大笑。

日本鬼爭搶著去搖風車，享受著小隊長發明的，不用開槍開炮，不用投擲手榴彈，不用刺刀刺，不用現代化武器，卻能讓兩千多條生命頃刻間窒息而死的無比樂趣。

洞內女人的慘叫、老人的咳嗽、小孩的啼哭、絕望的嘶叫聲、悲鳴聲……越來越小，越來越弱；洞口的煙越來越濃，風車的轉動越來越快，這個鬼子搖累了，那個鬼子搶上去……

小隊長眯縫著雙眼，得意地欣賞著他的傑作。

當洞內已經毫無動靜後，日本鬼依然不停地轉動著風車，直至所有的柴全部燒光，直至濃煙不斷地從洞內往外倒灌，小隊長還是沒有停止他的「試驗」。他命令皇軍又砍來些濕樹，將洞口嚴嚴地堵住，他不能讓洞內的煙倒灌出來，造成不必要的浪費。

皇軍們笑著，叫著，異常興奮地結束了「試驗」。

小隊長率領皇軍凱旋。他得和他的皇軍士兵們去廣西了。他要在廣西再開創一個模範治安區。

如同所有的皇軍再去開創新的模範治安區一樣，在離開已創建的模範治安區之前，得捎帶些戰利品走。至於挑夫，到路上再抓，反正不愁抓不著老百姓。

皇軍們按照慣例，兩人一組，或單獨一人，開始「自由活動」。

小隊長做夢也沒有想到，他在老街——他的這個模範治安區，會遭受一個女人的襲擊，會死在一個女人的柴刀下。

試驗獲得全面成功的小隊長，自己不打算再親自動手去捎帶戰利品，他躊躇滿志地獨自走著，他看中了一片美麗的風景，扶夷江水從前面悄然地流過，一小片草地還充滿綠意，草地上的草延伸到一個斜坡上，斜坡緊靠著茂密的樹林。躺在斜坡的綠草上，既能看著悄然而淌的江水，又能看到起伏的山巒。小隊長大概也有那麼一點累了，便悠然地躺到了斜坡上。

這時候，埋伏在緊靠斜坡樹林中的我母親，看見的只是一個日本鬼。到底是不是鬼子頭，她已經顧不得去看仔細了。

我母親終於等來了一個「掉隊」的，她根本就沒等二爺示意，便拔出腰間的柴刀，如同失去了理智一樣地從樹林裡衝了出去。我母親衝得是那麼快，那麼迅疾，以致於她衝到這個日本鬼面前時，站腳不住，差點被躺著的日本鬼絆了一跤，但她沒有收腳，而是順勢往日本鬼身上撲去，只是在撲下去時，那把被磨得雪亮的柴刀，已經砍在了日本鬼的腦袋上。

日本鬼的腦袋，被我母親手中那把柴刀一砍，照樣往外噴血。

我母親大概把所有的仇恨，所有的悲憤，所有的力量，全集中在了那一柴刀上。日本鬼被這一柴刀砍中，竟再也沒有動彈。

當二爺趕到時，我母親已經像剁豬菜一樣，在對著日本鬼亂剁。我母親一邊剁一邊亂念，白毛，我的妹妹；老大，我的兒子……

二爺忙要我母親快走，可我母親已經根本聽不見他的話。我母親已經如同瘋了一樣，她那雙舉著柴刀往下剁的手，已像上下運行的機械，無法止住。

二爺只得攔腰一把抱起我母親，就往樹林裡跑。

二爺抱著我母親，不知跑了多遠，直至我母親開始掙扎，才將我母親放下來。我母親一被放下，就嚎啕大哭起來。

二爺不知道我母親是為自己殺了人而哭，還是為終於替我白毛姨媽，替我那不知下落的大姐報了仇而哭。他只能在旁邊默默地陪著。

我母親痛痛快快地哭了一場後，問二爺：

「老十二，我砍死的是那個鬼子頭嗎？」

二爺點點頭。

我母親又問：

「老十二，真的是那個鬼子頭吧？」

二爺非常認真地點頭，說：

「當然是那個鬼子頭哪，我還能認錯！」

我母親又自言自語地說：

「可是，你說過那鬼子頭有指揮刀呢，我怎麼沒看見。」

二爺說：

「你當時還能看見他的指揮刀啊？你連他身邊的槍可能都沒看見吧？」

二爺一提到槍，我母親跳了起來：

「槍呢？那個鬼子頭的槍呢？你怎麼沒背來？你為什麼不背來？」

二爺只得嘟噥著：

「只顧得強迫你走了，哪裡還顧得別的什麼……」

我母親揚手就是一耳光，對著二爺搧去。

二爺猝不及防，只聽得「啪」的一聲，臉上重重地挨了一下。

我母親這一耳光煽得是那樣重，二爺的臉上，立時浮上了幾道紅紅的指印。

我母親煽出這一耳光後，頓時愣了，彷彿手足無措了。她看著二爺臉上那浮腫的指印，驚恐地倒退了兩步，而後突然撲上去，一把抱住二爺，不要命地在二爺那紅腫的臉上親起來。

「我不是故意的，不是故意的……」

在親的間隙中，我母親又一邊喃喃地說道。

二爺被這突如其來的耳光，和暴風驟雨般的親吻弄得慌了神，他一時不知道該如何才好了。但只片刻，僅僅片刻，他就用他那雙結實有力的大手，將我母親緊緊箍住了……

我母親不知被二爺箍了多久，或者說是她箍了二爺多久，當二爺正要說出他那隱藏在心裡好多年了的熱辣辣的話語時，我母親卻突然像被霜打萎了的藤條，從二爺的懷抱裡滑了下去，癱坐在地上。

我母親用手捂著臉，不住地說：

「我殺人了，我已經殺過人了……」

二爺坐到我母親身旁，將我母親捂著臉的手掰開，攥在他的手心裡，不停地撫摩著。二爺說：

「你沒殺人，你沒殺人，你殺的是鬼，是惡鬼，是該殺千刀的惡鬼……」

我母親又嘟噥著：

「我好害怕，好害怕，老十二，我好害怕……」

二爺將我母親攬在他那如磨盤樣堅實而又寬厚的胸膛上，說：

「你怕什麼呢？有我在這裡！你是跟我在一起，跟我在一起……」

我母親終於漸漸地安靜了下來。

當我母親安靜下來後，她歎了一口氣：

「唉，又沒有把槍拿到……」

我母親開始認真地回想剛才發生的那一幕，她並不是回想自己怎麼突然有那麼大的勇氣，有那麼快的手腳，也不是回想日本鬼原來也是那麼不經打，而是回想自己到底看見那個日本鬼有指揮刀沒有？她只能以是否有指揮刀來確定殺死的，到底是不是那個她向我白毛姨媽發誓要殺死的鬼子頭！

我母親想來想去，無法確定。她像是對自己說，又像是對二爺說：

「那指揮刀是個什麼樣呢？我怎麼就沒有一點印象呢？」

二爺只得說：

「你當時是氣瘋了，恨瘋了，只顧報仇雪恨了……」

二爺還沒說完，我母親突然說：

「不對，老十二，你是在哄我吧，被我殺死的那個日本鬼，沒有指揮刀！」

二爺說：

「你硬說沒有，那我就沒有辦法了。也許是他的指揮刀太重，他難得帶，要他的鬼子幫他背去了。反正，絕對就是那個鬼子頭！」

我母親殺死的，也許真的不是那個小隊長，而二爺之所以認定是那個小隊長，他是為了讓我母親確信，已經為我白毛姨媽報了仇。

這時，遠遠地響起了槍聲，那槍聲始是非常密集，接著又凌亂地散開，「噠噠噠噠」，有機槍的胡亂掃射；「嘎嘣嘎嘣」，有三八大蓋的射擊……日本鬼發現了被殺死的他們的同伴，或者是那位小隊長，他們非常氣憤，同時也不無緊張。他們壓根兒就沒有想到，在這個被他們認為是剛作完非常成功的「試驗」，將所有的老百姓全部薰死、毒死了的地方，在這個沒見著一個當地人的地方，在這個不可能有絲毫反抗之力的「劣等」人居住區，他們的小隊長，或者是戰友，悄無聲息地被殺死在美麗的、鋪滿青草的坡地上了。他們要報復，更要發洩，但他們找不到任何可以報復的人，他們只能對著沙灘，對著草地，對著樹木，瘋狂地開槍，胡亂地掃射。他們又像是在為自己的上司，為自己的同夥，在開槍送葬。

第二十三章

日本人往廣西去了後，果然如管事老者所言，日頭到了西邊，焉有不落之理?!管事老者雖然沒能看到日本人投降，但老街活下來的人，四鄉活下來的人，其中包括我母親、二爺、我父親、我，還有我那已能走路的三弟，都得知了日本人投降的消息！

日本人投降的消息從縣城一傳開，便像風一樣，傳遍了所有的山山嶺嶺，有人拿了一個破銅盆，一路走，一路敲，「咣咣咣」，喊：「日本人投降嘍，日本人投降嘍！」還有人爬到山頂上，對著青天，聲嘶力竭地叫：「日本人投降囉，日本人投降囉！」叫完又哭，哭完又叫……

在得知日本人投降的消息後，我母親坐到我白毛姨媽的鏡子面前，呆呆地看著鏡子中的那張臉。我母親伸出手，認真地，不斷地撫摩著臉上已明顯增加的皺紋。她從來沒有這樣認真地注意過自己。她好像要把臉上明顯增加的皺紋用手給抹掉一樣。母親又把我喊到面前，要我替她將頭上出現的白髮拔掉。

這天我父親表現出了少有的幽默。他這個說他愚蠢也實在可算得上愚蠢，說他執拗還太輕了，應該換成頑固不化的人，看著我母親對著鏡子的那副認真相，他躡手躡腳地走攏來，也將臉往鏡子前湊，當鏡子中出現他的臉時，他摸著自己那刮得溜光的下巴，說：

「他四娘，你是要再變成一個小女子，好再得一份嫁妝吧?!」

我母親竟然沒有斥他，而是回過頭去，對他莞爾一笑。這是我母親自從殺死了那個日本鬼，說為我白毛姨媽報了仇後，出現的第一次笑。我發現母親的那一笑，真是讓人美到心裡去了。

我父親得了母親的這一笑後，如同小孩一樣的嚷起來：

「呵，我們可以回老街囉，回老街重新建房子，開鋪子去囉！」

母親卻對我說：

「老二，去準備錢紙信香，給你白毛姨媽上墳！」

父親聽母親這麼一說，也趕忙說：

「對對，先給你白毛姨媽上墳。」

母親又說：

「今天大家都要穿鮮活些，到了墳上不要哭，把這個好消息告訴我妹妹，讓她也知道。」

我用一個籃子，將錢紙信香裝好。母親又備了我白毛姨媽愛吃的菜，也放進籃子裡。

母親又對我說：

「老二，你去把他二爺請來。本來按理說，不應要他二爺來的，可當初如果沒有二爺生死相助，我也殺不了那個日本鬼，也不能替你姨媽報仇！這些，都要讓你姨媽知道，她在陰間，也不能忘記。」

母親已經把我當作家裡的支柱。我取代了原本會歸我大姐所做的一切。

父親也說：

「應該，應該，應該把他二爺請來。等下還要請他二爺吃飯，吃酒。」

二爺就住在我白毛姨媽的一間偏房裡。是我母親硬要他住進來的。因為他無家可回。本來我母親還要他和我們一同吃飯，說他一個人難得開伙，和我們一同吃飯則只需添一雙筷子而已。二爺堅決不肯，說住到這裡就是沾了天大的光了，如果再要他吃現成的飯，他就要撒腿而走。

我最喜歡二爺跟我們住在一起，他不光是每天做事做個不停，幾乎把重活累活全給包了，還經常講白話給我聽。他講的白話多是英雄，英雄中又多是女的，女的中又多是漂亮無比的。後來我想，他肯定是把我母親給編到白話的英雄裡去了。

看著我老是跟二爺在一起，我父親不太高興。他總是說我吵煩了二爺，而我卻覺得二爺一點也不煩我。我說二爺喜歡我，不煩我，我也喜歡二爺，不煩二爺。父親見著二爺就沒有多少好臉色，有時還對著我輕輕地嘀咕，說那麼一個大男人，住到人家家裡……但只要母親一出現，他就不敢嘀咕了。有次他又對我嘀咕時，我說，你也是住在我白毛姨媽家裡哩，這裡也不是你的家，你怎麼能住？二爺就不能住？你以前也常說白毛姨媽的壞話，可現在白毛姨媽不在了，你又說二爺的壞話，我要告訴母親去……父親急了，要我千萬別去告狀，他帶我到山上去摘毛栗子吃。我說摘毛栗子你也不會摘，只有二爺最會摘。父親氣得要打我，但他打我不著。

這次我把二爺一請出來，父親卻既高興又大度，他拿一塊乾抹布，一邊替二爺拍打著身上的灰土，一邊說：

「他二爺，他二爺，這下就好了，日本鬼投降了，我們上完墳，就可以回老街了，我要去建鋪子，開鋪子了！」

二爺笑呵呵地說：

「四爺你建鋪子，我來給你幫工，一個工錢也不要，河沙、卵石，我從江邊給你運回來；青磚、青瓦、石灰，我去燒幾眼窰；燒窰的柴，我去山上砍下來……用不著花幾個錢，包你新建的鋪子，比原來的強十倍！」

父親快活地說：

「哪能不給工錢呢？那要不得，要不得，工錢還是不能少的！」

二爺說：

「我說了不要就不要！你只要四娘親手炒幾個菜，每餐讓我吃飽有勁就行了。」

父親說：

「那還得吃酒，吃酒！等下我就請你吃酒。我也吃一杯，他四娘也吃一杯，小孩子也吃一杯，有太平日子過了哩！」

我提著錢紙信香和供品，跟在母親身後。我父親抱著三弟，和二爺並排走著。

母親已經把我白毛姨媽葬在她屋後的竹林裡，因為白毛姨媽喜歡竹子，她說竹子四季常青，她的頭髮要是也能變青就好了。

通往竹林的這條小道，已經被二爺修得平坦了些，也拓寬了一些。

到了白毛姨媽的墳前，母親擺好供品，點燃信香。

白毛姨媽的墳疊得很高，超出了山裡人的規格，當時我父親說，她畢竟是一個女人，又沒有崽女，疊這麼高沒有必要，反正以後也沒有人來給她上墳……我父親還沒說完，我母親就火了，說，她是個女人怎麼啦？她沒有崽女又怎麼啦？我就是要將她的墳疊得高而又高，我還要用三合泥將墳圈上，我要打一塊又高又大的墓碑，我要給我妹妹起一個男人的名字，刻到墓碑上，以後每年我要我的兒子來上墳，哪個兒子敢不來，我就治他不孝！父親只得說，好好好，你有空力氣你就疊，你就圈，你就打碑刻名字。不過，你要真給她起個男人的名字，以後誰知道是她呵？

母親真的給我白毛姨媽起了個男人的名字。是根據我白毛姨媽的喜好而取的。當二爺動手刻墓碑時，也對我母親說，刻個男人的名字，以後是怕不知道是誰呢？我母親說，那就在她的名字上面再加上「李芝芝之妹」幾個字。二爺說，這怕不太好吧，通地方都沒有這個規矩，再說，把你的名字刻上去……二爺是怕這種刻法對我母親不利。我母親卻說，沒有這個規矩，我就來立這個規矩，只要我心裡覺得舒暢就行！於是我白毛姨媽的墓碑正中刻的大字便是：李芝芝之妹李竹林之墓。右上方刻的小字是：生於某某年；左下方刻的小字是：歿於民國三十三年九月。

我母親雖然破了個規矩，立了個「新規矩」，雖然她將自己的名字刻在了我白毛姨媽的名字上面，但她沒有想到的是，果然沒有幾個人知道這是我白毛姨媽之墳，因為沒有幾個人知道我母親的名字。老街人和鄉下人知道的仍然只是：「盛興齋」鋪子裡的那個四娘，或者是林李氏。

母親要我在白毛姨媽的墳前跪下，給姨媽磕頭。母親自己也跪下，將錢紙燒化。母親一邊燒錢紙一邊說：

「妹啊，按理我是不要給你下跪的，可當初是我同意你去見日本鬼的啊！我如果不同意，你敢去嗎？是我害了你啊！姐現在就給你跪下，姐告訴你，不但害你的日本鬼已經被我殺了，那日本人，還全部投降了，日本鬼再也不會來了，再也不敢來了！妹啊，你就安安心心地轉胎去吧，下世轉胎，做一個男人，做一個像他二爺，像老十二這樣的男人！沒有老十二，姐也不能替你報仇啊！姐就代你向他二爺，向老十二叩個頭了。」

母親說要向二爺叩頭時，我父親說：

「那我就先走一步，先走一步。」

父親疾忙便走，但只走了幾步，又站住，只是背對著我們。

母親轉過身，對著二爺叩了一個頭，慌得二爺忙將我母親扶起，我母親的眼裡，卻已是滿眶淚水。

我說：

「媽，你不是說過今天不准哭嗎？」

母親一邊抹著眼淚，一邊說：

「我這是高興哩，高興哩。」

母親燒化的紙錢灰，被風捲起，在我白毛姨媽的墳上滴溜溜地轉，打著紙灰的旋渦，終成一灰柱狀，往上升去，升去……而我並沒感覺到有風在刮。

我正覺得驚異時，二爺對我說：

「這是你姨媽在感激你母親和你了哩！」

母親又坐到墳前，陪著我白毛姨媽說了許多白話。母親似乎有說不完的話要跟我白毛姨媽說，可我又聽出，母親的話很不連貫，像有要說的話又沒說出來。還是二爺提醒我母親，說該走了，你們還要回老街去呢！母親這才站起來，對白毛姨媽說：

「妹啊，姐要回老街去了，以後不能常來陪你說白話了，你也莫牽掛這個地方了，早點投胎去吧，投胎去吧……你投了胎後，變了個男子漢後，再托個夢給姐，姐來給你賀喜……」

我們往回走時，母親猶豫了一下，走了幾步，還是轉過身去，又對著我白毛姨媽的墳說：

「他姨媽，還有件事求你，你要保佑我那大兒子，你的大侄子，平安回來啊！」

母親之所以猶豫了一下，才又對著我白毛姨媽說出這番話，是她怕引起更大的傷感。她是竭力壓抑著，壓抑著，不在這個應該高興的日子，想她那被日本鬼抓去了的大兒子，想我的大姐。可是母親已經無法控制了，母親望著遠方，悲憤地喊了起來：

「我的兒啊，你何時才能回來啊？我日日夜夜在想著你，念著你，掛著你啊！我的心口夜夜在流血，夜夜在發痛啊！你夢也不托一個給我啊！你到底是死還是活啊！……」

這回，父親沒有說母親又講犯忌的話。他大概也知道，我那大姐，是永遠不可能回來了的。

這一天，在我們老街整個區域，沒有出現我後來在電影、電視中看到的敲鑼打鼓、扭著秧歌、舞著龍燈獅子慶祝抗戰勝利、日本人投降的場面。而老街的龍燈獅子，其實是很有名的。老街區域的人，都是用像我母親這種方式，將日本人投降的消息，告訴還能有殘骸埋葬於地下的人。而無數已經無法辨認，無法確定，無數連屍體都找不到的人，無數全家乃至全族被日本人滅絕的，則依然不能得知這個消息。

我母親開始了尋找我大姐的艱難歷程。

我母親沿著八十里山，一直往廣西走，她逢人便問，看見村莊便進去打聽。她詳盡地描述我大姐那個男孩子的樣態，就連我大姐愛吃什麼，愛玩什麼，都講述了一遍又一遍。

然而她遇見的，問及的，都是搖頭，都是說不知道，沒見過。

看著我母親那因長途跋涉而困乏不已的樣子，看著我母親那因焦急而變得憔悴不堪的神色，被問及的人都勸她回去，不要再找了，因為事情明擺著，落在了日本人手裡，命大的，沒死的，該著能回來的，已經回來了；還沒能回來的，還有什麼可說的呢？不要兒子沒找著，找兒子的卻病了，垮了，回不去了，總得替家裡還活著的人著想……

我母親只是感謝那些好心的勸阻，她依然翻山越嶺，一個村莊，一個村莊地去尋，去問。

我母親在出發前做了充分的準備，她背在背上的那個包袱裡，裝的全是剩飯團子和糍粑。母親一路上先吃怕餿的剩飯團子，帶在身上的剩飯團子全吃光後，她就用石頭敲出火花，點燃茅草、枯柴，將帶著的糍粑烤熟吃。她儘量節省，實在餓得不行了，才烤一個糍粑，那烤熟的一個糍粑也是分做兩次吃。背在身上的糍粑都長黴了，她依然沒有得到我大姐的任何消息。

我母親橫下了一條心，不得到我大姐的確切消息，她絕不回去！她不相信，那麼多逃難的人，那麼多被抓的人，就沒有一個人見過我大姐，就沒有一個人知道我大姐的下落。

終於，那些發黴的糍粑也被我母親吃完了。我母親只能靠乞討來尋找我大姐了。

第二十四章

母親本應該帶一些錢在身上的，可她分文不帶。她要省著錢建新鋪子，建好新鋪子後，還得有些錢進貨。當我父親終於說了一句「他四娘，你也帶兩個錢放身上，以防萬一」這句話時，母親卻以「帶錢在身上，遇上打搶的怎麼辦」回覆了他。二爺也曾悄悄地對我母親說，他陪我母親去找我大姐，如果怕人說閒話，他只遠遠地跟著我母親，絕不走到一起。我母親說，老十二，我欠你的太多了，這輩子是還不起了，你得在家裡幫他四爺建鋪子，我這一去不知會有多久，沒有你，光靠他四爺，那鋪子是休想建起來的，等鋪子建好後，我替你成個家，你就把芝芝徹底忘了，好好地去過你的日子。如果真有下世，芝芝在奈何橋上也要等著你！

二爺悃然地目送著我母親離開家後，把在廢墟上建鋪子的全部事項都承擔了下來。他沒日沒夜地拼命勞作，以至於有人對他說，駝四爺到底給你多少工錢啊？你這麼不要命地幹！二爺不吭聲，只顧幹他的。就連我也發現二爺變了，變得連白話都不跟我講了。他每天除了幹活，除了幹活時該說的幾句話，再也沒見他開過口。開始時我父親暗自高興，說到哪裡去找這麼一個不要工錢，捨死幫工的人！到後來我父親竟有點急了，他怕二爺這麼幹下去，真會要累死在就快竣工的鋪子裡。如果一個大活人，一條壯漢子，替他幫工累死了，他得負責安葬，雖說二爺沒有家小，不需要撫恤，但光那安葬，說不定就去了多的。於是我父親趕忙找到二爺，二爺卻不空，忙得團團轉。好容易等到二爺坐下來喝水時，我父親忙對他說：

「二爺二爺，你不要再幹了，我放你的假，放你的假。」

二爺不吭聲。

我父親又說：

「二爺二爺，儘管你自己說不要工錢，那工錢我還是得照樣給你。你老人家又這樣捨得出力，我給你多算幾天的工錢。不然，我心不安哩！」

我父親這麼一說，二爺站起，連瞧都不瞧我父親一眼，又幹活去了。

父親終於發現，二爺只有在喝酒的時候，就會多歇息一會。於是父親每餐要他喝酒。父親對他說：

「二爺二爺，你只管吃酒，啊，只管吃。吃醉了就睡覺，盡你睡，我不准別人來吵煩你。」

可二爺喝酒卻是喝不醉的。無論我父親給他多少酒，也無論他喝得是如何地令我父親目瞪口呆，他將酒杯一放，就又幹活去了。

去找我大姐的母親還沒有回來，位於老街下街的「盛興齋」，卻又重新開張了。

開張這一天，二爺不見了。

父親也曾打發我去尋找二爺，要二爺來喝開張的喜慶酒。但我找遍了老街，又在江邊轉了一大圈，並放肆地喊，也沒見著二爺。

而且從這以後，我再也沒見過二爺。

我長大成人且參加工作後，回老街來探親時，聽說過有關二爺的事。

當老街後面開始修建一條從日本人曾設伏之處——觀瀑橋通往寶慶的公路時，二爺因被那個鬼子頭小隊長封了幾天維持會長（這其實又是二爺自己說出來的，許是他為了表明自己埋葬菜園子裡的女人屍體，疏通扶夷江，以及從鬼子頭手裡逃出來的膽量和本事，並曾勸過神仙岩裡的人外逃，可神仙岩裡的人不聽他的哩！二爺自從離開「盛興齋」，自從不願再見我母親後，便常常酗酒，口無遮攔）被打成了漢奸。打他的漢奸並不是毫無道理，這道理早就由神仙岩裡的人說過了，那就是：別人為什麼不能逃出來，而單單你二爺能夠逃出來？逃出來後不是躲得不見蹤影，反而直上神仙岩，什麼給神仙岩的人報信，是給日本人當偵探哩！這看事情得看本質，特別是要透過現象看本質！這一透過現象，可就把二爺的本質給看清了。再說別地方都有漢奸，這老街難道就沒有一個？更何況老街死了這麼多人，沒有漢奸，日本人能辦得到？尤其是那神仙岩，沒有漢奸，日本人能找到？於是漢奸就非二爺莫屬了。本來我母親也有嫌疑的，但說我母親是跟著二爺上神仙岩的，她那麼一個女人，不可能有什麼主見，最多也就是上當受騙。同時也有個「再說」，再說這個女人又沒被日本人抓住過。而我母親親手殺死的那個日本鬼，沒有幾個人相信，除了不相信一個女人竟然能夠殺死一個人見人怕的日本鬼外，主要還是沒有證據，首先是物證，物證在哪裡呢？沒見著那個日本鬼的屍體。這個物證連我母親也拿不出，因為那個日本鬼的屍體早就被日本兵抬走了，不知埋在哪裡，也不知是不是被丟進江裡，抑或是燒成灰帶回日本去了。其次是人證，人證只有二爺作證，可一個漢奸作的證，能算作證麼？

二爺這個漢奸沒被判刑，而是交由生產隊管制。由生產隊管制時，沒人敢接近他，也無人願接近他。說他獨身一人住在一座破廟裡。我曾猜想那座破廟，是不是我母親將香灰撒進日本鬼眼裡的那座廟，只是很快就被我否定了，因為如果是那座廟，遠在就連合作化組織都難以將人集合攏來開會的八十里山中，就無法管制他了。

倒是有一種說法，說是有一個女人常偷偷地給二爺送些吃的，但也只送了幾個月，就被人發現了，不准送了。持這種說法的都說那個女人忒膽大。我猜想這個忒膽大的女人應該就是我母親。

我記得我曾對我母親說過，二爺怎麼還是單身一人呢？他難道就真的找老婆不到？母親說，別看你二爺如今受管制，他真要找一個女人，還是能找得到的，是他自己不肯找。我問為什麼？母親說，他是怕自己這個漢奸的名聲影響崽女。唉——，母親長長地歎了一口氣。我又說，在我很小的印象裡，二爺不應該是漢奸。我要我母親去跟人民政府講一講，取消對二爺的管制。母親卻又是長長地歎了口氣。

不知為什麼，母親原來那敢做敢為，甚至連規矩都敢破，連規矩都敢自己去立的勇氣和膽量，全消失了，湮沒了，不見了，不存在了。母親原來那凡事都想在前頭，看問題總是先人一著，都能做出個準確判斷，都能以防萬一的智慧，也不存在了，或者叫凡事都預料不準了。

母親只以歎口氣來回答我的話，父親則趕緊說，講不得，講不得，自己的事還清不了場呢！我倒是理解父親的這句話，因為我家那「盛興齋」鋪子重新開張後不到幾年，就解放了，劃成分了，我家因為這個重新開張的鋪子，給劃了個小土地經營，雖說政策上並未被列入地主、富農之列，其實被人看作是二地主。有時我想，被日本鬼那把大火燒掉的鋪子，燒掉的這個「盛興齋」，我母親不那樣節省，不那樣虧了自己，不重新再建就好了，那我家就是真正的貧雇農了！不，應該是真正的雇農！比貧農的成分還要低！可是我又想，倘若那燒掉的鋪子都不去重建，任憑老街是一片廢墟，那不就正好被那個鬼子頭說中了：老街不再存在了嗎？

二爺後來被判了死刑。那死刑不是法院判的，判二爺死刑時已經沒有什麼法院了。二爺是在「文化大革命」中被群眾專政宣判的。那時我母親已經快六十歲了。快六十歲的母親竟衝進了宣判槍斃二爺的大會場，高喊她要去陪斬。這「陪斬」也許是我母親用錯了詞，也許是我母親太急了，急得那「急心瘋」又犯了，亂喊，就喊出了個「陪斬」。按照我母親對歷代法律的理解，凡是平民百姓，只要沒有血債就不會被殺頭的。

二爺被槍斃後不久，我母親也去世了。

第二十五章

我母親為了尋找我大姐，在沒有吃的情況下，仍然不肯往回走，仍然繼續翻山越嶺，找村落，去打聽。她雖然可以說是進了乞討的行列，但她並不是請求別人施捨，而是去問人家有事做沒有？她用幫人家做事，譬如洗衣服哪，譬如挑水哪，又譬如去砍些柴哪，來換取一兩餐飯吃。至於夜裡睡覺，人家能有一個地方讓她睡一睡，她就表示感謝，人家若是沒有那個意思，她就在外面找個避風的地方躺下。因為她根本就不怕有人來欺負她。當然，她也有害怕的時候，但她一害怕時，就用連日本鬼都被她殺了的事來壯自己的膽。

整整三個月，我母親幾乎走遍了全州的每一個村落，終於找到了那位分南瓜給我大姐吃的老人。

老人只知道我大姐第一次逃出來的事情，也就是我大姐跟他說過的那些如何被抓，在路上看見些什麼，又是如何逃出來的事。而我大姐第二次被抓，雖然是和老人同時被抓的，但日本鬼這次將老人和年輕一點的分開關押。老人曾說我大姐是他的孫子，結果還是被分開了。從此就再也沒見過我大姐。老人只是可以肯定一點，我大姐第二次被抓時，那些日本兵，不是第一次抓我大姐的日本兵。因為剛被抓時，老人曾悄悄地問過我大姐，是不是原來抓她的鬼子，老人想著如果是原來那幫鬼子，那就更加不得了！我大姐連連搖頭，說不是原來那幫鬼子，不是原來那幫鬼子。

老人說他能夠活下來，那真是無法去講。他本來已經倒斃在路上，不光是日本鬼以為他死了，就連同村的也都以為他死了。可他後來竟活了過來。

當我母親告訴老人，那孩子其實是她的大女兒時，老人的臉色變了。

老人顫抖著說，他們被抓後，一到夜裡，日本鬼就將他們的衣褲全部剝光，拿走……

我那剛滿十歲的大姐的命運，已經可想而知了。

日本人投降的第二年，被燒毀的老街又成了一條街。

老街又成了一條街時，江風已吹得人臉上起苦瓜皮皺褶。而街上的人，依然只穿著一條青布吊腳大筒褲。那僅存的一點錢，全都投入鋪子的重建上去了。身上能賣的東西，也全都賣了，賣了換錢建鋪子。

腳上自然不會有襪子，趿拉著一雙家製千層底布鞋，褲腳和鞋口的空處，露出一截魚鱗狀硬瘢，黑紅黑紅的。並不是他們不怕凍，而是為了省下那做褲子的半尺布，和那雙襪子錢。

鋪子的主人雖然多了許多新面孔，但在街上一見面，依然是先要打點禮性問候。

「你老人家，吃了嗎？」

「吃了哩，你老人家。」

或者是：

「你老人家，吃了嗎？」

「嘿嘿，你老人家，日光還早哩！」

回答的所謂「日光還早」，其實就是沒吃，省一餐算一餐，省下來的糧食，也是為了開鋪子。

儘管是勒緊褲帶，但不能說沒吃，老街人依然講究那面子。

完稿於二〇〇四年秋冬之交，新寧白沙——長沙

後記

「抗戰三部曲」《老街的生命》《兵販子》《最後一戰》之問世，緣於我的故鄉。

我出生於湖南省新寧縣白沙——一條鋪有青石板路、擠攢著木板鋪門的長約數百米的街上，更確切地說是在下街——白沙下街——一家名為「盛興齋」的鋪房內。這家鋪子迄今猶在，「盛興齋」幾個字也在，且是原文，只是那字跡已經有點模糊。

白沙老街，不唯是我心目中最美的地方，更是一處實實在在的風景勝地。街前，是碧澄清澈的扶夷江，她永遠是那麼自由地、坦蕩地流著，儘管偶爾也會咆哮，但咆哮過後，依然是一個完整的自我；江對岸，沙灘如銀，老樹兀立，綠草連綿，紅花間綴；而如同被斧鑿的懸壁上，就是神秘莫測的神仙岩。江邊有「水漲墩也長，永遠不會被淹沒的」將軍墩，有惟妙惟肖欲渡江的「鼇魚」，有「棒打香爐聲聲脆」的香爐石，有一年四季鬱鬱蔥蔥的「柳山里」。這「柳山里」其實是一片大竹林，但不知為什麼不喊竹而稱柳。「柳山里」是白沙老街一代又一代孩兒們的樂園，放牛的伢子牽著牛，看鵝的女子趕著鵝，來到「柳山里」，任那牛兒去吃草，任那鵝兒去嬉水，伢子女子們或下石子棋，或捉迷藏，或者乾脆就躺著，嘴裏嚼根馬鞭子草，眯縫著小眼睛，望著天，曬那從竹林縫隙裏篩落下來的太陽。若有那已讀書、愛讀書的，則捧本書，靜靜地，看。……石階碼頭上，過渡的則相互講著禮性，尊稱著「你老人家」，問候著田裏的收成，家裏的安好……這一切，凡從老街走出去的人，無論他做到了多麼大的官，也無論他出了多麼大的名，要想忘記，大抵是不可能。

我四歲便隨母親離開了白沙老街，故鄉皆在母親對我講述的故事裏。後來母親受社會關係牽連被遣送回故里，十三歲便自立於社會的我，凡有機會回到老家，最愜意的仍是於夜裏，和母親坐在火櫃裏講白話。母親講白話總是語調平穩，不急不慢，唯有一講到「走日本」時，她便憤激起來，而在堂屋裏磨磨蹭蹭做些可做可不做事兒的父親也會趕忙走過來，忿忿地說：「那日本兵，不是人，硬不是些人哩！」

在日寇第一次侵入新寧（一九四四年），即老百姓俗稱「走日本」時，我母親，親眼看到就在我家「盛興齋」鋪子後面的菜園子裏，七個尚在摘辣椒的婦女被兩個日本兵用刺刀捅死在籬笆上，其中一個孕婦被日本兵用刺刀挑開肚子，將血淋淋的胎兒戳在刺刀尖上……我母親背著我二哥逃難，躲進一個破廟裏時，被一個日本兵用刺刀逼住，母子倆險些喪生……我那當時才十多歲的大哥，兩次被日本兵抓走，頭一次被抓，就是他去喊父親快走，卻被懵懵懂懂的父親將路擋住……白沙老街，被日本兵燒成廢墟……

自父母親去世後，每年清明，我都要回老家掃墓掛青。是日，我和一位老鄉在扶夷江邊漫步，我正陶醉於如畫的美景中時，老鄉忽然指著江面，說，「走日本」那年，被日本人打死的人，屍體將這條河都堵塞得水流不動呢！我被這突如其來的話震驚了，正要問個仔細，那老鄉又趕忙說，不過，被打死的大都是國民黨軍隊哩。說完，他還故意乾笑了幾聲，以用來遮掩似乎是無意中的失言。老鄉補充的這句話，老鄉的故意乾笑，使我的心巨痛不已。看著他那木訥的神情，我竟一時語塞，旋即只能在心裏呼喊：我的親愛的老鄉呵，那都是中國的抗日部隊呵！他們就是為了中國人而被打死的呵！繼而，我明白了，為什麼這麼一件重大的事，母親竟然在生前沒跟我說，那是因為母親不敢說；為什麼這位老鄉在說出來時還要趕緊「聲明」一句，那是他仍然怕說了有什麼麻煩。

我無言。我陷入了沉思。我開始了搜尋證據。

我沒想到，我大哥就是見證人之一，那滿江的屍體，我大哥親眼所見（之前他照樣沒講）。

大哥告訴我，一個從邵陽往廣西開拔的整團的國民軍，進入了在老街附近埋伏達六天六夜之久的日軍埋伏圈，全部被殺害，日軍不但連一個俘虜都不放過，就連事先進入伏擊圈內被拘禁的百姓也全部殺掉，白沙老街前那日夜流淌的扶夷江，被死屍堵塞得水流不動……

日軍就埋伏在距白沙老街僅幾裏路遠的觀橋一帶，老街上的人之所以全然不知，是因為日本兵對進入伏擊圈的老百姓，只准進，不准出。

我大哥還帶我去看了他被日本兵抓住的那個地方，並要我為他拍了照片。

緊接著，我在新修的《新寧縣誌》查到了這一記載。但只有一句話，即某月某日，國民軍某部在白沙遭日軍伏擊……究竟是國民軍的哪個團，什麼番號，依然沒有記載。但縣誌載明了在日軍侵入新寧這個偏僻山區時，被屠殺的民眾為兩千八百五十人，其他受害者一千兩百四十五人……

就以縣誌所載的這被屠殺的兩千八百五十人而言，他們生活在偏僻山區，死了也就死了，沒有人再去提起。不但連墓碑都找不到一塊，就連新修的家譜中，也最多只有一句：歿於某年某月。因為修家譜也有忌諱，被殺死的，被姦污而死的，總不能明載，那是凶死，得為死去的人避諱。

自這開始，我每年清明只要一回到故鄉，一站在扶夷江邊，就似乎看到了那滿江橫陳的慘景。而在一處被開發為旅遊洞景的地方，更使得我渾身戰慄，那就是在「走日本」時，躲藏在洞中的幾個村子的老百姓，被日寇封鎖住洞口，燒燃大火，用風車煽風，以煙全部熏死於其中……

我無法再沉默下去，我決定把這一切都寫出來。

當我決定把這一切都寫出來時，我得知我的三叔，即被稱為群滿爺的一位「半邊瞎」（瞎了一隻眼睛，另一隻眼僅有些許餘光），竟是曾頂替我父親去當過壯丁的兵販子。他當兵販子正是抗戰期間！但他一直不說（同樣是不敢說），只是偶爾透露，他當年，可是挎過盒子炮和鬼子幹過仗的！他眼睛沒瞎時，也是英俊後生哩……而在衡陽保衛戰中，守衛衡陽的第十軍，便有眾多的兵販子……我的舅舅，抗戰期間是國民軍連長，參加過著名的昆侖關之仗……在我搜集資料時，又發現，我的老家新寧竟是中日大規模會戰之最後一仗——雪峰山會戰最先打響的南部戰場；我的一位以脾氣特好而為地方人稱道、被喊做和合先生的堂伯，曾和徐君虎（蔣經國同學）、陳壽恒（《一寸山河一寸血》中有對他的多次採訪）一起組織過抗日遊擊隊，當時號稱「三駕馬車」。在雪峰山會戰中，正是由漢、瑤等多民族乃至土匪組成的抗日民眾武裝，令日軍在山區步步受阻……

由是，自二〇〇四年開始，我著力於《老街的生命》、《兵販子》與《最後一戰》（雪峰山）的創作，亦經八年，完成了「抗戰三部曲」，從山區百姓「既沒撩日本人，也沒惹日本人」無緣由地慘遭屠殺，以至於「兔子急了也咬人」，到頂替壯丁的「兵販子」在衡陽血戰中捨生忘死，義薄雲天；再到民眾主動參與雪峰山會戰，皆以客觀的歷史事件、真實的人物原形、實在的山民原狀、我老家——湘西南的鄉俗風情貫之始終，還原了抗戰之一段真實壯烈的歷史；打破傳統的抗日文學創作模式，從中日兩種文化的差異揭示戰爭所產生的心靈衝擊。《老街的生命》於二〇〇五年在美國獲首屆國際亞洲太平洋戰爭文學獎第一名，被評論家譽為「紀念反法西斯戰爭暨抗日戰爭勝利六十周年的典範之作」。二〇〇六年清明，當我又回故鄉掛青時，在扶夷江邊，我將獲獎的書稿焚燒、稿灰灑入江中，祭奠被殘殺的滿江冤魂，宣讀了我寫的祭文，告訴他們，我把他們被慘殺的事實，公諸於世了！之後的每年清明，我都到江邊進行祭奠。該書簡體中文版由解放軍文藝出版社出版後，獲第七屆茅盾文學獎提名，並被改編成電影《風水》，現已上映。改編的電影與原著相去甚遠，似乎又回到了抗日影劇的老套路上，大概是改編拍攝者有其不得已而為之處罷。《兵販子》簡體中文版亦由解放軍文藝出版社出版後，來聯繫欲改編為電視連續劇的不少，但因種種原因，擱淺。

感謝「秀威」，使得「抗戰三部曲」一併出版。誠如文史專家向繼東所言，「什麼時候日本首相不再參拜靖國神社，也能有德國總理在華沙那樣的一跪呢？這就要看我們……怎樣去努力了。」繼而不能不提及一下的是，有我的湖南老鄉編輯在得知我創作三部曲時說，抗戰勝利已經這麼多年了，再出抗戰題材的書已經沒有多大意思了。對於這樣的話，我又只能如同第一次聽到那位老鄉告訴我當年的扶夷江水被日寇殘殺的屍體堵塞那樣，無言（一時）。

二〇一二年九月二十日於湖南瀏陽市關口歸園賓館之「大瀏公寓」八一二二房。時釣魚台已為日本實施「國有化」。

附錄（一）

兵販子——抗戰三部曲之一

內容摘要

一九四四年夏，衡陽血戰。擁有「泰山軍」威名的第十軍以一萬七千人抵擋十多萬日軍的圍攻。從昆明接收的十二門美式山炮被友軍扣留一半，炮兵最後全當步兵使用；最高統帥給出的「二字」密碼「四十八小時解衡陽之圍」，受命固守衡陽兩星期的將士們堅守了四十七天之久，卻未見援軍到來……

第十軍主力師長葛先才這個「抗命將軍」的部隊，曾經補充的一千新兵中，就有五百多是兵販子。衡陽血戰中的兵販子，更是不計其數。當日軍以三十倍於守軍的兵力瘋狂進攻，並將火炮如坦克般推進到守軍前百公尺以內，直接射擊時，為炸火炮，兵販子死傷殆盡。第十軍彈盡糧絕……

作品真實再現了衡陽保衛戰的悲壯和慘烈；首次將抗戰期間犧牲甚眾的兵販子這一特殊群落展示於世，深刻地揭示了兵販子可憐可悲的命運、可恨可愛的性情；他們那種勇猛至極的捨命殺敵，又實在可歌可泣。這些在抗戰中英勇獻身的兵販子，同樣不應該被人忘記。而第十軍必然覆沒的命運，令人唏噓。

附錄（二）

最後一戰——抗戰三部曲終曲

內容摘要

民國三十四年季春，中日兩國數十萬軍隊在重巒疊嶂、溝壑縱橫、綿延七百餘里的雪峰山，展開了大規模會戰的最後一戰。喜好釣魚以「儒將」自稱的岡村寧茨孤注一擲欲直搗重慶，被稱為「親日派」的何應欽憑藉天險層層佈防；一個是剛被提拔的日軍侵華最高司令官，一個是被任命不久的中國陸軍總司令，這兩個幾乎同時上任的將軍，於雪峰山會戰見高低……愛打獵的陳納德將軍坐鎮芷江指揮空軍，有「鐵軍」之譽的七十四軍正面阻擊，一個營抵擋日軍一個旅團，堅守武岡十日，城池巋然不動……終於佔據空中優勢且有新裝備的國軍一吐多年晦氣，「以其人之道還治其人之身」。然而，幾十年後「戰地重遊」的日軍旅團長感喟的卻是，湖南山裡蠻子，厲害！……

釀小說22　PG0971

老街的生命
——抗戰三部曲之一

作　　者	林家品
主　　編	蔡登山
責任編輯	廖妘甄
圖文排版	張慧雯
封面設計	秦禎翊

出版策劃	釀出版
製作發行	秀威資訊科技股份有限公司 114 台北市內湖區瑞光路76巷65號1樓 電話：+886-2-2796-3638　傳真：+886-2-2796-1377 服務信箱：service@showwe.com.tw http://www.showwe.com.tw
郵政劃撥	19563868　戶名：秀威資訊科技股份有限公司
展售門市	國家書店【松江門市】 104 台北市中山區松江路209號1樓 電話：+886-2-2518-0207　傳真：+886-2-2518-0778
網路訂購	秀威網路書店：http://www.bodbooks.com.tw 國家網路書店：http://www.govbooks.com.tw
法律顧問	毛國樑　律師
總 經 銷	聯合發行股份有限公司 231新北市新店區寶橋路235巷6弄6號4F 電話：+886-2-2917-8022　傳真：+886-2-2915-6275

出版日期	2013年6月　BOD一版
定　　價	330元

Printed in Taiwan

國家圖書館出版品預行編目

老街的生命：抗戰三部曲之一 / 林家品著. -- 一版. -- 臺北市：釀出版, 2013.06
面； 公分
BOD版
ISBN 978-986-5871-41-3 (平裝)

857.7 102006188

讀者回函卡

感謝您購買本書，為提升服務品質，請填妥以下資料，將讀者回函卡直接寄回或傳真本公司，收到您的寶貴意見後，我們會收藏記錄及檢討，謝謝！如您需要了解本公司最新出版書目、購書優惠或企劃活動，歡迎您上網查詢或下載相關資料：http:// www.showwe.com.tw

您購買的書名：________________________________

出生日期：________年________月________日

學歷：□高中（含）以下　□大專　□研究所（含）以上

職業：□製造業　□金融業　□資訊業　□軍警　□傳播業　□自由業
□服務業　□公務員　□教職　□學生　□家管　□其它_____

購書地點：□網路書店　□實體書店　□書展　□郵購　□贈閱　□其他

您從何得知本書的消息？

□網路書店　□實體書店　□網路搜尋　□電子報　□書訊　□雜誌
□傳播媒體　□親友推薦　□網站推薦　□部落格　□其他__________

您對本書的評價：（請填代號　1.非常滿意　2.滿意　3.尚可　4.再改進）

封面設計____　版面編排____　內容____　文／譯筆____　價格____

讀完書後您覺得：

□很有收穫　□有收穫　□收穫不多　□沒收穫

對我們的建議：________________________________

____

____

____

請貼
郵票

11466
台北市內湖區瑞光路 76 巷 65 號 1 樓
秀威資訊科技股份有限公司 收
BOD 數位出版事業部

....

（請沿線對折寄回，謝謝！）

姓　　名：________________　年齡：________　性別：□女　□男

郵遞區號：□□□□□

地　　址：____

聯絡電話：(日) ________________　(夜) ________________

E-mail：____